나의 아름다운 정원

WATASHI NO UTSUKUSHI NIWA

Text Copyright © Yuu nagira 2019
All rights reserved.
No part of this book may be used or reproduced in any manner
whatever without written permission except in the case of brief quotations
embodied in critical articles or reviews.
Original Japanese edition published in 2019 by POPLAR Publishing Co., Ltd., Japan.
Korean Translation Copyright © 2022 by Publishing Company Straight line & Curve.
Korean edition is published by arrangement with POPLAR Publishing Co., Ltd.
through BC Agency.

이 책의 한국어판 저작권은 BC에이전시를 통해
저작권자와 독점계약을 맺은 도서출판 직선과곡선에 있습니다.
저작권법에 의해 한국 내에서 보호를 받는 저작물이므로 무단전재와 복제를 금합니다.

나의 아름다운 정원

わたしの美しい庭

나기라 유 지음
오민혜 옮김

직선과곡선

일러두기
※ 본문의 주는 모두 옮긴이가 독자의 이해를 돕기 위해 붙인 것입니다.
※ 이 작품은 픽션입니다. 실재하는 인물, 단체 등과는 아무런 관련이 없습니다.

참고문헌
『이바라기 노리코 시집』, 다니카와 슌타로 엮음, 이와나미 문고 펴냄
『처음 가는 마을』에 수록된 「세월」 중에서, 정수윤 옮김, 봄날의책 펴냄(2019년)

차 례

◀ 나의 아름다운 정원 I   7

◀ 그 번개   25

◀ 론더링(Laundering)   106

◀ 형의 여자친구   178

◀ 나의 아름다운 정원 II   264

나의 아름다운 정원 Ⅰ

자명종이 울렸다.

한여름의 기름매미 같은 엄청난 소리였다.

손을 뻗어도 닿지 않는 창가에 둬서, 1분 정도 무시했다가 결국 못 견디고 몸을 일으켰다. 가능하면 아침엔 여름철 피서지인 가루이자와에 놀러간 것처럼 작은 새들이 지저귀는 소리에 눈을 뜨고 싶다. 하지만 내 늦잠 자는 버릇 때문에 매일 아침 고생하던 도리가 자명종은 원래 용도에 중점을 두고 고르라고 해서 어쩔 수 없었다.

자명종 꼭대기에 달린 버튼을 딸깍 눌러 기름매미가 울음을 그치게 만든 다음, 커튼을 열고 기지개를 켰다. 하늘이 반짝반짝했다. 오늘은 1교시가 체육이라 기분이 상쾌할 것 같았다.

방을 나서자, 복도에 아침밥의 온기가 가득했다. 빵 굽는 향긋한 냄새에 배에서 작게 꼬르륵 소리가 났다. 거실에서 도리와 로의 말소리가 들렸다.

"저건 좀 아닌 것 같아. '여자라면 변신해야지!'라니. 여자로 한정하는 이유가 뭔데? 저 몰에는 남성 패션도 입점해 있잖아. 남자는 안중에도 없나?"

"요즘 시대감각하고 살짝 안 맞는 느낌은 있네. 시대의 최첨단을 달리는 광고 회사라도, 아직 제작 윗선에는 단카이 세대를 이끈 낡은 가치관이 남아 있는 경우가 많으니까."

어쩐지 화를 내고 있는 로에게, 도리가 진지하게 대답했다.

좋은 아침, 하고 거실로 들어서자 두 사람이 뒤돌아봤다.

"모네, 좋은 아침. 잘 잤어?"

도리는 아침마다 같은 질문을 한다.

"기름매미가 울기 전까진. 이제 잘 일어나니까 슬슬 새소리 나는 자명종으로 바꾸는 건 어때? 저번에 잡화점에서 예쁜 걸로 봐 놨어."

"기름매미 소리에도 잠이 안 깨서 5학년 첫날부터 지각한 사람이 누구더라?"

"그건 봄방학 끝나고 개학하는 날이었으니까 안 셌으면 좋겠는데."

"충분히 휴식을 즐기게 해 준 봄방학한테 책임을 미루는 거야?"

나는 대답할 말이 없었다. 도리는 늘 아픈 데를 찌른다.

"근데 단카이 세대가 뭐야?"

화제를 바꾸자, 도리가 커피잔을 식탁에 놓더니 팔짱을 꼈다.

"단카이는 '덩어리'란 뜻인데, 전쟁이 끝나고 제1차 베이비 붐 시기에 태어난 사람들을 말해. 한창 일할 시기랑 버블 경기가 겹쳐서인지, 최고로 전성기였던 시대가 곧 자신들의 힘이라고 착각해서 유독 고집이 센 게 특징이지."

도리는 팔짱을 끼고 아침 햇살이 비쳐 드는 베란다 창으로 눈길을 돌렸다.

"그 세대 사람들은 어깃장을 놓기 시작하면 진짜 귀찮아져. 어찌됐든 압박이 엄청나거든. 해외 지사에 보내는 훈시 같은 거 보면, 어쩜 표현이 그렇게 하나하나 숨 막히는지. 난 뜻에 맞게 번역했는데 숨 막히는 그대로 직역하라고 요구하질 않나, 영어엔 그런 표현이 없어서 뜻이 안 통한다고 말해 봐야 뒷등으로도 안 들어. 좋은 뜻에서든 나쁜 뜻에서든 자기 주관을 관철하지."

"너무 어려워. 더 쉽게 설명해 줘."

"미안하지만 힘들 것 같아. 지금 머리가 스펀지케이크거든."

"또 밤새웠어? 눈 밑이 파래."

내 손바닥을 눈꺼풀에 대 줬더니 기분 좋다, 하고 중얼거렸다. 도리는 실무 번역을 하는 프리랜서라서, 일본어를 영어로 옮기거나 영어를 일본어로 옮긴다.

"그럼 로도 단카이 세대한테 화내고 있었어?"

도리의 눈을 계속 가린 채로 묻자 로는 난 저거, 하면서 TV를 가리켰다.

'새 옷이 아니면 아무것도 안 돼. 여자라면 변신해야지!'

예쁜 모델이 잔뜩 나와서 입고 있던 옷을 미소녀 전사처럼 휙 벗어던지고, 새로운 옷차림으로 시원시원하게 거리를 활보한다는 내용의 광고였다.

"모네는 저 광고 어떻게 생각해?"

나는 으음, 하면서 생각에 잠겼다. 어제부터 여러 채널에서 내보내고 있는 패션몰 세일 광고인데, 전체적으로 촌스럽기도 하고 그보다 이해가 안 가는 대목이 있었다.

"나도 옷 엄청 좋아하지만 새 옷이 아니면 아무것도 안 된다니, 너무 옷한테 기대는 거 아닐까? 게다가 여태까지 내 곁에서 애써 준 옷들의 입장도 있잖아. 작년에 산 꽃무늬 셔츠랑 줄무늬 원피스, 올해도 자주 입을 생각인데."

"내 말이. 뭐든 새 것이 좋다는 건 파는 사람의 논리일 뿐이야."

도리가 크게 고개를 끄덕였다.

"맞아. 근데 새 옷은 언제 사 주든 환영이야."

"여름까진 참아."

단번에 거절당했다. 머리가 스펀지케이크여도 이런 부분은 똑 부러진다.

"저 광고는 여자와 남자, 옷을 좋아하는 사람 모두에게 예의가 없어."

로가 가스레인지 앞에서 오믈렛을 뒤집으며 화를 냈다.

"로는 저 몰에서 쇼핑 자주 하잖아."

"응, 살짝 맘에 드는 직원이 있거든. 근데 당분간은 갈 마음이 사라졌어."

"남친 후보였어?"

"관상용. 남친 후보였으면 이 정도로 포기 안 하지."

로가 싱긋 웃으며 엄지손가락을 치켜세웠다. 로는 남자를 좋아하는 남자다.

"남친 생기면 소개해 줘."

"모네 너도."

"잠깐. 그건 너무 빠르지. 모네 아직 열 살이야."

도리가 끼어들어서, 나와 로는 얼굴을 마주 봤다. 도리는 단카이 세대의 굳은 머리를 답답하게 여겼지만, 연애에 관해선 어지간히 옛날 사람이다. 우리 학년만 해도 사귀는 커플이 여럿이고, 난 재밌어서 좋을 것 같은데.

"오해할까 봐 말해 두는데, 무턱대고 반대하는 거 아냐. 정말 좋아하는 사람이 생겨서 사귀게 되면 집에 데려와. 난 너를……."

"부모 대신 보살펴 주고 있으니까?"

"알아주니 고맙네."

도리가 고개를 끄덕이더니, 한 손에 커피잔을 들고 다시 신문을 읽기 시작했다.

"말은 저렇게 해도 네가 남친 데려오면 엄청 충격 받을걸?"

로가 재미있다는 듯 귓속말을 했다.

"옛날부터 감정을 얼굴에 안 드러내니까 겉만 봐선 모르겠지만."

나는 고개를 끄덕였다. 그날을 대비해서 도리가 되도록 충격을 덜 받을 수 있게 원만한 남친 소개법을 생각해 둬야겠다.

"자, 아침 다 됐다. 어서 먹어."

로의 말에 우리는 식탁에 앉아 잘 먹겠습니다, 하고 손을 모았다.

매실 절임과 차조기 잎, 참깨를 골고루 섞은 주먹밥, 양파와 다진 고기를 넣은 오믈렛. 토마토 샐러드에는 바삭하게 볶은 잔멸치를 얹었다. 양배추와 베이컨을 넣은 된장국에는 어쩐 일인지 조각난 버터 토스트가 곁들여져 있었다. 식빵이 딱 한 장 남아 있었단다. 이상한 조합이라 생각하면서도 된장국에 찍어서 먹어 보니, 버터 맛이 입안에 확 퍼지면서 엄청 맛있었다.

"된장이랑 버터가 의외로 잘 어울려. 건더기도 베이컨으로 넣었고."

로가 후훗 웃었다. 우리 아침밥은 로 담당이다. 로가 바 마스터라서 새벽녘에 퇴근하는 김에 밥을 해 준다. 나와 도리한테는 아침밥이지만 로한테는 저녁밥이라 풍성하고 무지 맛있다. 음식 조합이 엉터리인 것도 재미있다.

아침을 먹고 나면 난 초등학교에 가고, 로는 우리 맨션 같은 층에 있는 자기 집으로 가서 자고, 도리는 일에 열중한다. 그렇게 3인 3색의 하루가 시작된다.

공동 현관을 빠져나오자 주차장에 세워진 로의 밴이 보였다. 이 밴은 밤이 깊어지면 수많은 램프가 매달린 멋진 노천 바가 된다. 바람 부는 대로 마음 가는 대로 밤마다 차를 모는 로가 스너프킨(무민 시리즈에 등장하는 캐릭터로, 단출한 짐에 하모니카를 연주하며 자유롭게 여행한다) 같아서 부럽다.

나도 어른이 되면 날마다 다른 곳에서 일하고 싶다. 근데 도리처럼 외국 영화를 자막 없이 보는 것도 멋있고 꽃집 주인도, 수의사도 좋다. 패션 디자이너도 되고 싶지만 재봉질을 못한다.

"다 하고 싶으니까 삼백 살 정도 살았으면 좋겠다."

내가 말했더니 우리한테도 그렇게 반짝거림으로 가득했던 어린 시절이 있었지, 하며 두 사람이 부러워하는 눈길로 쳐다봤다. 잘은 모르겠지만 어른은 힘든 모양이다.

초등학교는 재미있다. 공부하고, 놀고, 급식 먹고, 청소하고 나면 금세 종례 시간이다. 벌써 하루의 절반이 지나갔다는 게 믿기지 않는다. 역시 인생은 삼백 년 정도는 돼야 한다. 이걸 이번 학교 신문 주제로 추천해야지. 난 글짓기를 좋아해서 작가도 되고 싶다.

집에 도착하자, 집 안이 쥐죽은 듯 조용했다. 작업실을 들여다봤지만 도리는 없었다. 난 집에서 나와 계단을 올라갔다. 우리 집은 5층짜리 맨션의 5층인데, 집까지는 엘리베이터를 타면 되지만 그 위에 있는 옥상에 가려면 비상계단을 이용해야 한다.

어두침침한 잿빛 계단을 올라 무거운 문을 열자, 바람이 얼굴 쪽으로 휘익 불어왔다.

"다녀왔습니다!"

크게 외쳤더니 호스를 든 도리가 어서 와, 하며 뒤돌아봤다. 그 바람에 호스에서 쏟아져 나오는 물줄기도 빙 돌아, 옥상 정원 숲에 작은 일곱 빛깔 무지개가 생겼다.

"오늘은 네 샐비어가 피었어."

"흰색? 빨간색?"

"둘 다."

난 야호! 하고 옥상 정원 한편에 있는 '모네원'으로 달려갔다.

옥상 정원은 초여름을 맞아 하루가 다르게 우거졌다. 잎과 줄기가 무럭무럭 자라 초록빛이 짙어지고, 퐁 하고 소리가 날 것처럼 꽃이 폈다. 난 도리와 함께 살면서부터 해마다 한 가지씩 새로운 꽃을 심었다. 튤립, 수국, 목향장미, 스카비오사, 샐비어까지 5년 치를.

"우와, 예쁘게 피었네. 너무 귀여워."

조그마한 총 모양의 샐비어에 말을 걸고 있는데, 안쪽 오솔길에서 한 여자가 나타났다. 맨션 주민도 아니고, 자주 기도하러 오는 신자도 아니었다.

안녕하세요, 하고 인사했더니 긴 앞머리 틈으로 노려보는 바람에 흠칫 놀라 몸을 움츠렸다. 여자는 고개를 푹 숙이고 구부정하게 걸어갔다. 도리 또한 맞은편에서 인사를 건넸지만, 여자는 역시 무시하고 사람을 경계하는 곰처럼 느릿느릿 걸어 옥상을 빠져나갔다.

도리는 아무 일도 없었다는 듯 나무에 물을 줬다. 나도 신경을 끄려다 오솔길 안쪽을 힐끗 쳐다봤는데, 같은 맨션에 사는 아줌마가 걸어 나왔다.

"가토 아줌마, 안녕하세요?"

"안녕? 샐비어가 아주 예쁘게 피었네."

평범하게 인사해 줘서 마음이 놓였다. 가토 아줌마는 앞에 가는 여자를 보며 말했다.

"이런저런 사정이 있어서 그런 거니까 맘에 담아두지 마."

난 고개를 끄덕였다.

우리 맨션 옥상에는 정원이 있는데, 초록빛으로 가득한 오솔길 안쪽에 고마이누(사자 혹은 개를 닮은 동물상으로, 한 쌍이 신사나 사원을 지킨다)가 입구 양옆을 지키는 붉은 사당이 있다. 동네 사람들은 '옥상 신사' 또는 '절연 신사'라고 내키는 대로 부르지만, 정확한 이름은 '미타치 신사'이다. 지금은 시골에서 한가로이 지내고 있는 도리 부모님을 대신해, 외동아들인 도리가 신을 모시는 일을 물려받았다.

"신사를 물려받을 사람이 왜 번역가가 됐어?"

여기 온 지 얼마 안 됐을 때, 별 뜻 없이 물었다.

"신사만 경영해서는 먹고 살기 힘드니까."

더없이 현실적인 대답에 나는 할 말을 잃었다.

전국에 있는 소규모 신사 대부분은 신자들이 기도를 올리거나 액막이를 할 때 바치는 기원료와 시주만으론 생계를 유지하기 힘들다. 그래서 신사에서 일하는 신관 중에 최고로 높은 구지가 다른 일을 병행하거나, 그마저도 퇴직하고 나면 연금으로 생활하는 사람이 많다고 한다. 도리는 '신을 모시면 배를 곯는다'라는 슬픈 말이 있을 정도라며 한숨을 내쉬더니, 도리 아버지도 신사를 꾸리면서 중학교 보건 선생님으로 일했다고 담담하게 설명해 줬다.

"그럼 우리 집은 가난한 거야? 번역 일 없어지면 어떻게 해?"

어린이 나름대로 위기감이 더해졌다.

"괜찮아. 우리 할아버지가 대비책으로 이 맨션을 남겨 주셨거든. 신사 수입이 넉넉지 않거나 번역 일이 안 들어와도 월세 수입이 있으니까 걱정 안 해도 돼."

"월세 수입?"

도리는 어린이한테도 적당히 얼버무리는 법이 없었다. 덕분에 난 아직 어리지만 여러 시스템에 관해 조금씩 이해하게 됐다.

그렇지만 돈벌이가 되든 안 되든, 도리는 모든 일을 소홀히 하지 않았다. 번역하느라 눈 밑에 다크서클이 생겨도 날마다 구지로서 신령을 상징하는 물체인 신체에 기도를 올리고, 신사 경내이기도 한 옥상 정원의 나무들을 돌봤다. 또한 경내를 청소하고 사당의 부정을 씻어 내는 일도 열심히 했다.

"도리, 간식 먹자!"

집에서 가져온 바구니 뚜껑을 열고 정원 테이블에 차 마실 준비를 했다. 신사에서 차를 마시는 게 이상하겠지만, 철마다 식물들이 아름다워서 하늘이 맑은 날엔 노천카페에 있는 듯한 기분을 맛볼 수 있다. 도리가 호스를 단단하게 감아 놓고 테이블로 왔다.

"아까 그 여자, 좀 무서웠어."

"그래?"

"안녕하세요, 하고 인사했는데 쩨려보더라."

"그랬구나."

도리는 뭐든 이야기해 주지만, 기도하러 온 사람들에 관해서는 한마디도 하지 않는다.
 여기는 인연을 끊어 주는 신사인데, 많은 사람이 온다.
 난 아직 모르는, 여러 가지를 짊어진 사람들이.
 "모네, 오늘 간식은 뭐야?"
 "저번에 모모코 씨가 준 카스텔라하고 로가 손님한테 받은 하와이산 호놀룰루 쿠키. 그리고 도리가 좋아하는 설탕 입힌 매실맛 감씨 과자하고 호지차."
 "간식이 너무 많지 않니?"
 "여름이 오기 전에 체력을 길러 두라고 보건 프린트에 적혀 있었어."
 "이러면 체력이 아니라 지방이 길러질 것 같은데."
 "그러니까 도리는 배 안 나오게 감씨 과자만 먹어."
 "왜 살찌는 사람은 나 하나야?"
 "난 어린이고 신진대사가 활발하니까 괜찮지만, 도리는 옥상 비질할 때 말고는 계속 책상에만 앉아 있잖아. 살찌면 여자들이 안 좋아해."
 "안 좋아해도 상관없는데."
 말은 그렇게 하면서도, 셔츠 위로 자기 배를 쓰다듬었다.
 난 작게 웃으며 카스텔라 밑에 깔린 종이를 가만히 벗겼다.
 "카스텔라는 이 끈적끈적한 부분이 달고 맛있어. 그러니까 여기가 최대한 뜯어지지 않게 조심조심 종이를 벗겨야 해."
 "맘껏 즐기렴. 먹어도 먹어도 살찌지 않는 시절은 인생에서 아주 잠깐뿐이니까."

"가여운 도리."

"그래서 오늘 학교는 어땠어?"

도리가 보온병에 든 호지차를 머그컵에 따르면서 오후 3시의 간식 시간이 시작됐다. 둘이서 차를 마시며 오늘 있었던 일을 이야기했다. 달달한 과자도 좋지만, 나는 그냥 이 시간이 너무 좋다.

가끔 친구들이 우리 집을 보고 특이하다고 한다.

나는 그런가? 하고 고개를 갸우뚱하지만, 속으로는 '특이하다'는 사실을 알고 있다.

우리 엄마는, 나를 낳기 전엔 도리의 아내였다. 두 사람은 이런저런 사정 때문에 헤어졌고, 엄마가 우리 아빠와 재혼해서 날 낳았다. 내가 다섯 살 때 엄마와 아빠가 사고로 죽어서, 피붙이 없는 나를 도리가 맡았다.

"의붓자식이면 힘들지. 더구나 남자 혼자서."

여덟 살 때였다. 동네 아줌마들이 이러쿵저러쿵하는 소리를 우연히 엿들어 버렸다. 아줌마들은 마트 냉동식품 코너 바로 앞에서, 다른 손님들이 민폐라는 듯 눈치를 주는데도 아랑곳하지 않고 계속 수다를 떨었다.

"보다 못해 떠맡았겠지. 도리 씨도 심경이 복잡할 거야."

"모네도 지금은 괜찮지만 점점 제 아빠 닮아 갈 테고."

"학대나 떠들썩한 일이 안 벌어지면 좋을 텐데."

집에 돌아와 인터넷으로 '의붓자식'을 검색해 보니, 피가 섞이지 않은 자식이란 뜻이었다. 그런데 아줌마들 말에서는 또 다른 뭔가가 느껴졌다. 정체 모를 불안 때문에 가슴이 술렁거려서, 도리가 일하는 방으로 뛰어 들어갔다. 그때는 노크도 잊어버렸다.

"도리, 혹시 속으로는 나 미워해?"

도리는 살짝 눈이 휘둥그레지더니, 의자에 앉은 채로 뒤돌아 나와 마주 봤다.

"난 항상 널 사랑해."

분명하게 대답하고 나서, 갑자기 무슨 일이냐고 물었다. 아줌마들 이야기를 하자, 도리는 쓸데없이 참견한다며 눈살을 찌푸렸다.

"나랑 너의 관계는 나랑 네가 만드는 거니까, 남들이 이러니저러니 하는 말에는 아무 의미가 없어. 의미 없는 일에 신경 쓰는 건 시간 낭비고."

"근데 아줌마들은 엄청 걱정스럽게 이야기하던데."

"응, 근데 그건 걱정하고는 또 달라."

"그럼 뭔데?"

"글쎄, 대체 뭘까?"

도리는 난감하다는 듯한 표정을 짓더니, 영차 하고 나를 안아 올려 무릎에 앉혔다.

"이 세상에는 여러 사람이 있어."

자기 진지가 가장 넓고 사람도 많다며 세상의 중심이라고 여기거나, 거기서 삐져나온 사람은 이상하다고 단정 짓기도 해. 대놓고 못되게 굴면 싸울 수라도 있지만, 개중에는 웃으면서 깔보거나 걱정스러워하는 표정으로 킥킥대는 사람도 있어.

도리는 날 뒤에서 안아 주며 띄엄띄엄 말했다.

어려워서 다 알아듣진 못했지만, 앞으로 이런 일이 또 있으리란 건 알았다. 난 치맛자락을 꽉 붙잡았다. 어쩐지 억울함과 불안이 뒤죽박죽돼서 참지 못하고 울어 버렸다. 어엿한 초등학생인데 어린 아이처럼 울다니 부끄럽고 싫었다.

왜 억울하냐면 우린 서로 도우며 살고 있기 때문이다. 집안일과 번역, 신사 운영 때문에 바쁜 도리를 힘닿는 데까지 도와주려고 한다. 난 일곱 살 때 이미 설거지를 했고, 혼자 잠도 잘 잤다. 그게 내 자랑이었는데, 아줌마들이 하는 말을 들었을 때는 의젓하게 행동할 수 없었다.

"괜찮아. 넌 잘하고 있어."
"모네는 착해. 난 너를 진심으로 사랑해."

도리가 흐느껴 우는 날 안고 계속 흔들며 달랬다. 옳지, 옳지 하며 머리를 쓰다듬어 줬다. 아기 대하듯 해서 부끄러웠지만, 잔뜩 움츠러들었던 마음이 천천히 풀어지는 것 같았다. 무슨 일이 있어도 여기로 도망치면 보호 받을 수 있어, 여기가 내 보금자리야, 하는 생각이 들었다.

조금 진정되자 도리가 가타시로(액막이나 기도를 할 때 사람 대신 죄나 부정을 짊어지는 종이)를 줬다. 두 팔을 벌린 사람 모양의 흰색 종이 한가운데에 뭐라고 적을까 잠시 생각하다가, '뭔지 모를 회색빛의 아물아물한 것'이라고 느낀 그대로 적었다. 그리고 가타시로를 들고 옥상 신사로 가서 사당 옆에 설치된 부적함에 쏙 집어넣었다. 도리와 나란히 서서 손바닥을 맞부딪치며 끊어 주세요, 하고 신령님께 빌었다.

"좋아, 이제 넌 '뭔지 모를 회색빛의 아물아물한 것'과 연이 끊어졌어."

도리의 말에, 난 눈가를 비비며 고개를 끄덕였다. 눈물이 말라붙은 데가 간지러웠다.

이 옥상 신사에는 금욕의 신이 모셔져 있는데, 신체가 칼이어서 옛날에는 신사 이름에 큰 칼이라는 뜻의 한자가 들어갔단다. 질병은 물론이고 술이나 담배, 도박 같은 나쁜 버릇, 우울하게 만드는 악연까지 모조리 끊어 주는 강한 신령님이라, 부부나 사귀는 사람끼리는 참배하면 안 된다고들 한다.

가끔은 바람직하지 않은 일을 빌러 오는 사람도 있다. 'K 씨가 부인이랑 헤어지게 해 주세요'라고 적힌 가타시로를 본 적이 있다. 아줌마들이 불륜 주제에 뻔뻔하다면서 화를 냈다. 도리에게 불륜이 뭐냐고 물으니, 윤리에 어긋난 행동이라고 했다. 그럼 윤리는 뭐냐고 물으니, 많은 사람이 불편 없이 살

아가는 데 필요한 룰이라고 했다. 그러고 나서,
"근데 그게 다는 아니야."
하고 덧붙였다.
"룰을 깨도 괜찮아?"
"괜찮진 않지. 근데 아무리 애써도 룰을 깨야만 하는 순간이 누구에게나 있을 수 있어."

이처럼 내가 이해하기 힘든 소원을 빌러 오는 사람도 있지만, 여기 신령님은 악연만 끊어주고 좋은 인연은 끊지 않는다고 한다.

속상한 일이 생길 때마다 도리한테 가타시로를 받아서 인연을 끊고 싶은 것의 이름을 적고, 신령님께 끊어 달라고 비는 게 내 습관이 되었다. 부적함에 넣은 가타시로는 나중에 도리가 액막이를 해 주기 때문에 마음이 한결 가벼워진다.

끊을 게 없는 날에도 기도는 올린다. 옥상에 심어져 있다고는 믿기 힘든 웅장한 단풍나무 아래서, 고마이누가 양옆을 지키는 조그마한 붉은 사당을 향해 손을 모은다. 도리가 하루하루 있었던 일을 부모님께 들려 드리라고 했기 때문이다.

"천국에 있는 아빠, 엄마. 난 오늘도 잘 지냈어."

사실대로 말하면, 난 아빠와 엄마가 잘 기억나지 않는다. 여름날 나뭇잎 사이로 비쳐 드는 햇살처럼 반짝반짝 눈부시고, 한가롭고, 왠지 모르게 좋은 날들이었던 것처럼 느껴질 뿐.

"그거면 됐어. 행복에 정해진 형태는 없으니까."

도리가 그렇게 말하니 마음 놓고 고개를 끄덕일 수 있었다.
"형태가 없다는 건 자유로워서 좋네."
"형태가 있어도 얽매일 필요 없어."
도리의 말은 간결하지만, 가끔 어렵고 무슨 뜻인지 모를 때가 있다.
난 그걸 천천히 풀어나갈 생각이다.

그 번개

연휴가 끝난 다음날, 병원은 바쁘다. 오늘 하루도 열심히 일하느라 수고했다고 스스로를 위로하며, 퇴근길에 역 앞 복권 판매점에서 서머 점보를 연속 번호로 샀다.

"이번엔 꼭 당첨됐으면 좋겠네."

제법 친숙해진 판매점 여자가 말을 건넸다.

종합병원에서 의료 사무직으로 일한 지 십 수 년, 어느새 직원들 사이에서는 거북한 안방마님 신세가 되었다. 기분이 가라앉거나 피곤할 때는 복권을 사서 1억 엔에 당첨되면 뭘 할까 몽상에 빠지는 게 유일한 힐링이다.

1등에 당첨되면 일단 지금 다니는 회사를 그만둬야지. 공식적으로 자유의 몸이 되면 타히티로 휴가를 떠나고 싶다. 새파란 바다에서 톡 튀어나온 것처럼 초가지붕을 얹어 만든 수상 오두막. 남쪽 나라 섬 중에서도 유독 밥이 맛있다고 친구한테 들었다. 그 친구는 10년 전에 타히티로 신혼여행을 갔는데 어제 이혼했다. 세월은 흐르고, 사랑은 변한다. 그래, 친구를 꼬셔서 둘이 타히티에 가야지.

"모모코 씨, 안녕!"

상점가를 걷고 있는데 모네가 인사했다. 모네는 같은 맨션에 사는 아이다. 허리까지 내려오는 밝은 갈색 머리가 트레이드마크인 예쁜 소녀인데, 언제 봐도 헤어스타일과 옷차림이 멋스럽다. 아빠 고집 때문에 '계집애는 단발'로 정해져 있던 내 어린 시절과는 하늘과 땅 차이다.

"퇴근하는 길?"

"응, 너는?"

"심부름. 내일 아침에 오믈렛 하려는데 케첩이 없어서."

"도리는 오믈렛도 할 줄 아는구나. 그거 감싸기 어려운데."

"도리가 아니라 로가 해. 도리는 정리정돈 같은 건 꼼꼼하게 하는데 손재주가 없거든. 그래서 내 머리 묶기나 손이 많이 가는 요리는 로 담당이야."

"그래? 잘하는 분야가 다르구나."

맞아, 하고 모네가 유쾌하게 말했다.

잘 가, 바이 바이! 하고 통통 튀듯 인사하는 모네를 흐뭇한 마음으로 지켜봤다.

우리 집은 옛날부터 아빠 취향에 맞춰 아침은 일식으로 정해져 있어서, 토스트에 오믈렛을 먹는다는 친구네 집이 부러웠다. 그런 아빠도 수년 전에 세상을 떠나, 지금은 엄마와 둘이 산다. 이제는 언제 뭘 먹을지 내 맘인데도, 오랜 세월 길들여진 습관 때문에 아침에 일식을 안 먹으면 속이 영 불편했다.

7월에 접어들면서 해가 길어졌다. 여전히 밝은 저녁 풍경에, 오래 봐서 익숙한 우리 맨션이 둥둥 떠 있는 것처럼 보였다. 엘리베이터를 타고 3층으로 올라가 다녀왔다며 현관문을 열자, 우리 집하고는 도무지 연이 없는 남자 신발이 놓여 있었다.

"아, 모모코. 오랜만이구나."

거실 소파에 오가와 씨가 앉아 있었다. 오가와 씨는 아빠의 오랜 친구로, 내가 어렸을 때부터 예뻐해 줬다. 인사를 건네자 훌륭한 아가씨가 다 됐네, 하며 흐뭇해했다.

"모모코, 잠깐 앉아 봐. 오가와 씨가 좋은 소식을 가져오셨어."

그 말만 듣고도 바로 느낌이 왔다. 힐끗 쳐다본 탁자 위에는, 예상대로 맞선 상대의 신상명세서 같은 게 나와 있었다. 아니나 다를까, 오가와 씨 부인의 연을 통해 들어온 제의라고 했다.

"오지랖인 줄은 알지만 상대가 참 사람이 좋아 보여. 너보다 한 살 많은 마흔이고, 종합병원에서 방사선사로 일하니까 의료 사무 보는 너하고 말이 잘 통할 것 같아서. 안사람이 밖에 나가서 일하는 것도 충분히 이해한대."

그래요? 하며 난 애매한 미소를 지었다. 일하는 걸 '이해한다'니 요즘 세상에 너그럽기도 하시지…… 라고는 말할 수 없었다. 세대가 다른 데서 비롯된 생각의 차이일 뿐, 오가와 씨에게 악의는 없으니까.

"고맙습니다. 근데 저한테는 너무 과분한 상대라."

전형적인 문구로 저항을 시도해 봤지만, "아니야, 모모코는 정말 좋은 아가씨라고 집사람이랑 맨날 얘기하는데." 하고 오히려 힘을 북돋아 줬다. 오가와 씨는 선한 사람이고, 아빠가 세상을 떠난 후에도 이렇게 종종 기분이 밝아지는 소식-본인은 그렇게 믿고 있다-을 들고 찾아왔다.

"오가와 씨는 물론이고 부인까지 널 친딸처럼 여기시는 거야."

오가와 씨가 돌아간 후, "고맙기도 하지." 하고 엄마가 중얼거렸다. 오가와 씨 부부에겐 아들이 하나 있는데, 유학 중에 알게 된 캐나다 여성과 결혼해서 지금도 그쪽에서 살고 있다.

"그럼 날짜 잡아 볼게."

"뭐? 잠깐만."

"더 기다릴 수 있는 나이가 아니잖아."

가차 없는 대답이었다.

"모모코, 엄마는 마냥 건강할 수 없어."

절절한 말투로 엄마가 늘 하는 레퍼토리가 시작됐다.

지금처럼 엄마랑 딸이랑 둘이서 사는 게 편하고 좋지만, 내가 언제까지 건강하게 버틸 수 있을지 모르겠다. 다 늙어서 딸한테 신세지려면 미안하니까, 멀쩡할 때 돌봄 받을 수 있는 실버타운 같은 데 들어가서 친구도 사귀고 근심 걱정 없이 지내고 싶다. 그렇다고 결혼도 안 한 딸을 혼자 두고 가자니 맘에 걸려서 견딜 수가 없다. 지금은 좋아도 노후엔 쓸쓸하다. 그러니 마흔이 되기 전에 든든한 남편감을 찾았으면 좋겠다.

"계속 이러면 나도 죽으래야 죽을 수도 없고, 아빠도 천국에서 걱정하고 계실걸?"

세상을 떠난 아빠까지 소환하면 더 이상 저항할 방법이 없었다. 오가와 씨가 옛날부터 얼마나 많이 챙겨 주셨니? 하고 쐐기를 박으면서, 맞선을 보기로 결정되었다.

맞선 보기로 한 날은 아침부터 하늘이 맑았다.

"너무 수수하지 않으려나. 게다가 그 소쿠리 같은 가방은 뭐니?"

올리브그린색 원피스를 입고 방에서 나오자마자 엄마한테 클레임이 들어왔다.

"좀 더 밝은 색은 어때? 크림색이나 핑크색."

"이렇게 햇빛 쨍쨍한 날엔 더워 보여."

아이스커피를 마시고 있는데, 그럼 이건 어때? 하며 엄마가 작은 꽃들이 수놓인 물빛 세트업을 들고 왔다. 맘에 들어서 사긴 했는데 너무 젊은 사람 스타일이라 입을 기회가 없었다고 했지만, 누가 봐도 오늘을 위해 준비한 티가 났다.

"넌 피부가 하얘서 연한 색이 잘 어울려. 여성스러워 보이고."

"같이 살 사람을 고르는데 겉모습만 여성스럽게 포장한다고 무슨 의미가 있겠어."

"넌 내면도 여성스러워. 요리도 잘하고."

"여성스러움이랑 요리 솜씨는 별개야."

"됐으니까 좀 입어 봐."

"모처럼 샀으니까 엄마가 입어."

서둘러 남은 커피를 들이켰다. 계속 꾸물거리면 강제로 작은 꽃들이 수놓인 세트업을 입은 여성스러운 내가 만들어질 것 같았다. 슬슬 가야겠다며 가방을 들고 현관으로 향했다.

"아직 이르지 않아?"

"옥상에서 기도하고 가려고."

"맞선 보는 날 인연을 끊어 주는 신사에 가다니, 불길하게."

"그 신사 밑에서 수십 년이나 살아 놓고 새삼스럽지 않아?"

"그럼 그 소쿠리 같은 가방만이라도 다른 걸로 바꿔 들고 가."

다녀오겠습니다, 하고 엄마 말을 차단하고는 집을 나섰다.

5층까지는 엘리베이터를 타지만, 거기서부터 옥상까지는 계단으로 가야 한다. 어두침침한 계단 맨 끝에 있는 묵직한 문을 열자, 휘익 바람이 불어 어깨까지 내려오는 내 단발머리를 뒤로 날려 보냈다. 빛을 내는 듯한 푸르른 초목이 시야 가득 펼쳐져서, 눈부심에 순간적으로 한쪽 눈을 가늘게 떴다.

"안녕? 항상 고생이 많네."

햇살 아래서 목장갑을 끼고 옥상 정원에 자란 잡초를 뽑고 있는 도리에게 인사를 건넸다. 맞은편 벤치에서는 동네 할머니들이 풍경을 바라보며 수다를 떨고 있었다. 절연 맨션이라는 불길한 이름과 모순되게, 이곳은 모두를 위한 휴식 공간이기도 했다.

"요맘때가 제일 힘들지? 뽑아도 뽑아도 금세 자라잖아."

"맞아. 그렇다고 내버려 두면 걷잡을 수 없게 되니까."

목에서 뚝뚝 떨어지는 땀을 목장갑으로 닦으며 말했다. 도리하고는 어려서부터 알고 지냈다. 옛날부터 똑 부러지는 아이였는데, 30대 중반이 된 지금은 더 똑 부러진다.

"기도 올리고 갈게."

그렇게 말하자 얼마든지요, 하고 대답했다.

난 정원 안쪽으로 향했다. 자갈이 깔려 완만하게 굽은 오솔길 양옆에 수국이 심어져 있었다. 파랑에서 보라로 이어지는 그라데이션이 아름다웠다. 내가 고등학생 때는 여기에 목수국이 심어져 있었다. 목수국은 수국하고 비슷하게 생겼는데, 난 어딘가 야성미 넘치는 커다란 꽃을 좋아했다.

그 시절 심었던 단풍나무도 제법 크게 자랐다. 방금 물을 준 터라 이파리 끝에서 물방울이 똑똑 떨어져, 밑에서 자라고 있는 풀들이 생생하게 빛났다. 닭의장풀의 파랑, 타래난초의 자홍, 반하의 하양.

계절마다 볼거리가 있는 이 정원은 도리의 할머니와 어머니가 정성 들여 가꿨다. 선대 구지 부부가 은퇴하단 소식을 들었을 때는 걱정했는데, 뒤를 이은 도리가 훌륭하게 아름다운 정원을 유지하고 있다. 솔직히 구지라기보다 정원사라 해도 될 정도다.

맨션 옥상에 신사가, 그것도 인연을 끊어 주는 신사가 있다고 하면 무서워하는 사람도 많다. 하지만 임대인이자 구지인 구니미 집안이 꼼꼼하게 관리해서 더없이 살기 좋다. 옥상에서는 노천카페처럼 차도 마실 수 있고, 기도하러 오는 사람들에게 항상 개방되어 있다. 그래서 보안이 허술하다는 사람도 있지만, 여기서 수십 년 사는 동안 큰 문제는 한 번도 없었다.

원래 맨션이 들어서 있는 부지 전체가 신사였는데, 전쟁 때 공습을 당해 건물이 소실되었다. 먹고 사는 것만으로도 벅찼던 시대였음에도 차마 신체를 내팽개치지 못하고, 도리의 증조부가 작은 사당에서 근근이 신령님을 모셨다.

그걸 도리의 할아버지 대에서 땅을 담보로 대출을 받아 맨션을 올리고, 옥상에 신사를 지음으로써 생활을 꾸려 가며 구지의 책무를 다할 수 있도록 했다. 당시엔 천벌 받는다며 험담하는 사람도 있었다는데, 지상에서 받들든 공중에서 받들든 신령님은 그런 일로 노하지 않으리라 생각한다. 아무리 겉모습을 잘 갖춰도 중요한 건 사랑하는 마음이다. 그게 가장 중요하고 힘이 세다.

'그래서 어깃장을 놓기 시작하면 귀찮아지지만.'

붉은 사당 앞에 서서 시주를 하고 합장했다. 맞선 성공을 빌기 위해서가 아니라, 마음이 흔들리는 일이 생기면 이곳에 온다. 나에겐 신경안정제나 마찬가지다. 그렇게 만든 계기가 된 사건은 이미 오래 전에 지나가 버렸는데 습관만 남았다.

기도를 마치고 오솔길을 따라 돌아가자, 모네와 로 씨가 차 마실 준비를 하고 있었다.

"와아, 원피스 너무 예쁘다. 가방도 오늘 날씨랑 딱이고."

모네가 내 가방에 주목했다. 바로 그거다. 본격적으로 더워져서 라탄 가방을 조합한 것이다. 동그란 모양에 광택 있는 검은 리본이 측면에 달린 가방인데, 겉보기와는 달리 가격은 예쁘지 않지만 여름 보너스를 믿고 사 버렸다.

"고마워. 엄마는 그런 소쿠리 들고 가지 말라고 잔소리하던데."

"이렇게 예쁘고 귀여운데?"

모네가 고개를 갸웃거렸다. 모네는 꾸미는 걸 엄청 좋아해서 초등학생답지 않은 세련된 센스를 갖추고 있었다. 그런 모네가 칭찬해 주니 구원 받은 기분이었다.

"모모코 씨도 아이스티 한잔할래?"

유리잔에 얼음을 담으며 로 씨가 물었다.
"고마워. 잘 마실게."
아직 시간이 남아서 얻어 마시기로 했다.
"야, 도리 너도 좀 쉬어. 수분 충전 안 하면 열사병 걸린다."
"잠깐만. 여기만 하면 돼."
도리는 열심히 잡초를 뽑았다.
"쟤는 저런 단순 노동에 공을 들이더라."
로 씨가 재미있다는 듯 웃었다. 옛날부터 고지식한 애였으니까, 하고 나도 따라 웃으며 정원 의자에 앉았다. 치마가 주름지지 않게 손으로 사뿐사뿐 폈다.
"우아하다. 공주님 같아."
생각지도 못한 로 씨의 말에 당황했다.
"공주님이라 하기엔 나이가 너무 들었는데."
쑥스러움과 자학이 뒤섞여 비굴한 대답을 하고 말았다.
"아니야. 엄청 예뻐."
로 씨는 나의 쩨쩨한 자의식 따윈 아랑곳하지 않고 웃었다. 여름 햇살 탓도 아닌데, 천천히 귀 주변이 뜨거워졌다.
아무한테도 말한 적 없지만, 로 씨의 웃는 모습은 고등학교 때 사귀었던 남자친구와 비슷했다.

맞선 상대인 사카이 씨는 생각보다 훨씬 느낌이 좋은 사람이었다. 그런데도 뭔가 시작될 조짐은 보이지 않았고, 그건 사카이 씨도 마찬가지였을 것이다.

  사카이 씨는 대학 후배였던 부인과 사별하고, 곧 중학생이 되는 딸이 하나 있었다. 말에서 딸을 사랑하는 마음이 전해졌고, 그건 세상을 떠난 부인에 대한 애정으로 이어져 있었다. 사카이 씨가 찾는 사람은 딸의 엄마이지, 아내가 아니라는 사실을 알게 됐다.

  '좀 아쉬웠어.'

  자기소개를 할 때 보여 준 숫기 없는 모습이나 서글서글한 말투가 맘에 들었다. 그냥 오가와 씨 체면 살려 주려고 나간 자리였는데 나도 참 타산적이지, 하고 돌아오는 길에 하늘을 올려다보며 한숨을 쉬었다. 누이 좋고 매부 좋을 수는 없는 법. 세상살이가 참 쉽지 않다.

  "당연하지. 사별은 가슴에 남거든."

  맞선 결과를 물어서 설명했더니 엄마가 어이없어했다.

  "추억은 세월이 흐를수록 아름다워지니까."

  "나도 알아. 그래서 망설여진다는 얘기가 아니야."

  "망설일 필요가 뭐 있어? 직장 탄탄하지, 사춘기 딸이랑 사이좋은 거 보면 성격도 너그러운 사람일 테고. 그런 사람이면 너도 귀하게 지켜줄 거야."

  "하지만 맘속에 죽은 부인을 계속 담아 두고 있는데?"

  "그건 네가 눈감아 줘."

  "싫어."

이치는 알지만 마음은 그렇게 움직이지 않았다.

"그야 초혼에 의붓자식을 키우기가 쉽지 않겠지만, 너도 아직 아가씨티를 못 벗은 구석이 있어. 부부는 몇 년만 지나면 사랑 타령 안 하게 돼. 네 대학 친구 유코도 그렇게 요란한 연애 끝에 결혼했는데 결국 이혼했잖니."

"여기서 유코 이야기가 왜 나와?"

"그럼 도리를 본받든지. 제 핏줄도 아닌 모네 키우는 거 봐. 처음엔 어떻게 되려나 했는데, 지금은 훌륭한 아빠잖아. 전 부인이 재혼한 남편이랑 낳은 애라서 맘이 복잡했을 텐데, 역시 세상만사는 이론보다 실전이라니깐."

"엄마, 도리는."

"도리는 뭐?"

"……아니, 아무것도 아니야."

내가 삐져서 입을 다물었다고 생각했는지, 엄마는 말투를 묵직하게 바꿨다. 모모코, 내가 영원히 살 순 없잖니, 하고 또다시 그 레퍼토리를 꺼냈다. 그런데 오늘은 도리라는 양념이 더해져서 패턴이 조금 달랐다.

"도리도 홀몸이지만 애가 있는 거랑 없는 건 천지 차이야. 모네가 결혼해서 애를 낳으면 할아버지가 될 테니 피붙이 하나 없는 너랑은 완전히 다르지. 사실 너랑 도리가 결혼하는 게 가장 좋긴 한데."

가만히 들어 줬더니 터무니없는 말을 꺼냈다. 도리는 자신이 이런 데서 사위 후보로 거론되고 있을 줄은 꿈에도 모르겠지. 재난이라고밖에 표현할 방법이 없다.

다 떠나서, 도리는 헤어진 부인을 아직도 사랑하기 때문에 남겨진 모네를 그냥 내버려둘 수 없었다고 난 생각한다.

계속 본가에서 살았던 나와는 달리, 도리는 대학 진학과 동시에 도쿄로 독립해 혼자 살기 시작했다. 그렇게 그쪽에서 프리랜서 번역가가 됐다는 소식을 들었을 때는, 묘하게 잘 어울린다고 생각했다. 장차 신사를 물려받을 외동아들답지 않게 고지식하고 담담한 인상을 풍기는 아이였기 때문이다.

그런 도리가 5년 전에 갑자기 어린 여자아이를 데리고 고향으로 돌아왔다. 눈이 크고 속눈썹이 기다란 그 여자아이는, 딸이긴 딸인데 이혼한 부인이 재혼한 남편 사이에서 낳은 딸이라고 했다. 의붓자식을 학대하는 일이 뉴스를 타는 시대라, 이웃들은 꽤나 마음을 졸였는데…….

불행한 예감은 모두 빗나갔고, 도리네 부모님과 도리, 모네까지 4인 가족은 원만하게 새로운 생활을 시작했다. 선대 구지 부부의 인품은 동네에서 정평이 나 있었고, 모네는 밝고 똑똑한 아이였다. 모네는 엄마를 닮았다고 예전에 도리가 언뜻 말한 적이 있었다.

"평소엔 천하태평인데 화나면 진짜 무서워."

감정을 그다지 겉으로 드러내지 않는 도리가 흐뭇하게 눈웃음을 짓자, 젖은 거즈를 살포시 짤 때처럼 애정이 뚝뚝 떨어졌다. 도리가 이혼한 부인 이야기를 꺼낸 건 그때뿐이었다.

"모모코, 듣고 있니?"

"듣고 있다니까. 알았어. 이제부터 진지하게 생각해 볼게."

"이제부터 생각하면 너무 늦지."

"그럼 어쩌라고."

난 자리에서 일어나 피곤하니까 그만 쉴래, 하고는 내 방으로 들어왔다.

털썩하고 힘을 실어 침대에 앉았다. 내 인생이니까 누가 뭐래도 내가 제일 생각한다. 지금껏 노력도 해 봤다. 그래도 인연이 안 닿는 사람이 있다는 걸 이해해 달라며 호소하고 싶지만, 그건 그것대로 내가 인기 없는 사람이라고 자백하는 거나 마찬가지여서 괴로웠다.

"너도 아직 아가씨티를 못 벗은 구석이 있어."

머리 한편에 들러붙은 그 말을 아까부터 의식적으로 떨쳐 내려 애썼다. 엄마는 진심으로 날 걱정하고 있다. 그건 알지만, 좋은 사람과 사랑하고 사랑 받으며 결혼하고 싶은 게 분에 넘치는 바람일까. 아직 아가씨티를 못 벗어서 그럴까.

'그야 이미 아가씨는 아니지만.'

어릴 때부터 줄곧 쓰고 있는 내 방을 둘러봤다. 취미로 모으는 앤티크 유리 향수병. 은색 매미가 내려앉은 나무 상자는 중학생 때 홋카이도 오타루로 가족 여행을 가서 산 오르골이었다. 윗미닫이틀에는 독후감 대회에서 받은 상장이 걸려 있었다. 선반에는 의료 사무 관련 서적, 부종 방지 압박 양말. 소녀와 여자가 우스꽝스럽게 뒤섞인 내 방.

"모모코, 목욕물 받아 놨으니까 씻어."

엄마가 불러서 네, 하고 대답했다.

옷장을 열어 잠옷을 꺼냈다. 옷장 상단에 수납 상자를 쌓아 뒀는데, 그중 하나에만 리본 스티커가 붙어 있었다. 다 기모노인데 그것만 유카타였다. 고등학교 때 사 놓고 결국 한 번도 못 입었다. 그런데도 버리지 못하고 갖고 있었다.

밝은 물빛에 춤추는 나비들. 지금의 나에겐 더 이상 어울리지 않았다.

매달 하는 의료보험 수가 청구서 업무가 해가 갈수록 힘들어졌다. 연장 근무가 이어지면 어깨부터 견갑골까지가 널빤지처럼 딱딱해져서, 움직이면 뚜둑 하고 부러질 듯한 소리가 났다. 일하는 중간에 잠깐 목을 풀고 있는데,

"피차 나이 앞에서는 장사 없구먼."

하고 50대 남자 상사가 공감을 요구하는 불쾌한 덤까지 따라왔다.

다음날은 기다리던 휴일이었기에, 기분 전환하러 집과 반대 방향으로 가는 전철을 타고 작년에 1등이 나온 복권 판매점에 서며 점보를 사러 갔다. 1억 엔에 당첨되면 뭐 할까, 하고 언제나처럼 몽상에 빠져 있는데, 손을 맞잡은 노부부가 스

쳐 지나갔다. 할아버지가 든 고양이 무늬 쇼핑백 위로 늠름한 무가 삐져나와 있어서, 문득 부러운 마음이 들었다.

'나하곤 인연이 없는 풍경이네.'

평소 같았으면 흠뻑 빠졌을 복권에 당첨되는 꿈이 비눗방울처럼 팡 터졌다. 꿈을 꾸기는커녕 묘하게 슬퍼졌다. 피로가 어지간히 쌓인 것 같아 풀코스 마사지라도 받으러 갈까 했지만, 진짜 원인은 몸이 아님을 알고 있었다.

지난달에 본 맞선은 나보다 사카이 씨가 먼저 거절 의사를 밝혀 왔다. 저에겐 과분한 분이라서…… 라는 전형적인 대답이었지만 오가와 씨 부인 말로는,

"모모코가 아직도 마음이 젊어서 사카이 씨가 주눅이 든 모양이야."

어이가 없었다. 내 마음이 젊다고? 날마다 집하고 회사만 왕복하고, 젊은 파견 사원은 안방마님이라며 거북스러워하고, 가끔 하는 기분 전환이 고작 복권 사는 일인 내가?

"그런 소쿠리나 들고 가니까 사람이 가볍다고 생각한 거야. 근데 혹 딸린 남자는 우리가 사절이거든? 초혼인 여자를 상대로 말이야, 자기가 잘났으면 얼마나 잘났다고."

억울해하는 엄마 옆에서 소쿠리…… 하며 한숨을 지었다. 그 가방은 꽤 좋은 건데, 세대에 따라선 TPO를 무시했다고 여길 수도 있다. 사카이 씨가 그렇게 느꼈는지는 모르겠지만, 어차피 '가볍다'라는 인상을 안겨 준 건 확실하다. 그리고 그

런 여자는 사춘기를 맞은 딸의 엄마로 적합하지 않다고 판단했겠지.

나는 그 판단을 비난할 수 없고, 오히려 현명하다고 생각한다.

왜냐하면 난 연인이나 아내를 건너뛰고 갑자기 엄마가 될 순 없기 때문이다.

뭐, 그냥 단순히 나한테 여자로서의 매력을 못 느꼈을지도 모른다. 하긴 호텔 티룸에서 슈퍼 쇼트케이크까지 먹어 버렸으니까. 그 호텔 명물이기도 하고, 지난달은 '아마오'라는 후쿠오카산 고급 딸기 축제 중이라 참을 수가 없었다. 식탐이 많은 여자라고 생각했을까. 하아, 생각이 점점 부정적으로 뻗어 나간다. 어차피 거절할 참이었으면서 상대가 거절했다고 충격을 받다니, 나도 참 제멋대로다.

이대로 집에 가면 엄마가 걱정할 텐데 어디 가서 차라도 마시고 갈까. 시무룩한 모습은 보여 주기 싫고, 맞선 상대한테 거절당해서 충격 받았다고 생각할까 봐 창피스럽다. 거절당해서 기분이 가라앉은 건 맞는데, 근데, 그게 아니라, 난.

"모모코 씨."

갑자기 누가 불러서 발걸음을 멈췄다. 멍하게 걷는 동안 어느새 번잡한 역 앞에서 벗어나 뒷골목에 들어서 있었다. 목소리가 들린 쪽을 쳐다보니, 항상 맨션 주차장에서 보는 하얀 밴이 세워져 있었다. 평소엔 닫혀 있는 차 측면을 열어 차양처럼 쳐 놓았다.

"이제 퇴근해? 수고했어."

활짝 열린 차 안에서 로 씨가 손을 흔들었다. 차에는 크리스마스트리에 장식할 법한 백열전구가 잔뜩 매달려 있었는데, 그 작고 고요한 빛이 마치 사막의 오아시스처럼 보였다. 목마르고 지친 여행자가 겨우 한숨 돌릴 수 있는 곳.

"월초마다 있는 연장 근무였어."

"오늘 하루도 고생 많았어."

고맙다며 서로 인사를 나누고 나서 주위를 둘러봤다.

"요즘 여기서 장사해?"

"아니, 오늘 밤이 처음이야. 그러니까 타이밍이 기막힌 거지."

"장사하는 모습 처음 봐. 이렇게 생겼구나."

"괜찮으면 한잔하고 가. 다리 아프면 앉을 데도 있고."

로 씨가 차 뒤쪽에 설치돼 있는 작은 고깔 지붕 텐트를 가리켰다. 얇은 흰색 베일이 느슨하게 가리고 있어서, 유목민의 집 같은 느낌이었다.

"고마워. 그냥 여기서 마실게. 그럼 뭔가 가슴이 뻥 뚫리는 칵테일 한잔 부탁해요."

"독하게, 아님 약하게?"

잠시 생각하고 나서 독하게, 하고 대답했다. 피로와 우울이 뒤섞여서 아주 조금이라도 날 내려놓고 싶었다. 그럼 럼으로 할까, 하고 로 씨가 뒤쪽 선반에서 병을 꺼냈다.

"레몬 하트 데메라라. 알코올 도수는 40%."

"으앗, 독할 거 같아. 럼은 별로 마셔본 적 없는데."

"술 잘 마시면 한 단계 위인 151도 있어. 그건 도수가 75.5%."

"한 모금에 기절할지도."

로 씨가 웃더니, 물 흐르는 듯한 손놀림으로 칵테일을 만들었다.

"자, 솔 쿠바노 나왔습니다."

처음 마시는 칵테일이었다. 얇게 저민 자몽으로 유리잔 위쪽을 막고, 한가운데에 민트를 곁들여 빨대를 꽂았다. 도수가 높은 편이라 조심조심 마셔 봤는데, 자몽 맛의 목 넘김이 편한 칵테일이었다. 맛있다고 하자, 로 씨가 엄지손가락을 치켜세웠다.

"쿠바의 태양이란 뜻이야. 럼은 거친 느낌이 있는데, 이건 마시기 편해."

로 씨가 입꼬리를 올리며 생긋 웃었다. 얼굴 가득 웃음을 띠는데, '아, 역시 닮았구나.'라는 생각이 들었다. 옛날 남자친구도 이렇게 웃는 사람이었다. 대면식 카운터에 턱을 괴고 멍하니 쳐다보고 있는데, 로 씨가 왜? 하고 고개를 갸웃거렸다.

"벌써 취했나 봐. 피곤해서 그런가."

난 아무 일 없다는 듯 눈을 내리깔았다.

"취했으면 텐트에서 자고 가든지. 같은 맨션 사는데 바래다줄게."

커다란 손으로 머리를 콩콩 때려서 깜짝 놀랐다. 남자가 머리를 콩콩 때려 주는 게 몇 년 만일까. 나도 모르게 가슴이 두근거려서, 다시 한번 로 씨를 바라봤다.

"로 씨, 여자들한테 인기 엄청 많지?"

"직업상 그렇긴 하지. 근데 나한테 여자는 벚꽃 같은 거야."

"벚꽃?"

"예쁘다 하면서 쳐다만 보고 그냥 스쳐 지나가니까."

아무에게도 상처 주지 않으면서 부정 또한 하지 않는 말에, 나는 미소 지었다. 그리고 서글펐다. 이 사람은 여태껏 누군가에게 수없이 상처 받고 부정당한 적이 있을 테니까.

로 씨가 우리 맨션으로 이사 왔을 때 자그마한 소동이 일었다. 컬이 굵은 곱슬머리에 훈훈하고 반듯한 이목구비, 강아지 같은 붙임성. 로 씨는 눈 깜짝할 사이에 동네 아이돌이 되었다. 도리네하고 옥상에서 자주 시간을 보냈기 때문에 사람들이 신사에 기도하러 오는 빈도가 급상승하고 있을 때,

"하아, 나 저번에 남친이랑 헤어졌어."

로 씨는 천연덕스럽게 자신의 성 정체성을 밝혔다.

팬이었던 아줌마들은 놀라서 입을 떡 벌리긴 했지만, 그런 사람도 있는 거라며 대부분 이해했다. 그런데 여태껏 무관심했으면서 갑자기 시비를 거는 사람들도 있었다.

"성가신 친구네. 도리 씨는 안 그래도 '의붓자식' 키우느라 힘든데."

"혹시 도리 씨도 '그쪽' 아닐까."

"그럼 큰일인데. 모네 앞날에 나쁜 영향 끼치면 어떡해."

아직 다가오지 않은 미래에까지 안테나를 뻗어서 걱정이란 이름의 참견을 하는 사람들. 앞으로 무슨 일이 벌어질지는 아무도 모른다. 언뜻 보기엔 나무랄 데 없는 가정이라도, 안으로 들어가 보면 다 사연이 있다. 걱정하는 척하면서 불안을 부추기는 건 그저 민폐 행위라고 생각하지만, 입 밖으로 꺼내지는 않았다. 난 옛날부터 동네에서 얌전한 우등생 모모코로 통했고, 좋은 아가씨인데 시집을 못 간다는 소리를 계속 듣다가, 이제는 혼기를 놓친 불쌍한 모모코로 자리 잡은 몸이니까.

"괜찮아? 물 줄까?"

괜한 생각까지 떠올려 복잡한 표정을 지었더니 로 씨가 말을 건넸다.

"아니야, 됐어. 그보단 숨에서 향긋한 냄새가 나니까 기분 좋네."

난 입가를 손으로 막고 숨을 쉬었다.

"생자몽을 써서 그래. 내 손가락에서도 나."

로 씨가 손가락을 자기 코끝에 갖다 댔다. 그러고 보니 시골 할머니 집에 여름귤나무가 있었다. 껍질 벗길 때 튀는 물방울을 팔에 문질러 바르면서 향수 놀이를 했던 생각이 났다.

"그러고 나면 피부에 염증이 생겨서 아팠어."

"나도 비슷하게 놀았는데. 엄마가 욕조에 입욕제 대신 귤껍질을 넣어 줘서, 더 향기 나게 하려고 뜨거운 물속에서 막 비볐거든. 그러고 나니까 온몸이 따끔따끔하더라."

"감귤류 과즙이 의외로 독한가 봐."

쓸데없는 소리를 하며 웃는 동안 조금씩 취기가 돌았다. 의식이 제멋대로 흘러가고, 화제가 계속 바뀌었다. 여름귤부터 과즙, 젤리, 입안에서 톡톡 터지는 과자, 불꽃놀이까지 이야기가 여기저기로 이어지다가 3분 후엔 잊혔다. 무책임하고 유쾌한 시간. 이게 술의 매력이다.

아주 잠깐, 말과 행동에 책임지지 않아도 된다. 억지로 흥을 끌어올릴 필요도 없고, 기분 좋게 흘러갈 수 있다. 그런 분위기를 만들어 주는 로 씨와 이야기를 나누고 있으면 마음이 놓였다. 하지만 그런 말은 아무한테도 하지 않았다. 혼기를 놓친 모모코가 게이를 상대로 보상 받지 못할 사랑에 빠졌다고 시답잖은 소문이 날 게 뻔했으니까.

갑자기 로 씨가 작게 손을 흔들었다. 뒤돌아보니 젊은 여자 여럿이 멈춰 서서 차 쪽을 보고 있었다.

"시간 되면 한잔하고 가."

로 씨가 말을 걸자, 여자들은 수줍은 듯 서로를 보며 웃었다. 그러는 동안 젊은 남자 둘이 수고하십니다! 하고 바 안으로 들어왔다.

"어서 와. 퇴근하는 길?"

"응, 어디 있는지 찾았잖아. 여긴 처음 아냐?"

"신규 개척. 저기서 전기 빌려주기로 했거든."

로 씨가 맞은편에 자리한 '미유키'라는 오랜 내공이 깃든 스낵바를 가리켰다.

"나왔다, 로 씨의 필살 마담 홀리기!"

"사람들 듣기에 안 좋은 말은 그만해 줄래?"

"미안, 미안. 로 씨는 물장사든 건전한 직장인이든 모조리 격추하니까."

"더 듣기 안 좋아졌는데."

젊은 남자들이 와하하 웃었다.

"이거 선물. 안주로 내 줘."

남자 하나가 역 앞 만두집 이름이 적힌 꾸러미를 로 씨에게 건넸다. 마늘 냄새가 풍겨서 갑자기 배가 고파졌다. 엄마 만두가 먹고 싶었다. 한 입 베어 물면 육즙이 쭈욱 흘러나오는 엄마표 특제 만두는 어릴 때부터 내가 무척 좋아하는 음식이었다.

"혹시, 네 명 괜찮나요?"

아까 그 여자들이 와서 로 씨의 안내를 받아 텐트 쪽으로 들어갔다. 나는 남은 술을 비우고 계산했다. 젊은 남자들이 "누님, 시끄럽게 해서 미안." 하고 사과해서 미소로 답했다.

잘 마셨다고 인사한 다음, 역으로 향했다.

기분은 아주 후련했고, 개찰구를 통과하자마자 엄마한테서 전화가 왔다.

"고생이 많네. 아직 일하는 중이야?"

"아니. 이제 전철 타려고."

계단을 내려가자, 마침 전철이 들어오는 참이었다.

"아, 그래? 늦길래 저녁은 어떻게 하려나 해서."

"집에서 먹으려고. 배고파. 오늘 저녁은 뭐야?"

"오랜만에 만두 구웠어."

"진짜? 완전 먹고 싶었는데. 금방 갈 테니까 많이 구워 놔."

"말하는 것 좀 봐. 애도 아니고."

엄마는 내심 기쁜 듯 말했다. 난 취기 때문에 기분이 좋은 것 같았다. 전화를 끊고 전철에 올라탔는데, 마침 자리가 하나 비어서 앉았다. 집에선 맛있는 만두가 기다리고 있었다.

'응, 좋은 하루였어.'

마지막에 역전해서 다행이었다. 숨을 후우 내뱉자, 자몽 향기가 났다.

오늘은 아침부터 문제가 연달아 터졌다. 병명과 진료 내용에 맞지 않은 약품명이 기재되어 있다고 통지가 와서 조사해 보니, 의사가 차트를 잘못 적은 탓이었다. 그 자체는 종종 있는 일이었는데, 문제는 그게 이미 수개월 전에 제출한 의료보험 수가 청구서라는 점이었다.

 의사 중에는 거만한 사람도 있어서, 자기 실수인데도 사과하지 않고 왜 못 걸러냈냐며 사무직원에게 화를 내기도 했다. 청구서 업무 중에 걸러내지 못한 건 우리 쪽 과실도 있기 때문에, 머리를 숙이고 폭풍우가 지나가길 기다리는 수밖에 없다. 불합리함을 견디고 죄송하다고 계속 사과하면서 점심 메뉴라도 생각하고 있으면 된다.

 그런데 그날 확인하러 간 사람이 하필 젊은 신입 사원이라, 많은 사람 앞에서 질책을 받고 울어 버렸다. 이런 신입을 보내다니 일을 대체 어떻게 하는 거냐고 내선 전화가 와서, 사무 담당 주임이 사과하러 가는 지경에 이르렀다. 신입은 주임과 함께 눈이 새빨개져서 돌아왔다.

 "그 선생님, 성격 진짜 괴팍해. 맘에 담아두지 마."
 "아직 하바리라 오래된 선생님들 앞에선 굽신굽신하는 주제에 사무직원한테만 거만하게 군다니까."

 모두 저마다 신입을 달래는 와중에, 나머진 알아서 잘 단속하라며 주임이 나에게 귓속말을 했다. 사무는 여자 직원이 훨씬 많아서 남자 상사가 참견하려 들지 않았다. 그래서 무슨 일이 생겼을 때 혼내는 역이나 미움 받는 역은 항상 나에게 돌아왔다.

 나는 진저리를 치면서, 계속 의사에 대한 불만을 토로하며 웅성거리고 있는 모두에게 말했다.

"원래는 선생님 실수지만 청구서 업무 중에 걸러내지 못한 우리 잘못도 있으니까, 앞으로 이런 일이 또 생기지 않도록 모두 신경 써 주세요."

내 딴에는 최대한 부드럽게 주의를 줬는데, 다들 질색하는 표정으로 각자 자리로 돌아갔다. 나는 신입 지도를 담당하고 있는 이마무라 씨를 휴게실로 불러, 앞으로 이런 일이 생기면 신입이랑 같이 가 달라고 질책하는 말투가 되지 않게 조심하며 말했다.

"왜 걔는 위로 받고 전 혼나야 하죠?"

"혼내는 거 아니야. 이마무라 씨가 일을 잘하니까 다음부턴 잘 챙기라고 부탁하는 거지."

"일을 잘할수록 혼나야 한다니 불공평하다고 생각해요."

이마무라 씨는 확실하게 불쾌감을 드러냈다.

"그렇지만 알겠어요. 앞으로는 더 신경 쓸게요."

하고 고개를 숙이더니, 빠른 걸음으로 휴게실을 빠져나갔다.

나는 천장을 향해 숨을 훅 내뱉었다.

하고 싶은 말은 훨씬 더 많았다.

있잖아, 이런 건 순번제야. 당신이 신입일 때는 지도 담당 선배가 같이 확인하러 갔고, 당신이 실수했을 때는 그 선배가 뒤에서 주의를 받았어. 지금은 당신이 선배 입장이잖아. 계속 보호 받는 위치에만 있을 순 없다고. 어리광 좀 그만 부려.

……라고 말할 수 있다면.

진절머리가 나서 눈을 감았다가 아냐 아냐, 그렇지 않아, 하면서 나를 꾸짖었다.

이마무라 씨 입장에서는 화나는 것도 이해가 돼. 나도 지금은 이마무라 씨한테 짜증 내고 있지만, 옛날에는 온갖 실수를 해서 당시 선배들이 한숨을 내쉬게 만들었잖아.

원래 남의 행동을 보면서 내 행동을 고치는 거랬어, 하고 억지로 스스로를 타일렀다. 날 지도하고 혼냈던 선배들은 하나둘 회사를 그만뒀고, 이제 내가 최고참이 되었다. 더 이상 지도해 줄 선배가 없다. 그러니 내가 나를 격려하고, 스스로 경계할 수밖에 없었다.

그날 퇴근길, 읽던 책을 회사 탈의실에 두고 와서 다시 가지러 갔다. 그런데 문 너머로 후배들이 대화하는 소리가 들려서, 들어가기가 망설여졌다.

"다카다 씨, 편애 너무 심하지 않아?"

"응, 특히 신입한테 아양 떠는 것 같아"

"어떻게든 젊은 애들 틈에 끼려는 느낌?"

"아줌마들의 전형적인 행동이지."

킥킥 울리는 웃음소리. 그 정도 험담은 익숙해서 아무 말도 못 들은 척 들어갈까 생각도 해 봤지만 조용히 돌아섰다. 악의가 존재한다는 사실을 알게 돼도, 그것을 밝혀 버리면 회사 분위기가 안 좋아진다. 표면적으로라도 평화를 유지하는 게 중요하다.

난 괜찮다. 올봄부터 지도 리더로서 특별 수당이 붙게 됐으니, 험담을 듣는 일도 월급에 포함된다. 사람들은 공공의 적을 만듦으로써 단결한다. 나를 씹어서 스트레스가 풀린다면 얼마든지 험담해도 돼. 그러니까 제발 그만두지만 마. 나이 탓인지 요즘 들어 금방 지치기도 하고, 일손이 모자라서 휴일에 출근하거나 연장 근무하는 것만은 피하고 싶으니까.

달관한 선배라는 틀 안으로 꾸역꾸역 기를 쓰고 날 밀어 넣었다. 상처 하나도 안 받았어. 그 정도는 아무것도 아니야. 그렇게 생각하지 않으면 눈물이 쏟아질 것 같았다.

복권이나 사 갈까 했지만, 그마저도 귀찮아서 판매점을 그냥 지나쳤다. 오늘은 미지근한 물에 몸을 담그고 일찍 자자. 근데 엄마가 걱정하니까 일단 가슴을 쫙 펴야지. 생각이 많아질수록 발걸음이 무거워졌다.

'솔 쿠바노 마시고 싶다.'

노천 바에서 마신 자몽 칵테일과 함께 로 씨의 서글서글한 미소가 떠올랐다. 오늘밤엔 어디서 장사하려나, 하고 휴대전화를 꺼냈다. 커버 안쪽 주머니에 로 씨의 전화번호만 달랑 적힌 심플한 명함이 끼워져 있었다.

두근거리는 마음으로 전화를 걸자, 로 씨가 바로 받았다.

"아, 여보세요? 나 모모코야. 아, 다카다. 같은 맨션에 사는 다카다 모모코."

"그렇게 설명 안 해도 알아."

유쾌한 웃음소리가 당황하는 나를 품어 줬다.

"갑자기 전화해서 미안. 오늘 어디서 장사하는지 물어 보려고."

"아, 미안. 오늘은 쉬어."

"아…… 그렇구나."

오늘은 지지리도 운이 없다.

"한잔하고 싶었어?"

"응, 근데 괜찮아. 담에 갈게."

실망을 감추고 밝게 전화를 끊자마자, "모모코 씨." 하고 등 뒤에서 누가 툭 쳤다. 깜짝 놀라 뒤돌아보니 모네였다. 그 너머에 도리와 로 씨도 있었다.

"나이스 타이밍. 우리 저녁 먹으러 갈 건데, 같이 안 갈래?"

로 씨가 장난스럽게 웃으며 손을 흔들었다. 나랑 통화하는 내내 뒤에 있었던 모양이다.

"쉬는 날인데 방해하는 거 아니야?"

조심스레 물었다.

"중화요리점이라 칭다오 맥주, 사오싱주, 독한 술이 좋으면 바이주도 있어."

"중화요리는 사람이 많아야 제대로 즐길 수 있지."

"안닌도후(살구씨나 아몬드 가루에 우유 등을 넣어 두부 모양으로 만든 디저트)랑 복숭아 모양 만두 절반씩 나눠 먹자!"

로 씨와 도리, 모네가 한꺼번에 말해서 웃고 말았다. 엄마한테 전화를 걸어 오늘 저녁은 밖에서 먹는다고 양해를 구한 다음, 넷이서 역 뒤편에 있는 중화요리점으로 향했다. 거긴 동네에서 꽤 인기가 있는 곳이라, 오늘 저녁도 가족 단위 손님들로 북적북적했다.

"이거 100인분 먹고 싶어."

모네가 3종 전채에 눈을 반짝거렸다. 목이버섯, 삶은 닭고기를 가늘게 찢어 소스로 무친 방방지, 그리고 차슈. 맛이 다 다른데 하나같이 맛있었다. 도리는 그러든지, 하고 미소 지었다. 대신 다른 음식은 하나도 못 먹게 될 거라고 말하자, 모네는 온 세상 시름을 한 몸에 짊어진 듯한 표정으로 전채에 작별을 고했다.

"또 새로운 만남이 기다리고 있잖아."

도리 말대로, 모네는 다음에 나온 오징어 셀러리볶음에 푹 빠졌다. 난 닭고기를 굴소스에 부드럽게 조린 음식이 마음에 들었다. 맥주랑 잘 어울렸다.

"휴일엔 당당하게 술 마실 수 있어서 좋네."

로 씨는 유리잔에 얼음을 채워 바이주를 마셨다. 바를 운영하지만 밴으로 이동하는 형식이라 운전자이기도 해서, 로 씨는 술을 마시지 못했다.

"좋아하는데 못 마시면 힘들지."

"아니, 난 그게 좋아. 마시기 시작하면 벌컥벌컥 들이켜거든. 그래서 남 밑에서 일할 땐 실수도 많이 했고, 내가 오너라 그렇게 막무가내로 굴 수도 없으니까 딱 좋아."

"그래. 옛날처럼 살았으면 넌 간경변증에 걸렸을 거야."

도리의 말에, 로 씨가 맞다며 고개를 끄덕였다.

"그런 술꾼이었는데 용케도 스타일을 바꿨네."

"실연의 결과물이랄까, 전화위복이랄까."

로 씨는 남은 술을 비우더니 한 잔 더 주문했다. 나한테도 마시라고 권해서, 리치로 담근 술에 탄산수를 섞은 것을 주문했다. 도리는 재스민 차, 모네는 망고 주스.

"정말 최악의 실연이었어. 그 녀석이 설마 여자하고 결혼할 줄이야."

로 씨는 바이주를 한 손에 들고 과거의 실연을 회상하며 미간을 찌푸렸다. "남자는 보통, 여자랑 결혼하잖아."라는 의견은 금지다. 내 '보통'과 로 씨의 '보통'은 다르니까.

로 씨는 이 동네에 오기 전, 동성 연인과 같이 살았다. 오래 사귄 터라 다음에 이사할 때는 임대 말고 아예 맨션을 사기로 의논해서 저축도 했다고 한다. 결혼이라는 법적 골인 지점이 없는 게이 커플에게 그 정도면 부부나 다름없는 관계였다. 그러나 연인은 어느 날 갑자기 이성과 결혼하고 싶다는 소망에 눈을 떴고, 로 씨 곁에서 떠났다.

"집에 가 보니까 그 녀석 짐만 사라졌더라고."

로 씨는 바이주를 입에 털어 넣더니, 기세 좋게 다음 잔을 주문했다. 나는 이 이야기를 계속해도 될지 모네를 힐끗 쳐다봤다.

"괜찮아. 로의 실연담은 백 번 정도 들었으니까."

모네는 계란새우볶음을 먹으면서 천연덕스럽게 웃었다.

"그래?"

"응, 로가 실연당하고 나서 우리 집으로 피난 왔었거든. 그때는 밥 먹이고 이불 덮어 주고 하느라 고생했는데, 동물 병원 선생님 된 거 같아서 재미있었어."

밥 먹이고 이불 덮어 줄 정도면 꽤 위험한 수준 아닌가?

"그때는 정말 신세 많이 졌습니다."

로 씨가 모네와 도리에게 머리를 숙였다.

"게다가 실연당하자마자 '절연 맨션'에 끌려 들어간 남자라는, 처음 오는 손님은 반드시 빵 터지는 개그 소재까지 제공해 줘서 도리한테 얼마나 감사한지 몰라."

"우리는 나쁜 인연만 끊어. 무시무시한 오해 퍼트리지 마."

도리가 정색하면서 말했다.

"홍보도 되고 좋잖아. 신자들까지 마이너 신사라고 부를 정도니까."

"홍보 안 해도 되고, 마이너라도 상관없어."

도리가 처량한 얼굴로 고개를 숙여서, 난 미안하다고 생각하면서도 웃음을 터트리고 말았다.

"근데 모모코 씨는 무슨 일 있었어?"

로 씨가 물었다.

"응?"

"술 마시고 싶은 기분이라고 했잖아."

"아, 응. 이제 괜찮아. 다 별일 아니었어."

엄마가 억지로 맞선 자리를 마련하든, 별로 내키지 않았는데 거절당해서 충격을 받든, 후배들이 거북스러워하든, 모두 흔히 벌어지는 시시한 일들이다. 마음 맞는 사람들과 맛있는 음식을 먹고, 술을 마시고, 웃기만 해도 기분이 풀린다.

근본적인 해결책은 아니지만, 원래 살면서 뭔가가 근본적으로 해결되는 일은 거의 없다. 힘들고 괴로워도 내일 또 일하러 가야 한다. 그러니 일단 내일을 잘 버티기 위해 작은 즐거움들을 주워 모으는 게 먼저다.

그게 살아가는 지혜임을 알면서도 가끔 조바심이 날 때가 있다. 깊이 생각하지 않고, 깊이 파고들지 않고, 잠기지 않을 정도의 튜브에 붙들려서 어딘지도 모르는 곳으로 흘러간다. 어린 시절에 상상했던 뭐든 잘 알고 틀리지 않는 사려 깊은 어른과는 한참 거리가 멀다.

"나중에 마음 맞는 사람들하고 셰어하우스에서 살고 싶어."

난 리치주를 한 모금 마셨다. 달달하고 좋은 향기가 났다.

"요즘 유행이더라. 아는 사람 중에도 나중에 셰어하우스에서 같이 살 사람 모으는 애들 있어. 게이들은 결혼보단 그쪽이 더 현실적이고. 다들 제멋대로라 싸움만 죽어라 할 것 같지만."

"타인들이 모여 사는 건 힘든 일이니까."

"그런가? 오히려 가족이란 말에 거리낌이 없어지고, 부모 자식이나 부부 사이에서 아수라장으로까지 발전하는 경우가 많지 않아? 타인끼리 있어야 룰을 지키려고 애쓰는 만큼 제동이 걸릴 것 같은데."

"근데 모모코 씨, 맞선 보지 않았어?"

모네가 갑자기 말했다. 내가 깜짝 놀람과 동시에, 로 씨와 도리가 양 옆에서 모네의 옷자락을 잡아당겼다. 그건 두 사람도 알고 있단 뜻이었다.

"……소문이 났구나?"

범인은 물론 엄마였다. 엄마가 동네 친구들한테 푸념을 늘어놨고, 그 친구들이 저녁 먹으면서 남편한테 이야기했고, 그 남편들이 동네 게이트볼 대회에서 입을 놀려 단숨에 퍼진 모양이었다. 기껏 좋아졌던 기분이 순식간에 가라앉아서, 종업원에게 얼음 넣은 바이주를 주문했다.

"맞선 상대는 어떤 사람이었어? 멋있었어?"

모네가 눈동자를 반짝거리며 물었다.

"좋은 사람이었어. 부인이 먼저 하늘나라로 떠나서 혼자 딸을 키우고 있대."

"우리 집하고 똑같네."

"듣고 보니 그러네. 도리하고 스타일은 다르지만 좋은 아빠 같았어."

"결혼할 거야?"

"모네."

도리가 타이르려 해서 괜찮다고 말했다.

"아쉽지만 거절했어."

"혹이 달려서?"

"뭐?"

정말 깜짝 놀랐다. 초등학생 입에서 그런 말이 나올 줄은 생각지도 못했기 때문이다.

"예전에 맨션 아줌마들이 그랬어. 도리 씨는 재혼하고 싶어도 혹이 달려서 힘들겠다고. 혹은 나를 말하는 거지? 모모코 씨도 혹 달린 사람은 싫어?"

늘 천진난만한 모네답지 않게 상대방의 눈치를 살피는 듯한 눈빛이었다. 갑자기 두통이 밀려왔다. 그런 쓸데없는 말을 애가 듣는 데서 하다니.

"아니야. 애가 있든 없든, 결혼은 일단 나랑 사카이 씨 문제니까."

난 의연하게 말했다. 여긴 단호하게 말해야 하는 대목이었다.

만약 결혼한다면 난 사카이 씨를 사랑하고 싶고, 나도 사카이 씨한테 사랑 받고 싶다. 서로 애정도 없는 상태에서 뛰어

넘을 수 있는 일은 하나도 없다고 생각한다. 그러나 사카이 씨는 세상을 떠난 부인과 이미 그 과정을 거쳤고, 지금은 혼자 남은 아버지로서 분투하고 있는 사람이다. 현재 사카이 씨한테 필요한 사람은 사랑하는 아내가 아니라, 딸의 엄마라는 전우였다.

"나랑 사카이 씨는 처음부터 서 있는 곳이 달랐어. 그래서 나도 사카이 씨한테 거절당했고. 엄마는 내가 가볍고 아가씨 티를 못 벗어서 거절당한 거라고 혼냈지만."

"아가씨티가 뭐야?"

모네가 고개를 갸웃거렸다.

"애 같다는 뜻이려나."

거절 소식을 들은 직후에 분개했던 엄마는, 시간이 흐를수록 설교 모드로 돌아왔다.

네 나이에 보는 맞선은 남녀가 아니라 사람으로서 서로 보듬을 수 있는지를 따져야 해. 얼굴은 어떻게 생겼든 상관없어. 어차피 쭈글쭈글해지니까. 그보단 배려가 있는지, 네가 쓰러졌을 때 간호해 줄지가 중요해. 고독사는 너무 슬프잖니, 하고.

"으앗…… 혼자 사는 게이한테도 콕 박히는 말이네."

로 씨가 괴로운 표정으로 가슴을 진정시켰다.

"응, 나도 너무 무서워서 좌절할 뻔했어."

고독사란 말을 생각해 낸 사람에게는 엄중히 죄를 물어야 한다. 누군가와 함께 살아가는 건 물론 멋진 일이지만, 그렇다고 해서 혼자 사는 사람을 그렇게 무시무시한 말로 협박할 필요는 없지 않은가. 인생의 선택은 더 밝고 자유로웠으면 좋겠다.

"뭐, 내가 너무 분에 넘치는 말을 하고 있는 건지도 모르지만."

자조적으로 마무리하고 이야기를 끝내려는데,

"분에 넘치는 말은 하면 안 돼?"

의외로 이 문제에서 가장 거리가 멀 것 같은 모네가 의문을 제기했다.

"결혼하면 평생 같이 살아야 하잖아. 난 여름 원피스 하나 살 때도 엄청 생각하고 망설여. 멋진 디자인이 아니면 죽어도 싫고, 맘에 들면 오래오래 입고 싶으니까 옷감도 튼튼해야 하고, 엄청 예쁜 거 발견해도 도리는 안 사 주고."

한숨을 쉬는 모네에게 이번에는 도리가 잠깐만, 하고 이의를 제기했다.

"네가 사 달라는 옷은 항상 가격이 터무니없잖아. 그 옷 브랜드가 뭐였더라?"

"마드모아젤 논."

"그래, 그거. 애들 원피스가 4만 7천 엔이나 하더라고."

"가격 엄청나네. 근데 거기 원피스는 다 그 정도 해."

내가 말하자, 모네가 맞는다며 고개를 획획 끄덕였다.

"검은 바탕에 노란 레몬 무늬가 있는 원피스인데, 진녹색 천 벨트를 둘러서 앞쪽에 묶어. 레몬 무늬인데도 애들 옷 같지가 않다니까. 민소매이긴 하지만 카디건 걸치면 가을까지 입을 수 있고."

"멋지다. 너한테 잘 어울릴 것 같아."

모네는 엄청 멋쟁이인 데다 나중에 커서 패션 디자이너가 되고 싶다고 글짓기에 쓴 적도 있단다. 그 전에는 번역가, 그 전에는 스너프킨, 그 전에는 노천 바의 마스터였고, 천문학자, 오무라이스집 주인, 꽃집 주인으로 꿈이 계속 달라지고는 있지만. 참고로 오늘 저녁 모네는 데님 점프수트에, 머리는 느슨하게 묶어 둥글게 말아 올렸다.

"확실히 예쁘고 잘 어울리긴 했는데 경제적으로 따지면 글쎄. 모네는 한창 클 때니까 내년에 못 입게 될 수도 있고, 원래 그 옷은 외출복이잖아. 지금부터 가을까지 그렇게 곱게 꾸미고 외출할 일이 몇 번이나 있겠냐고. 그렇게 생각하면 4만 7천 엔은 돈 낭비야."

논리 정연한 반대 이유에, 모네는 대꾸할 말을 찾으며 발을 동동거렸다.

"근데 그건 올해를 놓치면 그 원피스는 두 번 다시 못 입는다는 뜻이잖아. 저번 국어 시간에 '일기일회'란 말 배웠어. 평생에 한 번뿐인 기회, 즉 만남은 항상 귀한 거라고."

"그래. 만남은 귀하지."

이번엔 로 씨가 달려들었다.

"이거다 싶을 때는 확 낚아채러 가야 해. 근데 운명적인 사랑에 빠져서 거금을 쏟아도, 실제로 집에 가서 입어 보면 '어? 원래 이랬나?' 하면서 실망할 때도 있어. 맘에 들어서 입다가도, 어느 순간 어쩐지 안 어울리게 돼서 작별하는 경우도 있고."

"로, 그거 옷 얘기야?"

모네가 물었다.

"사랑 얘기야. 난 이제 유일무이, 일기일회는 지긋지긋해서 다음번엔 프리 사이즈 사랑을 하려고."

"프리 사이즈 사랑은 뭔데?"

조금 흥미가 생겨서 물어 봤다.

"상대한테 기대하거나 의존하지 않고, 예측하지 못한 사태가 벌어져도 제 힘으로 수습하고, 상대의 상황에 휘둘리지 않고, 서로에게 어떤 사이즈도 감싸 안을 수 있는 프리 사이즈 셔츠가 돼 주는 그런 사랑."

"무지 편안하고 안정된 느낌이네."

"옷으로 바꿔 말하면 냉큼 잠옷으로 삼을 것 같은 느낌이지."

모네가 천진난만하게 지적하자, 로 씨가 뭔지 안다는 듯한 표정을 지었다.

"그럴 위험성이 무척 크지. 상대에게 의존하지 않는다는 건, 말하자면 그 사람이 없어도 별로 곤란하지 않다는 뜻이니까. 왠지 모르게 분위기가 축 늘어지면서 바쁘다는 핑계로 신경도 안 쓰고, 정신을 차려 보니 보름이나 연락을 안 했는데 딱히 아쉬울 것도 없고, 지금 하는 일이 일단락되면 연락해 봐야겠다고 생각하는 동안 자연스레 소멸되기도 하고."

"그럴 거면 처음부터 혼자가 낫지."

아무 성과도 없는 결론이 나와서, 오늘만 벌써 몇 번째인지 모를 한숨을 쉬었다.

"모모코 씨, 기운 내. 참, 이번에 선향불꽃으로 불꽃놀이 하니까 모모코 씨도 와."

모네가 말했다.

"선향불꽃 한정이야?"

"로가 바 손님한테 나무 상자에 든 국산 선향불꽃을 선물 받았거든."

"풍류지."

"근데 모네가 제안한 드레스 코드가 있어."

"드레스 코드?"

"참가자는 유카타를 착용할 것."

가슴속에서 뭔가가 덜커덕, 하고 소리를 냈다.

"옷이야 청결하기만 하면 되는 거 아냐?"

귀찮아하는 듯한 도리에게 그건 아니지, 하면서 모네가 바로 이의를 제기했다.

"작년에 산 유카타, 아직 한 번밖에 못 입었단 말이야. 엄청 예쁜데 내년에는 못 입을 수도 있어. 그대로 놔두면 아까 도리가 말한 돈 낭비가 된다고. 그러니까 꼭 유카타여야 해."
"그럼 너만 입으면 되잖아."
"다 같이 입으면 이벤트 같고 재미있을걸?"
"전에 다 같이 화장실 가는 거 별로라고 하지 않았어?"
"도리한테는 화장실하고 유카타가 같아?"
엇갈려도 너무 엇갈려서 나와 로 씨는 웃고 말았다.
"뭐, 모처럼 하는 거니까 다 같이 즐기자. 유카타는 특히 유효기간이 빠듯하니까."
로 씨가 결론을 내리면서 나도 다음 주에 열리는 불꽃놀이에 참가하기로 했다.
"모모코 씨 유카타는 어떤 거야?"
모네의 물음에 바로 대답하지 못했다.
내가 갖고 있는 유카타는 하나뿐이다.
고등학교 때 맞췄는데, 그걸 입고 남자친구랑 불꽃놀이를 보러 가기로 약속했었다.
정말 고대했던 그 유카타뿐.

그날 밤, 침대에 앉아 멍하니 생각에 잠겼다. 유카타를 입는 게 몇 년 만일까. 생각해 보지 않아도 금방 답이 나왔다. 22년 만이다. 잊은 적은 없지만, 깊이 골몰하는 건 피하고 있었다.

새삼 그만큼의 시간이 흘렀다는 사실에 어안이 벙벙했다.

나는 침대에서 일어나 옷장을 열었다. 평상복은 봉에 걸려 있었고, 그 위에 계절별로 수납함을 쌓아 뒀다. 그중 제일 밑에 있는 상자를 꺼내 방바닥에 놓고 뚜껑을 열었다. 안에는 두꺼운 포장지에 싸인 유카타가 들어 있었다. 더 이상 입을 일이 없는데도 버리지 못했고, 보기가 두려워서 손질도 하지 않았다.

"네 유카타, 엄청 기대돼."

햇볕에 그을려 새까매진 얼굴로 사카구치는 웃었다.

한여름의 해바라기처럼 보고만 있어도 기분이 환해지는 미소.

로 씨와 닮았다고 생각했는데, 어쩌면 아닐지도 모른다.

사카구치 눈썹이 더 짙었다. 어깨도 넓고 다부져서 남자다웠다. 사카구치는 웃으면 오른쪽 송곳니가 두드러져서 약간 어려 보였다. 그리고 손이 엄청 컸다. 나는 그 손으로 거칠게 머리칼을 흩트려 주는 걸 무척 좋아했다.

하나하나 선명하게 그려낼수록, 내가 얼마나 사카구치를 떠올리지 않으려 애썼는지 깨닫게 됐다. 그런 주제에 실제로는 무엇 하나 잊지 못했다는 사실도.

"모모코, 케이크 있는데 먹을래?"

노크와 동시에 문이 열렸다. 엄마는 바닥에 무릎을 꿇고 앉아 있는 나와 그 앞에 놓인 상자를 번갈아가며 쳐다보더니,

뭐해? 하면서 방으로 들어왔다.

"뭐야? 이렇게 더운데 기모노라도 입게?"

엄마가 물으며 포장지로 손을 뻗었다. 말릴 새도 없이 끈이 풀리면서 밝은 물빛 유카타가 드러났다. 어머! 하고 엄마가 소리를 질렀다.

"이거 고등학교 때 맞춘 거지? 여태 가지고 있었구나."

엄마가 옛날 생각이 나는 듯 옷감을 쓰다듬었다.

"……정리 좀 할까 해서."

"기껏 맞춰 놓고 결국 한 번도 안 입었지? 아깝게. 그래서 그런지 상태는 좋네. 누구한테 물려줘도 되겠어."

"안 돼."

나도 모르게 큰 소리가 나왔다. 엄마가 깜짝 놀라서 날 봤다.

"미안. 아직 입을 수 있는 거라."

눈을 내리깔자 그게 무슨 소리냐며 엄마가 웃었다.

"이 무늬는 젊은 애들한테나 어울려. 네 나이 때는 더 시크한 걸 입어야지. 안 그럼 꼴 보기 싫어."

케이크 있으니까 얼른 나와, 하고 엄마가 웃으며 거실로 나갔다. 나는 유카타를 내려다보다, 거울 앞으로 다가가 쭈뼛쭈뼛 펼쳐서 몸에 대 봤다. 밝은 물빛에 화려한 나비 무늬. 고등학생 때 백화점에서 보고 첫눈에 맘에 들었는데, 애들 옷 같아서 지금의 나에겐 어울리지 않았다.

"유카타는 특히 유효기간이 빠듯하니까."

로 씨 말대로 모든 것에는 유효기간이 있다.

유카타뿐 아니라 틀림없이 사람 마음에도.

이제 와서 옛날과 똑같은 것을 맛볼 수는 없다.

약속한 날이 다가왔는데도 난 망설였다. 일을 빨리 마무리하고 백화점에 새 유카타를 사러 갈까, 약속 자체를 취소할까, 아니면 그 유카타를 입고 갈까.

'세 번째는 아니야.'

여러 번 스스로를 타일러야 할 정도로 그 유카타를 입고 싶은 마음이 끓어오르는 게 신기했다. 단단히 자물쇠를 채워 뒀던 상자가 완전히 열려 버렸다.

"오늘은 정시에 퇴근할 수 있을 것 같지가 않네."

옆자리 직원이 한숨을 쉬었다. 이번 주는 명절을 앞둔 터라 바빠서, 진료 시간이 지났는데도 환자가 많이 남아 있었다. 파견 사원은 청구서 업무 기간 말고는 기본적으로 연장 근무를 하지 않기 때문에, 나머지는 정직원이 처리해야 한다. 그런 와중에 이마무라 씨가 머뭇머뭇 과장 자리로 향했다. 청구서 실수 건으로 살짝 다툰 후로, 이마무라 씨는 어쩐지 나한테 선을 긋고 있었다.

"과장님, 저, 오늘 정시에 퇴근했음 하는데요."

"어디 안 좋아?"

과장이 묻자, 이마무라 씨는 한껏 어깨를 움츠렸다.
"아뇨, 누구 만나기로 해서……."
"뭐? 바쁜 시기인 거 뻔히 알면서, 거절하면 안 돼?"
이마무라 씨가 또 어깨를 움츠렸다.
"……그게, 지인이 해외에서 귀국해서요."
이마무라 씨 애인이 작년부터 해외 근무를 하게 된 건 모두 알고 있었다. 거의 못 만나는 만큼 엄청 기대하고 있었겠지. 그런데도 직원들은 일제히 민폐라는 듯한 표정을 지었다. 안 그래도 일손이 부족한데 애인이랑 데이트? 하고 기막혀하는 눈빛이었다. 양쪽 모두 이해가 됐다.
"다카다 씨, 어때? 돌릴 수 있겠어?"
과장이 물었다. 성가신 일은 바로 나한테 떠넘긴다.
"괜찮을 것 같아요."
그렇게 대답하자, 모두가 이마무라 씨한테 쐈던 비난의 화살이 나에게 돌아왔다.
"알았어. 그럼 이만 퇴근해. 수고했어."
"고맙습니다. 먼저 가 볼게요."
이마무라 씨는 튀어 오르듯 인사하더니, 먼저 가서 미안하다며 한 사람 한 사람에게 사과했다.
"다카다 씨, 고마워요."
이마무라 씨가 어색한 표정으로 나에게 고개를 숙였다.
"다음에 시간 될 때 애써 줘."

"네."

이마무라 씨가 퇴근하자 하아, 하고 여러 한숨이 겹치면서 모두 나에게 무언의 항의를 했다.

"진짜 싫다. 혼자 좋은 사람인 척한다니까."

"이 바쁜 시기에 편애 좀 그만해."

난 아무것도 모르겠다는 듯 컴퓨터와 마주 앉았다. 괜찮아, 늘 있는 일이잖아.

7시 반이 넘은 시점에 유카타를 사러 간다는 선택지는 사라졌다. 8시가 넘어가자, 오늘 저녁에 연장 근무가 있어서 못 갈 것 같다고 로 씨에게 메시지를 보냈다. 저절로 그 유카타를 입는다는 선택지도 사라졌다. 또 못 입었다. 난 아무에게도 들리지 않게 한숨을 쉬었다.

'그런 운명인가 봐.'

운명 같은 소녀들이 입에 담을 법한 말을 떠올린 내가 부끄러워서 왠지 울컥했다. 누가 볼까 싶어 화장실에 갔는데, 로 씨에게 답장이 왔다.

'연장 근무까지 하느라 고생이 많네. 불꽃놀이 끝나면 철판구이 하려고. 괜찮으면 들렀다 가.'

넌지시 오라고 해 줘서 무척 고마웠다. 거울을 보니 코끝이 빨갛길래 파운데이션으로 가리고 다시 일을 시작했다. 그 후로는 진찰이 생각보다 빨리 진행돼서 8시 반에 퇴근했다. 아직 안 늦었을까. 잰걸음은 어느새 달음질이 되어 있었다.

"모모코 씨!"

맨션 앞에 도착했을 때, 머리 위에서 목소리가 들려왔다. 모네가 5층 베란다 난간에서 몸을 쭉 내밀고 손을 흔들었다. 하얘 보이는 유카타 소맷자락이 펄럭펄럭 나부꼈다. 내가 위험하다고 말하기도 전에, 도리가 서둘러 모네를 안으러 나왔다.

"모모코 씨, 고생했어!"

이어서 로 씨도 불쑥 얼굴을 내밀었다.

"오늘 밤에 약속 못 지켜서 미안!"

"아직 철판구이 먹는 중이야. 얼른 와!"

로 씨의 목소리에 겹쳐서, 모네도 "유카타 입고 와!" 하며 손을 흔들었다.

난 엘리베이터에 올라탔다. 엄마한테 다녀왔다고 인사할 겨를도 없이 방으로 뛰어 들어가, 그 유카타를 꺼내서 입기 시작했다. 폭이 좁은 띠를 허리에 둘러 조개 입모양으로 매듭짓고, 마지막으로 발뒤꿈치에 크림을 발랐다. 나막신 좀 빌릴게! 하고 말하자, 엄마가 어디 가냐면서 현관으로 나왔다.

"어머나 세상에, 너 차림새가 그게 뭐야?"

엄마가 날 보자마자 흠칫 놀랐다.

"그런 아가씨 같은 유카타 입지 마. 보기 싫어."

엄마랑 입씨름할 시간도 아까워서 다녀오겠습니다, 하고 집을 나섰다. 도리네 집 초인종을 누르자, 어서 오라며 모네가 마중 나왔다. 늦어서 미안하다고 말하는 내 목소리에,

"엄청 예쁘다!"

하고 모네의 목소리가 겹쳐졌다.

"좀 이상하지 않아? 꽤 오래된 옷이거든."

"무지 무지 예뻐. 물빛에 나비 무늬 유카타구나."

평소엔 차분한 색 옷을 입을 때가 많아서, 이렇게 밝은 색을 걸치는 건 여러 해 만이었다. 마주 서 있는 모네는 주홍빛 금붕어가 헤엄치는 흰색 유카타에, 코랄 핑크색 어린이용 레이스 허리띠를 매고 있었다. 모네는 유카타를 고르는 센스도 아주 훌륭했다.

"자, 얼른 도리랑 로한테 보여 주자. 이렇게 예쁘게 입었는데 동네방네 자랑해야지."

"아니야, 난 됐어."

내친 김에 입긴 했지만, 예쁘단 소리까지 듣기에는 아무래도 염치없었다. 그런데 이제 와서 물릴 수도 없고, 결국 "짜잔, 짠." 하는 모네의 효과음과 함께 두 사람 앞으로 끌려갔다.

"안녕하세요, 늦은 시간에 실례하겠습니다."

당황해서 고개를 굽실거렸다. 둘은 고기와 채소 굽는 냄새로 가득한 거실 소파에 앉아 맥주를 마시고 있었다. 도리는 청록색, 로 씨는 회색이 섞인 진한 청색 유카타. 둘 다 일본 남자다운 산뜻한 섹시함이 묻어나서 무척 잘 어울렸다.

"어서 와. 늦은 시간까지 고생 많았어. 우선 맥주 어때?"

도리가 말했다.

"고마워. 잘 마실게."

고개를 끄덕이는 내 옆에서, 모네가 "으응?" 하고 목소리를 높였다.

"도리, 그게 맨 처음 할 말이야?"

"응?"

"예쁘게 꾸민 여자한테 제일 먼저 해야 하는 말이 뭐죠?"

허리에 손을 얹은 모네가 화가 난 듯 물었다.

도리가 아아, 하고 중얼거렸다.

"어, 으음, 유카타, 잘 어울리네요."

영혼 없는 칭찬이었다. 모네는 으이구, 하면서 어깨를 떨궜지만 도리다운 모습에 오히려 긴장이 누그러졌다. 덕분에 편안한 마음으로 로 씨와 마주했다. 초대해 줘서 고맙다고 하자, 로 씨는 얼굴 가득 웃음을 띠었다.

"모모코 씨, 오늘 엄청 예쁘네."

좀 취했는지 살짝 거칠어진 말투가 사춘기 남자아이 같아서, 순간적으로 머리와 가슴이 텅 비어 버렸다. 그리고 아무 준비도 못 했는데 그것이 왔다.

"네 유카타, 엄청 기대돼."

그날 헤어질 때 사카구치는 그렇게 말하며 웃었다.

지키지 못한 약속은 리본처럼 계속 내 가슴에 묶여서 영원히 풀리지 않을 거라 생각했다.

"모모코 씨?"

모네가 걱정스러운 눈길로 날 올려다봤다.

로 씨와 도리가 놀란 표정을 지었다.

나도 놀랐다.

난 왜 울고 있을까.

* * *

사카구치와 나는 같은 맨션에 사는 이웃이었다. 같은 유치원에 다니면서 함께 재롱잔치를 하고, 같은 초등학교에 올라가 여름방학 때면 함께 라디오 체조를 하러 다녔다. 소꿉친구라 할 만한 사이였는데, 중학교 올라가기 전에 사카구치네 집이 이사를 가면서 교류가 끊겼다.

사카구치는 비밀스런 내 첫사랑이었다.

난 중학교에 올라가서 인기 많은 축구부 선배를 좋아하게 됐다. 진지하게 좋아했다기보다, 친구들이랑 꺅꺅거리면서 떠드는 게 재밌었던 모양이다. 밸런타인데이 때 수제 초콜릿도 줬는데, 내가 초콜릿을 만들면서 떠올린 사람은 사카구치였다.

사카구치도 초등학생 때부터 지역 축구팀에서 활동했다. 일요일 아침 일찍부터 연습할 운동장으로 뛰어가는 모습을 베란다에서 몰래 지켜봤다. 사카구치에게는 밸런타인데이

때 초콜릿을 준 적이 없다. 거리가 가까운 만큼, 내 마음을 절대 들키고 싶지 않았다.

더 이상 만날 일도 없으리라 생각했기에, 고등학교에서 다시 마주쳤을 때는 정말 깜짝 놀랐다.

고등학교에 입학하고 얼마쯤 지나, 복도 맞은편에서 걸어오는 남자애가 낯익은 것 같은 느낌이 들었다. 혹시 하고 뒤돌아봤는데, 그 애도 나를 돌아봤다.

"사카구치?"

"역시, 모모코 맞지?"

우리는 가던 발걸음을 돌려 오랜만이라며 인사했다.

"지금도 절연 맨션에 살아?"

"그렇게 말하지 마. 아직 거기 살지."

"아줌마들도 건강하시고?"

"건강하셔. 너희 가족들은?"

"다들 잘 지내. 모토이는 나 따라서 축구부에 들어갔어."

"그렇구나. 모토이, 요렇게 쪼끄맸는데."

모토이는 사카구치의 여섯 살 어린 남동생이었다. 난 허리 부근을 손으로 가리켰다.

"지금은 너랑 비슷해."

"아직 초등학생인데 키가 크네."

"앞으로 나보다 더 클 거야."

사카구치가 얼굴을 찌푸려서 난 웃었고, 거기서 대화가 끊졌다.

"……으음, 그럼 또 보자."

오랜만에 다시 만났는데, 더 이야기할 거리가 없었다.

"응, 나중에 봐."

방금까지 친밀했던 분위기가 갑자기 어색해져서, 우리는 서로 잘 가라고 인사하며 헤어졌다. 갑작스런 재회에 가슴은 바보처럼 뛰었고, 그 뒤로도 계속 사카구치와 나눈 짧은 대화를 오르골 태엽을 감듯이 여러 번 되감고 또 되감았다.

가슴이 떨릴 만큼 달콤한 음색에 넋을 놓고 들으면서도, 나중에 보자는 말이 실현되지 않을 줄은 알고 있었다. 살짝 올려다봐야 할 정도로 키가 커 버린 사카구치는, 여름방학이 시작될 즈음에는 여자애들 사이에서 호감 가는 남학생 중 하나가 돼 있었기 때문이다.

수업이 끝나면 교실 창문으로 축구부가 연습하는 모습을 지켜보는 여자애들이 많았다. 중학교 때처럼 다 같이 떠들썩하게 놀면 재밌었겠지만, 사카구치한테는 그렇게 되지 않았다.

수년의 공백을 사이에 두고, 내 짝사랑은 완벽하게 부활했다.

사카구치는 가끔 복도에서 스쳐 지나갈 때도 항상 여러 친구와 함께 있어서 말을 섞을 수 없었다. 이따금 운 좋게 눈길을 주고받은 날엔 종일 기분이 좋았다. 그것만으로도 충분했는데, 2학년으로 올라가면서 사카구치와 같은 반이 되었을 때는 정말 꿈만 같았다.

그러나 기쁜 마음은 첫날에 사그라졌다. 평범한 나는 교실 앞쪽 그룹이었고 인기 많은 사카구치는 뒤쪽 창가 그룹이었는데, 우리 학년에서도 눈에 띄게 예쁜 여자애들이 세트처럼 달라붙어 있었다. 앞으로 1년 동안 그 꼴을 계속 봐야 했다.

각 부서별로 위원을 정하는 학급회의 시간에, 난 도서위원이 되었다. 1학년 때 독후감 대회에서 은상을 받았다는 이유로 현대문을 가르치는 담임이 직접 지명했다. 책 좋아하니까 괜찮겠지, 하고 수락했을 때 교실 맨 뒷줄에서 믿기지 않는 목소리가 들렸다.

"선생님, 저요! 저도 도서위원 할래요."

손을 든 사카구치한테 모두가 주목했다. 뭐어? 하고 몇몇이 소리를 질렀다. 너 책 쳐다보지도 않잖아, 다카다한테 마음 있구나? 하고 야유가 터져 나왔다. 난 귀까지 뜨거워졌다.

"어차피 뭐라도 해야 하는데 재밌어 보이는 게 좋잖아."

천진난만한 사카구치의 말에 담임을 비롯한 모두가 웃었고, 나도 쓴웃음을 지으며 시선을 떨궜다.

'그래, 이유라고 해 봐야 그 정도겠지.'

하지만 앞으로 이야기할 기회가 늘어날지도 모른다는 기대감에 가슴이 두근두근 뛰었다. 어떤 여자애가 나도 도서위원 한다고 할걸, 하고 투덜대는 소리가 들렸다.

내 기대는 계속 어긋났다. 사카구치는 2학년이 되면서부터 축구부 주전으로 발탁됐고, 여름에 열리는 고교 전국 체전을 대비해 아침이나 방과 후나 축구 연습에 몰두했다. 그걸 아는 여자애들이 "내가 대신 위원회 참석해 줄게." 하고 잇따라 대타를 자청했다.

"괜찮아. 위원회 참석하고 연습하러 가면 돼."

"진짜 다카다 좋아하는 거 아냐?"

친구들이 약 올리면 사카구치가 미간을 찌푸리며 "알았어, 그럼 부탁할게." 하고 여자애한테 대타를 맡긴 후, 불쾌감을 드러내며 성큼성큼 교실을 나서는 상황이 반복됐다.

"사카구치는 전혀 얼굴을 안 비치네. 어떻게 된 거야?"

도서실에서 예약 카드를 입력하고 있는데, 다른 위원 애가 물었다. 그걸 계기로 차례차례 사카구치한테 갖고 있던 불만이 터져 나왔다. 대타로 참석한 여자애는 이미 돌아간 후였다.

"전국 체전이 있으니까 어쩔 수 없지. 우리 학교는 축구부 말고 센 팀이 없잖아."

슬그머니 감싸 봤지만, 그 때문에 오히려 불만이 더 거세졌다. 도서위원이 편하다니 우습게 본 거지, 인기 좀 있다고 건방떨기는, 별로 잘생기지도 않았으면서, 하고 불평이 이어졌다. 그러다 다카다 너도 그렇게 생각하지? 하고 나한테 질문이 돌아왔다.

"……으음, 그런, 가?"

엄청 소극적으로 대답했을 때, 등 뒤에서 문이 열렸다.

"늦어서 미안."

사카구치가 들어와서 모두 흠칫 놀랐다.

"어? 그, 축구부는?"

"중간에 빠져나왔어. 너무 소홀하기도 했고 미안해서."

표정도 목소리도 완전히 화가 나 있었다. 사카구치가 빈 의자에 털썩 앉자마자 준비실에서 선생님이 나오더니, 너무 늦었으니까 집에 가라고 했다. 사카구치는 황당하다는 듯한 표정을 지었고, 다들 그쪽을 보지 않으려 애쓰면서 집에 갈 채비를 시작했다. 다함께 교실을 나서는데, 어쩌다 보니 사카구치와 나란히 걷게 됐다. 타이밍이 너무 안 좋아서 울고 싶었다.

"바래다줄게."

층계 출입구에서 신발을 갈아 신고 있는데, 사카구치가 나직이 말했다.

"아냐, 괜찮아."

"그래? 아 참, 잘생기지도 않은 남자가 바래다주는 거 싫지?"

사카구치는 뾰로통해 있었다.

"나 그런 말 한 적 없어."

"그랬나?"

곁눈으로 째려봐서 입술을 깨물었다. 무지 무지 소극적이긴 했지만, 난 사카구치 험담에 동의했다. 최악이다. 속으로는 전혀 그렇게 생각 안 하는데.

"……미안해."

고개를 떨꾸고 가방을 손으로 꽉 쥐었다.

아무도 없는 층계 출입구에서, 잠깐 동안 우리는 아무 말 없이 서로 마주 봤다.

"……장난이야. 미안. 위원회 계속 빼먹은 내 잘못이지."

사카구치답지 않게 목소리가 서먹서먹해서, 나는 쭈뼛거리며 고개를 들었다.

"다음부턴 꼭 참석할 테니까 봐주지 않을래?"

내 눈치를 살피는 듯한 눈길에서 반성하는 마음이 전해졌다. 입을 팔자 모양으로 일그러뜨린 한심한 표정에, 장난치다 들켜서 부모님에게 혼나던 어린 사카구치가 생각나 작게 웃었다. 둘이 나란히 역까지 걸어서 같은 방향 전철을 탔다.

"절연 신사는 아직 옥상에 있어?"

"응, 구니미 아저씨는 날마다 치성을 드리시고, 아줌마가 나무랑 꽃을 가꾸고 계셔."

"신사보다는 노천카페를 하면 더 돈벌이가 될 텐데."

"그런 말하면 벌 받아."

"넌 그렇게 생각 안 해?"

"쪼금 생각해."

이야기하는 동안 내가 내릴 역에 도착했다. 즐거운 시간은 눈 깜짝할 새에 끝난다. 그럼 잘 가, 하고 열린 문으로 내리려던 찰나였다.

"오랜만에 절연 신사에나 가 볼까?"

"응?"

"다음 달부터 대회기도 하고, 나쁜 인연 끊어 버리게."

사카구치는 그렇게 말하며 나와 함께 전철에서 내렸다.

"우와, 옛날 생각난다…… 라고 말하고 싶지만 뭔가 옛날보다 새로워진 것 같은데?"

사카구치는 오랜만에 옛 보금자리를 올려다보며 고개를 갸웃거렸다.

"작년에 공사해서 외벽을 새로 칠했어. 화장실이랑 부엌도 리모델링해 주셨고."

"그랬구나. 꽤 오래된 건물인데 전혀 그렇게 안 보이네."

"그치? 집세도 안 올리고, 엄마가 훌륭한 집주인이라고 그러더라."

"아무래도 신사니까 탐욕스런 짓은 못 하겠지."

"그 말버릇."

엘리베이터를 타다가 입주민 아저씨와 마주쳐서 안녕하세요, 하고 인사했다. 아저씨가 사카구치를 힐끗 쳐다봤다. 엄마한테 말하려나? 엄마는 괜찮은데 아빠가 통금이나 이성친구 사귀는 데 엄격해서 난감했다.

엘리베이터로 5층까지 올라가, 거기서부터 옥상까지는 계단을 이용했다. 계단이 살짝 어두워서 어릴 땐 엄청 무서웠다. 사카구치도 같은 생각을 한 모양이었다.

"초등학교 때 여기서 다 같이 담력 훈련 했던 거 기억나?"

"네가 너무 겁줘서 모토이가 오줌 지렸잖아."

"아직도 그거 가지고 놀려. 모토이 녀석, 얼굴이 시뻘개져서 펄쩍펄쩍 뛰니까 재밌거든."

"가여우니까 그만해."

옥상으로 이어지는 무거운 문을 밀어젖히자, 제법 센 바람이 얼굴로 휘익 불어왔다.

"오오, 여긴 안 변했네. 엄청 반갑다."

사카구치는 6월의 저녁놀 아래 작은 숲처럼 펼쳐진 옥상 정원을 둘러봤다. 자갈이 빽빽하게 깔린 오솔길 안쪽으로 붉은 사당이 어른거렸다. 사당 양옆을 지키는 고마이누한테 "안녕? 오랜만이네." 하고 인사하더니, 지갑에서 5엔짜리 동전을 꺼내 시주함에 넣고 큰 소리가 나게 손을 맞부딪쳤다.

사카구치는 꽤 오랫동안 기도를 올렸다. 경기에서 우승하게 해 달라고 비나 보다 하고 뒤에서 묵묵히 기다렸다. 얼마 후에 사카구치가 좋았어, 하고 중얼거렸다. 그리고 사당을 보며 가볍게 허리 숙여 절하더니, 시주함 옆에 설치된 나무 상자에서 가타시로와 연필을 집었다.

"절연 신사니까 깔끔하게 끊어 달라고 해야지."

사카구치는 사람 모양의 흰 종이 한가운데에 '지는 경기'라고 썼다.

"어? 그럼 아까는 무슨 소원 빌었어?"

"말 안 해. 말하면 안 이뤄지잖아."

사카구치는 그렇게 말하더니, 가타시로를 부적함에 쏙 집어넣었다. 부적함 안에는 가타시로뿐 아니라 뜯지 않은 담배나 캔 맥주, 사람 손으로 만든 것 같은 인형도 들어 있었다. 담배는 금연, 캔 맥주는 금주를 비는 거겠지만, 수제 인형은 뭔가 얼굴이 이상하게 일그러져 있어서 섬뜩했다.

"직접 만든 인형이면 인연을 끊고 싶은 사람의 머리카락 같은 게 안에 들어 있으려나?"

"끔찍한 소리 그만해."

"옛날에 엄청 무서운 남자 왔었잖아."

"아이돌 팬?"

맞아, 맞아, 하면서 분위기가 달아올랐다. 대학생 정도로 보이는 남자였는데, 선글라스와 마스크로 얼굴을 가리고 날마다 기도하러 왔다. 당시 인기 있었던 아이돌 팬이었다는데, 열애 보도가 났던 인기 배우 이름을 가타시로에 적어서 수백 장이나 부적함에 넣었다. 시주 금액도 상당했을 테고, 당시 구지였던 구니미 아저씨가 부담스럽지 않게 속 이야기를 들어 주던 모습이 생각났다.

"연예인 상대로 바보 아냐? 정신이 반쯤 이상해진 거지."

"구니미 아저씨가 누군가를 저주하면 나한테 돌아온다고

하셨어."

"듣고 보니 나한테도 보란 듯이 돌아왔잖아."

사카구치는 점수가 엉망진창인 시험 답안지를 부적함에 넣은 적이 있었다. 그런데 구니미 아저씨가 사카구치네 엄마한테 돌려주는 바람에 괜히 혼만 더 많이 났다.

"돌려주려면 나한테 돌려주지."

"바보야. 이름을 지우고 넣었어야지."

내 말에 사카구치는 뭐라 설명할 수 없는 표정을 지었다.

"넌 얼굴은 얌전하면서 의외로 음흉하더라."

"머릿속에 노선이 하나만 뚫려 있는 너한테 그런 말 듣고 싶지 않거든?"

"게다가 성격도 까칠해."

옛날이야기를 나누는 동안, 파란색과 복숭아색이 섞인 푸근한 빛깔의 저녁놀 위로 희미한 달이 떠올랐다. 그 대각선 아래에선 금성이 조그맣게 빛났다. 그런데도 사카구치는 집에 가겠다고 하지 않았다.

"너, 맨 처음에 나 전혀 못 알아봤지?"

"맨 처음?"

"고등학교에 입학했을 때."

"바로 알아봤잖아. 복도에서 스쳤을 때."

"그게 네 번째였어."

나는 눈을 깜빡거렸다.

"난 바로 알아보고 매번 돌아봤는데, 이 냉정한 여자 같으니."

"그래? 그렇게 금방 알아봤어?"

"응."

사카구치는 여태껏 재미있게 이야기했으면서 갑자기 뾰로통해지더니 자리에서 일어났다.

"슬슬 가야겠다."

"아, 응."

내가 대답하는 사이에 사카구치는 문 쪽으로 성큼성큼 걸어갔다. 계속 신나게 수다 떨다가 갑자기 화내서 당황스러웠다. 아무 말도 못 하고 있는데, 사카구치가 문득 뒤돌아봤다.

"다음 위원회 언제야?"

"다다음주 수요일."

"그럼 축구부에 빠진다고 말해 놓을게."

"응, 고마워."

"뭐가 고마운데?"

맞는 말이다. 같은 위원인데. 부끄러웠다.

"또 바래다줄까?"

"응?"

얼빠진 목소리로 되물었다.

"싫어?"

사카구치가 교복 주머니에 손을 찔러 넣더니 고개를 갸웃거렸다.

"싫, 지 않아."

허둥거리며 고개를 내젓자, 사카구치가 기분 좋은 듯 웃었다. 사카구치는 내일 보자며 가 버렸고, 난 그 자리에 우두커니 서 있었다. 다다음주, 또 같이 집에 올 수 있다. 또 이야기할 수 있다. 처음 느껴 보는 가슴 벅참에 압도돼서, 그 자리에 풀썩 주저앉았다.

다음날 아침, 교실에 들어갈 때 죽을 것처럼 심장이 두근거렸다.

사카구치는 평소처럼 교실 뒤쪽에 애들이랑 모여 있었다.

의식하고 있다는 걸 들키기 싫어서, 절대 그쪽을 쳐다보지 않으려 애썼다.

그런데 자리에 앉아 친구와 수다를 떨어도, 온몸으로 사카구치의 기척을 느꼈다.

3교시는 이동 수업이었는데, 사카구치가 내 책상 옆을 지나가면서 의자 다리를 발로 톡 찼다. 고개를 들었다가 눈이 마주쳤다. 사카구치가 씩 웃어서, 난 아마 귀까지 빨개졌던 것 같다.

그날부터 우리는 남몰래 눈길을 주고받는 사이가 됐다.

어느덧 장마도 끝나고 푹푹 찌는 7월이 되었다. 사카구치는 그 후로 꼬박꼬박 위원회에 참석했고, 끝나면 정해진 코스처럼 옥상 신사에 왔다. 얼마 전부터 왠지 모르게 날 좋아하는 듯한 느낌이 들었지만, 착각이면 부끄러우니까 들뜨지 않으려 애쓰는 중이었다.
"나, 너 좋아해. 사귀자."
사카구치다운 엄청난 돌직구 고백이었다.
"왜 난데?"
사카구치 주위에는 우리 학년 중에서도 눈에 띄게 예쁜 여자애들이 많았다.
"잘 모르겠는데 옛날부터 네가 예뻤어."
"옛날?"
"여기 살 때부터. 너도 같은 마음인 줄 알았는데. 아니라면 민망해지겠지만."
아니지 않아. 나도 옛날부터 너 좋아했어. 고작 그 말을 하는 데 시간을 들이고, 여러 번 말문이 막혀서 고쳐 말했다. 덕분에 마음은 충분히 전해져서, 안심한 사카구치가 중간에 웃음을 터뜨렸다.
"절연 신사에서 고백하는 사람한테 비웃음 받고 싶진 않은데."
난 발끈했다.
"그런 말하면 구니미 아저씨한테 혼나."
"그래. 그리고 네가 나쁜 인연이면 끊어 주실 테니까 마침 잘됐지 뭐야."

"얼굴은 얌전하게 생겼으면서 할 말은 다 하더라."

사카구치가 시무룩한 표정을 지었다.

"근데 난 끊어지지 않을 자신 있어."

"왜?"

"오랜만에 여기 왔을 때 '모모코한테 접근하는 남자들을 끊어 주세요, 그리고 저랑 모모코가 사귀게 해 주세요.' 하고 빌었거든. 근데 정말 사귀게 됐으니까 여기 신령님이 날 인정했단 뜻이잖아."

예전에 사카구치가 꽤 오랫동안 기도를 올렸던 일이 생각났다. 얼굴 전체가 천천히 달아올랐다. 견디지 못하고 고개를 숙였더니, 새빨개졌네 하면서 볼을 살짝 꼬집었다.

위원회가 끝나면 같이 집에 가고, 사카구치 경기가 있으면 응원하러 가는 사이에 우리 둘이 사귄다는 이야기가 자연스레 퍼졌다. 인기 많은 사카구치와 하나도 안 어울린다는 험담을 듣기도 했고, 좋은 쪽으로든 나쁜 쪽으로든 눈에 띄지 않았던 나는 엄청 상처 받았다.

"……뒤에서 애들이 날 비너스라고 부른대."

그날 옥상 신사에서 사카구치한테 털어놓았다.

"굉장하네. 비너스는 미인이잖아?"

"아니야. 비너스, 비너스 하고 열 번 말해 봐."

사카구치는 어리둥절해하면서도 비너스, 비너스 하고 되풀이하다가 도중에 알아챘다.

"아, 나스비(가지)?"

나는 까딱 고개를 끄덕였다. 여태껏 신경도 안 썼는데, 강제로 내 얼굴이 길다는 사실을 깨달아야 했다. 분하고 부끄러워서 고개를 푹 숙이고 있는데, 사카구치가 웃음을 터트렸다. 여름이 성큼 다가온 옥상 정원 벤치에 앉아서 배꼽을 잡고 웃었다. 반응이 너무 지나쳤다.

"너까지 웃다니 너무해."

"미안. 근데 누가 그렇게 절묘한 말을 만들어 냈나 해서."

"……뭐야 그게."

나는 험담보다 사카구치의 무신경한 태도에 더 충격을 받았다. 분한 마음에 슬픔까지 더해져서 코끝이 급격하게 뜨거워졌다.

"앗! 울지 마, 울지 마."

사카구치는 엄청 허둥댔다.

"너도 내가 가지 닮았다고 생각하는구나."

"아니야. 1%도 그렇게 생각 안 하니까 당당하게 웃을 수 있는 거지. 조금이라도 닮았다고 생각했으면 못 웃어. 넌 예뻐. 내 눈엔 그래. 안 그럼 어떻게 좋아하겠어."

"거짓말. 난 한 번도 예쁘단 말 들어본 적 없는데?"

"내가 해 줬잖아."

"그건 네가 내 남자친구니까 그렇지."

"그래. 남자친구니까 널 좋아하고, 당연히 예쁘다고 생각해. 다들 좋아하는 사람은 예뻐 보이잖아. 너도 내가 잘생겼다고 생각하지 않아?"

"그건…… 넌 진짜 잘생겼으니까."

울면서 대답하자, "나도 마찬가지야. 넌 진짜 예뻐." 하고 말했다. 서로 "잘생겼어.", "예뻐." 하면서 주고받다가 그런 상황이 우스꽝스러워서 눈물을 찔끔거리며 웃었더니 사카구치가 키스를 했다. 콧물이 흘러나오려는 걸 꾹 참고 있었을 때라 재빨리 피했다.

"왜 이럴 때 해?"

"예뻐서."

사카구치가 곤혹스러운 듯 입을 삐죽거렸다. 무드라고는 눈곱만치도 없었지만 이미 가지 따윈 안중에 없었고, 무엇보다 사카구치가 더 좋아졌다.

사카구치의 얼굴이 천천히 다가왔다.

두 번째 키스였다. 이번엔 제대로 기다리는 태세에 들어갔다.

눈을 감기 전, 사카구치의 어깨 너머로 흐드러지게 핀 하얀 목수국이 보였다.

그 후로도 주위에서 이런저런 말을 들었지만, 그때마다 사카구치가 웃음으로 시원하게 날려 줬다. 그 아이가 천진난만하게 웃는 모습을 보면 끙끙대고 있는 내가 바보처럼 느껴졌다. 심술부리든 말든 모르는 척하면서 교제를 계속하는 동안 자연스럽게 험담도 사라졌다.

사카구치는 3학년이 돼서도 여름에 열리는 고교 전국 체전에 대비해 날마다 축구 연습에 매달렸지만, 현 예선 결승전에서 탈락했다. 항상 쾌활한 사카구치가 우는 모습을 보고, 응원하러 갔던 나도 친구를 부둥켜안고 울었다. 평범한 문과 학생이었던 나는, 운동부인 사카구치 덕분에 드라마에나 나올 법한 청춘의 정석을 맛봤다. 어쩌면 사카구치라는 존재가 곧 나의 청춘이었다.

사카구치는 한동안 바람 빠진 풍선 같았다. 하지만 입시철은 이미 시작됐고, 우리는 같은 대학교에 가기로 약속했다. 사카구치는 아주 열심히 공부할 필요가 있었기에, 난 공부도 가르칠 겸 사카구치 집에 자주 갔다.

"어머, 모모코? 하지메 여자친구가 모모코였구나."

사카구치네 어머니는 날 기억하고 있어서 성대하게 환영해 줬다.

남동생인 모토이도 만났지만, 처음에는 못 알아봤다. 초등학생인데 키가 훌쩍 커서 "요렇게 쪼그맸는데." 하고 말했더니, 언제 적 얘기를 하냐며 어이없어했다.

여름방학에 접어들어 사카구치 방에서 첫 경험을 했다. 영화나 소설에서처럼 로맨틱한 분위기는 전혀 없었다. 서로 어찌할 바를 몰라 계속 허둥대면서, 실패하지 않도록 똑바로 수행하는 데 온힘을 쏟았다. 다 끝나고 나니 마음이 놓여서 나란히 누워 깊이 잠들어 버렸다.

자다가 목이 칼칼해서 눈을 떴다. 옆에서 사카구치가 작게 코를 골고 있었다. 팔베개는 별로 안 편하구나, 하고 생각하면서 잠든 사카구치의 얼굴을 가만히 바라봤다. 머리 위에서 맑은 소리가 났다. 창에 풍경이 걸려 있었는데, 물빛 색유리에 여름 햇살이 반사됐다.

잠든 사카구치 옆에서 창틀에 담긴 하늘을 봤다. 두툼하게 겹겹이 포개진 새하얀 소나기구름. 자동차들이 도로를 달리는 소리와 동네 아이들이 신나서 떠드는 소리. 난 다시 잠들었고, 다음에 일어났을 때는 이미 저녁이었다. 아래층에서 무슨 소리가 났다.

"앗! 가족들 왔다. 모모코, 옷, 옷 입어."

우리는 황급히 옷을 주워 모았다. 정말 무드라고는 없었다.

"그럼 난 일단 집으로 갈게."

"응, 7시에 나미마치 편의점 앞에서 봐."

그날은 지역 불꽃놀이 행사가 열리는 날이었다. 작년엔 사카구치가 축구부 합숙에 들어가는 바람에 못 가서, 나도 무척 기대가 컸다. 엄마를 졸라 새 유카타도 맞춰 둔 상태였다.

"유카타 어떤 거야?"

"말 안 할래. 말하면 기대감이 줄어들잖아."

"재지 마. 어차피 뭘 입어도 예쁠 거면서."

사카구치는 그 또래 남자애치고 표현을 아끼지 않는 사람이었다. 자기 생각을 솔직하게 말했다. 그 아이와 함께 있기만 했는데도, 난 눈에 보이지 않는 귀한 것을 한 아름 받았다.

"네 유카타, 엄청 기대돼."

헤어질 때까지 사카구치는 여러 번 그렇게 말했다.

친구에게 연락이 온 건, 엄마가 유카타를 입혀 주고 있을 때였다.

사카구치가 교통사고를 당했다는 소식이었다. 우리 학교 다니는 애가 사고를 목격해서 전화로 전해들은 모양이었다. 바로 사카구치 집에 전화를 걸었는데 부재중 전화로 넘어갔다. 걸고 또 걸어 봤지만 아무도 받지 않았다. 난 속이 메슥거려서 화장실로 뛰어 들어가 다 게워냈다.

아무것도 모르는 채 하룻밤이 지났고, 다음날 뉴스를 봤다. 운전자가 한눈을 팔다가 인도로 돌진한 차량에 치여 중태에 빠졌던 고등학생이 오늘 새벽 사망했다고 아나운서가 무미건조하게 기사를 읽었다.

"너랑 같은 학교 애네. 가엾어라."

엄마가 아침 준비를 하면서 미간을 찌푸렸다.

"너도 오가는 길 조심해."

아빠가 신문에서 눈을 떼고 TV를 보며 말했다.

난 아무 반응도 하지 못했다. 몸 가장 깊은 곳에서 극심한 아픔이 일어 순간적으로 방어했다. 그러나 끝까지 저항하지 못하리란 사실은 알고 있었다.

머나먼 곳에 산산이 흩어져 있던 슬픔이, 천천히 가슴 한가운데로 모여들었다.

목구멍으로 끄윽, 하고 뒤트는 듯한 소리를 토해 내며 식탁에 엎드려 우는 나를 보고 부모님은 화들짝 놀랐다. 왜 그래? 친구였어? 난 아무 대답도 할 수 없었다.

그저, 오로지, 날 깨부수는 아픔을 견뎠다.

남은 여름방학을 어떻게 보냈는지는 지금도 잘 기억나지 않는다.

* * *

22년이나 지난 일이다. 그 사이에 교제한 사람도 몇 있었지만, 어쩐지 이 사람이다 싶은 느낌이 안 들어서 오래가지 못했다. 고등학교 동창들은 대학에 가거나 결혼을 하면서 고향을 떠났고, 가끔 만나 보면 다들 착실하게 현실을 살아가고 있었다. 이제 와서 사카구치 이야기를 꺼낼 순 없었다.

그 후로도 여름은 셀 수 없이 돌아왔는데.

나만 아직도 그 여름 속에 갇혀 있네.

으아아앙.

으아아아아앙.

대놓고 우는 소리가 들려서 옆을 보니, 모네가 무릎을 감싸 안은 채 울고 있었다. 도리가 영차, 하고 모네를 안아 올려 무릎에 앉히더니 옳지, 옳지, 하면서 등을 쓰다듬었다.
"모네, 미안해. 내가 괜한 얘길 해서."
당황하며 말하자, 모네가 고개를 가로저었다.
"모모코 씨가 안쓰러워. 사카구치 씨도 불쌍하고."
흐느껴 울면서 한 말은 조금도 꾸밈이 없었고, 지금 모네가 작은 마음을 다해 나와 사카구치의 그 여름을 애도해 주고 있다는 느낌이 들었다. 그것만으로도 충분했다.
"불꽃놀이 할까?"
로 씨가 말했다.
"모모코 씨랑 같이 한다고 모네가 조금 남겨 놨어."
우리는 도리네 집 베란다에서 선향불꽃을 들고 불꽃놀이를 했다. 국산에다 공들여 만들어서 그런지, 오렌지색 불꽃이 무척 크고 멀리까지 튀었다. 불꽃이 점점 약해지면서 비비 꼬인 종이 끝에 빨간 방울이 맺혔다. 방울은 부글부글 부풀더니, 파르르 떨면서 자기 무게를 못 이겨 당장이라도 떨어질 것 같았다.

떨어지지 마.
떨어지면 안 돼.
제발, 제발.

아무리 기도해도 결국엔 떨어진다. 모두가 그 사실을 아는데도, 고작 1밀리밖에 안 되는 희망을 가슴속에 품는다. 아마도 우리의 생존 시스템에 그렇게 하도록 미리 심어져 있기 때문일 것이다.

'그건 구원이겠지?'

불꽃놀이를 즐긴 다음, 거실로 돌아와 철판구이를 먹었다. 로 씨가 맥주를 따라 줘서 기분 좋게 취한 상태로 다 같이 사진을 찍었고, 모네가 휴대전화로 데이터를 보내 줬다. 그 안에는 얼굴이 벌건 서른아홉 살의 내가 찍혀 있었다.

"깜짝 놀랄 정도로 안 어울리네."

사진을 보고 웃어 버렸다. 밝은 물빛에 나비 무늬는 역시 젊은 애들한테나 어울린다. 종일 일한 데다 연장 근무까지 해서 화장은 번들거리고, 눈 밑에는 연하게 다크서클이 내려앉아 있었다. 그런데도 어쩐지 일단락된 기분이었다. 기쁨이나 즐거움과는 또 다른, 기나긴 여행이 끝나 안도와 피로가 섞여 있는 기분.

어른들끼리 뒷정리하는 사이에 모네가 꾸벅꾸벅 졸기 시작해서, 난 먼저 물러나기로 했다. 내놓을 타이밍을 놓쳤다며 커다란 포도까지 선물로 받았다.

"모모코 씨, 이거."

집에 가려는데 도리가 책 한 권을 내밀었다.

"안 돌려줘도 돼. 난 벌써 여러 번 읽었으니까."

고맙다며 책을 받아 들고 도리네 집을 뒤로했다.

난 집에 바로 들어가지 않고, 계단을 올라 옥상으로 향했다. 달빛이 비추는 밤의 정원은 쥐죽은 듯 고요했다. 사카구치가 사고를 당하고 몇 년 동안은 이곳에 들어오지 못했다.

어린 시절을 함께 보내고 고백을 받은 곳도, 첫 키스를 한 곳도 여기였다. 사카구치와의 추억이 잔뜩 묻어 있는 이곳이 그립고 그보다 더 애달파서, 쉽게 마음이 무너져 내릴까 봐 두려웠다. 역시 절연 신사는 불길한 곳이었어, 하고 화풀이에 가까운 마음도 들었다.

구니미 아저씨는 구지인 만큼, 나랑 사카구치가 부모님 몰래 옥상 신사에서 자주 데이트를 한다는 사실을 알고 있었다. 그래서 사카구치가 세상을 떠난 뒤로 맨션 안에서 나와 마주쳐도, "요즘 뜸하네."라는 말은 절대 하지 않았다. 그 말을 한 사람은 도리였다.

사고 후 2년 정도 지나서 난 지역 대학교에 진학했고, 도리는 중학교 3학년이 되었다. 그 또래 남자애들 특유의 어수선함과는 거리가 먼 담담한 아이였다. 난 사카구치를 잊고 싶은데 티끌만큼도 못 잊어서, 여러 번 옥상 계단을 올라갔다가 도저히 못 들어가고 문 앞에 우두커니 서 있기를 반복했다.

그 모습을 청소하러 왔던 도리가 봤다.

"요즘 뜸하네."

무심히 툭 뱉은 말에, 난 심하게 동요했다. 조금이라도 움직이면 무너질 걸 알기에, 닿지 않도록 조심스레 그 주변을 천천히 맴돌았는데.

'무슨 상관이야.'

나는 주먹을 꽉 쥐었지만, 끝내 버티지 못하고 주저앉았다.

아버지 도우려고 옥상 청소 자주 했으니까 나랑 사카구치가 사귀었다는 사실을 알면서, 사카구치가 죽었다는 사실을 알면서 어쩜 저렇게 무신경한 말을 할까. 너무해. 너무해. 너무해. 마음속으로 몇 번을 되풀이하다가,

"돌려 줘."

난 그제야 처음으로 그 말을 했다. 지금 당장 사카구치 돌려 줘. 그건 내가 말하고 또 말하고 싶었지만, 아무에게도 말하지 못했던 신을 향한 원망이었다.

"돌려 줘. 돌려 달라고, 제발."

말이 종잡을 수 없이 입에서 넘쳐 나왔다.

도리는 계속 내 앞에 서 있었다.

맘껏 울고 마음이 조금 진정되자, 새빨개진 눈으로 도리를 올려다봤다. 도리는 입술을 꽉 깨물고 있었다. 그리고 아무 말 없이 내 손을 잡고 옥상 문을 열었다. 2년 만에 본 옥상 정원에는 그 여름 사카구치와 함께 봤던 하얀 목수국이 피어 있었다.

'너무 예쁘다.'

뭔가를 보고 그렇게 느낀 건 오랜만이었다.

도리는 그저 한없이 내 곁을 지켜 줬다.

그 뒤로 맨션에서 마주쳐도 특별히 친밀하게 이야기를 나누진 않았지만, 난 계속 도리에게 고마워했다. 그래서 도리가 부인과 헤어지고, 그 부인이 사고로 죽고, 홀로 남은 모네를 키우기로 했다는 말을 들었을 때, 그 맘이 오죽했을까 싶었다. 걱정하는 척하면서 재밋거리 삼아 심심풀이로 쑥덕거리는 사람들한테 진심으로 화가 났다.

난 정원 의자에 앉아, 오늘 밤 환하게 빛나는 달을 올려다봤다.

'사카구치, 오늘 아주 오랜만에 널 만난 듯한 느낌이 들었어.'

내 나름대로 매듭을 지었다고 생각했는데, 역시 난 사카구치를 조금도 잊지 못했다. 사카구치를 생각하면 마음이 심하게 삐걱거리고 아파서, 그런 내가 나약한 인간처럼 느껴졌다. 그래서 사카구치를 떠올릴 때면 마음을 늘 담담하게, 담담하게 가지려고 애썼다.

'왜냐면 여러 가지가 점점 무서워졌거든.'

누구랑 교제해도 별 느낌이 안 와서, 결혼이나 출산처럼 당연한 듯 깔려 있는 레일에 올라타지 못하는 것. 그 레일 자체에 의문을 품는 것. 그런 주제에 나만 뒤쳐졌다고 느끼는 것. 서둘러 남들을 따라잡으려고 조바심을 내는 것. 그런데도 도저히 첫발이 내딛어지지 않는 것. 정체되어 있는 느낌을 떨쳐

보려고 어물쩍 맞선을 보고, 그걸로 한발 내딛은 것 마냥 스스로를 속였던 것. 한편으로는 나 자신을 동정했던 것.

사랑하는 남자를 먼저 떠나보낸 나는 얼마나 가엾은 여자인가.

그래서 멈춰 서 있어도 어쩔 수 없다고, 마음 어딘가에서 변명하고 있었다.

'미안해. 넌 그렇게 날 열심히 좋아해 줬는데.'

나약한 사람은 난데, 엉망인 사람은 난데, 그 변명에 사카구치를 이용했다.

달을 올려다보던 시선을 내려, 도리가 준 책을 펼쳤다.

이바라기 노리코의 시집이었다. 고등학교 때 읽은 적이 있었다. 무서울 정도로 등이 곧게 펴져 있는 시들이라, 마치 혼나는 듯한 느낌이 들었다. 그 시절 난 아마 손에 쥐면 부드럽게 모양이 바뀌는 헝겊 같은 시를 좋아했던 것 같다.

페이지를 넘기면서, 뭔가 옛날하고 인상이 달라졌음을 깨달았다.

더 단단한 느낌이었다. 더 꼿꼿한 느낌이었다. 시가 달라졌을 리는 없으니, 받아들이는 내 마음이 달라졌으리라. 신기했다. 옛날에는 무서웠던 부분이 소박하고 과묵하게 느껴졌다.

시들을 읽어 나가다가 문득 시선이 멈췄다.

고요히, 어쩌면 숨 쉬는 것조차 잊었을지 모른다.

한 글자 한 글자가 눈을 통해 내 안으로 들어와, 천천히 마음에 새겨졌다.

> 하지만
> 세월의 힘만은 아닐 겁니다
> 번개와도 같은
> 단 하루의 진실을
> 끌어안고 사는 사람도 있으니까요

 시인이 남편을 일찍 떠나보내고 평생 홀로 지냈다는 사실은 알고 있었다.
 등이 쭉 펴져 있는 인상은 변함이 없었다. 옛날에는 무서웠던 그것이, 이제는 곧게 나아가기 위한 빛의 화살처럼 느껴졌다. 그 화살은 내 마음을 관통했고, 말은 더욱 먼 곳으로 날아갔다. 더 많은 사람을 관통하기 위해, 그 강한 힘을 조금도 잃지 않고, 멀리 더 멀리.
 하늘을 올려다보니 달의 위치가 달라져 있었다. 제법 오랫동안 생각에 잠겨 있었던 모양이다.
 있잖아 사카구치, 하고 말을 건넸다.
 이토록 오랜 시간이 지났는데도, 난 너를 못 잊겠어.
 그러니까 이젠 그렇게 살아도 되지 않을까?
 의자에서 일어나 정원 안쪽으로 이어지는 자갈길을 걸었다. 매립식 조명이 희미하게 발밑을 밝혔다. 나는 붉은 사당 앞에 서서 두 손을 모았다. 그리고 옆에 있는 나무 상자에서 가타시로를 꺼내, 비치돼 있는 펜으로 '세상 사람들의 이목'이라 적어서 부적함에 가만히 집어넣었다.

엄마는 아직 잠들기 전이었다. 식탁에서 가로세로 낱말 퀴즈를 하고 있었다. 날 보고 어서 와, 하며 돋보기를 벗더니 힘겹게 일어났다.
"어디 갔다 왔니? 그런 유카타 입고 가서 놀림 안 당했어?"
"예쁘다고 칭찬해 주던데."
"괜히 사람들한테 마음 쓰게 했구먼."
"엄마 말이 맞을지도."
"차라도 마실래? 참, 오가와 씨가 또 맞선 자리 알아봐 주셨어."
내 대답은 듣지도 않고, 엄마는 빠르게 말을 쏟아 내며 냉장고에서 보리차를 꺼냈다.
"저번에 그 사람은 사별이라 장벽이 높았잖아. 이번엔 초혼이니까 괜찮을 거야. 나이는 너보다 몇 살 많은데 순하고 착한 사람이래. 다음 달쯤 만나면 어떨까 하시던데."
"안 본다고 말씀 드려."
"그렇게 칼로 무 자르듯 하지 말고, 만나 볼 만큼 만나 보면 좋잖아."
"나, 좋아하는 사람 있어."

엄마가 날 쳐다보더니 조금 늦게 뭐? 하고 놀랐다.

"뭐야, 그런 사람이 있었어? 얼마나 사귀었는데? 결혼 이야기는 나왔어? 다음에 집에 데려와. 교제가 계속 길어져 봐야 좋을 거 없어."

"교제했는데 죽었어."

엄마는 입을 틀어막았다.

"언제?"

조심스레 물었다.

"고등학교 3학년 때."

엄마는 어안이 벙벙한 표정이었다.

"고등학교?"

"3학년 여름방학 때, 교통사고 당해서 죽은 동급생 있었잖아."

"아…… 아침 먹을 때 네가 갑자기 운 적이 있었지."

난 고개를 끄덕였다.

엄마는 당혹스러워하면서도 어이가 없다는 듯한 표정을 지었다.

"근데 너, 그렇게 몇 십 년이나 지난 일을."

"난 못 잊겠어."

말문이 막힌 엄마에게 안녕히 주무시라고 인사한 다음, 방으로 물러났다.

침대에 앉아 기나긴 숨을 내쉬었다. 그렇게 앉은 채로 아무렇게나 허리띠를 풀어헤치고, 느슨해진 해방감에 벌러덩 드러누웠다. 엄마 표정을 생각하니 웃음이 났다.

그야 그렇겠지. 고등학교 때 사귀었던 남자친구를 못 잊는다니 얼마나 바보 같아. 그래도, 아무리 바보 같아도, 그게 39년 동안 빚어 온 나였다.

숨을 깊이 들이마시고, 길게 내뱉고, 눈을 감았다.

아, 기분 좋다.

계속 자물쇠를 채워 뒀던 마음을 활짝 열어서 후련했다. 그렇다고 불안이나 두려움이 사라지진 않았다. 곁에 아무도 없다는 것. 평생 혼자 살아야 할지도 모른다는 것. 남들이 불행한 사람이라 손가락질하고, 가여워하는 눈길로 쳐다볼까 봐 두려웠다. 그건 지금도 변함없이 불안했지만 그래도 그런 나를, 나만은 품어 줘야겠단 생각이 들었다.

난 불행할지도 모른다.

난 불쌍할지도 모른다.

그래도 내 안에서는 한 번뿐이었던 천둥이 지금도 울리고 있다.

한 번뿐이었던 사랑이, 영원이 되면 또 어때.

누구한테 증명할 필요 없이 난 나를 살면 되는 거야.

시집 표지를 만져 봤다. 도리도 이런 생각을 했을까. 그래서 이 책을 줬을까. 만약 그렇다면 난 혼자가 아니구나, 하고 아주 조금은 든든해질 것 같았다.

사람 마음속은 아무도 모른다. 하지만, 그래도, 방금 살짝 닿은 것 같은데? 하고 느껴지는 순간이 있다면 충분하지 않을까. 엄밀하게 말하면 세상사람 모두가 혼자고, 그때그때 맺어졌다가 헤어졌다가 하면서 살아갈 뿐이다.

나도 언젠가 누군가와 새로운 천둥소리를 듣게 될 수도 있다.

그건 아무도 모르고, 모르기 때문에 불안이자 구원이라고 생각한다.

론더링(Laundering)

 내가 사는 맨션 옥상에는 인연을 끊어 주는 신령님이 모셔져 있다.
 그래서 동네 사람들은 절연 맨션이라 부른다. 그 맨션 옥상에 있는 신사에서 친한 친구가 구지를 맡고 있다는 이야기를 하면, 오컬트나 영적인 것을 좋아하는 손님들은 꽤 흥미로워한다. 맘껏 분위기를 띄우고 나서는 그런 데 살아서인지 4년 동안이나 남친이 안 생겼다는 자학으로 끝맺기 때문에 마무리까지 완벽하다.
 전철 막차 시간대까지가 가장 붐비고, 그때가 지나면 오랫동안 천천히 술을 마시는 손님만 남는다. 그런 손님도 새벽 세 시 정도면 빠져서, 나도 한숨 돌려 볼까 하던 차에 검은 정장 차림의 지친 남자가 들어왔다.
 "수고가 많습니다."

근처 유흥업소에서 종업원으로 일하는 남자인데, 아는 건 도와라는 호칭뿐이다. 이름일까, 성일까. 나이는 나처럼 30대 중반 정도. 가게 문을 닫고 손님에게 붙들려 어쩔 수 없이 한 잔하다가, 항상 이 시간쯤 되면 찾아온다.

"선물."

카운터에 턱을 괴고 편의점 비닐봉지를 내밀었다. 도와 씨는 술집 종업원이면서 술은 못 마시고 단 것을 좋아하는 별종이라, 항상 편의점 디저트를 같이 먹자고 가져온다.

술을 못 마시는데 술집에서 일하다니 특이하네, 라고 했더니,

"술집 특유의 약간 행복하고 경박한 분위기가 좋아."

하고 대답했다. 뭔지 안다. 다들 무방비한 상태로 피상적인 이야기를 하고 어쩌다 옆자리에 앉은 사람에게 막막한 속 이야기를 털어놓기도 하는데, 그마저도 동이 트면 사라지고 없다. 알코올이 가져다주는, 서글프고 어리석고 위안도 발전도 없는 감각을 나도 좋아한다.

"이건 슬픈 조합이네."

선물로 받은 민트초코크림 찹쌀떡은 유감스럽기 그지없는 맛이었다.

"좋아하는 사람은 좋아하던데."

"도와 씨는 어때?"

"별로."

"그럼 왜 사 왔어?"

"로 씨가 얼굴 찌푸리는 거 보고 싶어서."

싱겁기는, 하며 술 대신 차를 끓였다. 향긋한 냄새가 퍼졌다.

"맛있네. 좋은 차 같아."

"300년 넘은 찻집 잇포도에서 산 호지차야."

술을 못 마시는 도와 씨를 위해 항상 차 몇 종류를 갖춰 두고 있었다.

"바인데 미안하네."

"별말씀을요, 한 잔에 700엔입니다."

"바가지 씌우게?"

둘이서 농담을 주고받으며 웃었다.

"내일도 여기 있을 거야?"

도와 씨가 차를 후후 불면서 물었다.

"글쎄. 내일이 돼 봐야 알지. 페이스북에서 확인해."

"로 씨는 뭐든 자유로워서 좋네. 가게에서 일하는 아가씨나 손님들한테 혹사당하는 나하곤 딴판이야."

"아이고, 이 세상에 뭐든 자유로운 사람이 어디 있겠어."

난 쓴웃음을 지었다. 이동식 노천 바, 바람 부는 대로 마음 가는 대로 떠돈다고는 하지만 아무 데나 맘에 드는 곳에 가게를 벌일 순 없다. 우선 토지별로 영업 허가가 필요하다. 차양에 매달아 놓은 백열전구. 그걸 켜려면 전원을 빌려 달라고 근처 가게에 미리 양해를 구해야 한다. 무서운 형님들의 자금원이 될 것 같은 가게 근처도 바람직하지 않다. 그런 조건에 맞는 대여섯 곳을 그날 기분에 따라 돌고 있는 실정이다.

가끔은 그 모두를 무시한 장소에서 캠핑용 랜턴을 두세 개 달고 차분하게 영업하기도 했지만, 도와 씨가 오기 시작하면서부터 여기서 장사하는 횟수가 늘었다.

"참, 오늘도 왔던데? 그 게이 같아 보이는 안경 쓴 사람."

"다케시 씨? 어떻게 알아?"

차를 두 번째 우리며 말했다.

"일하다가 손님 담배 사러 나왔을 때 지나가면서 봤어. 엄청 신나게 떠들던데."

"딸내미 생일 이야기 할 때였나 보다. 다케시 씨, 딸바보거든."

"딸내미 생일이라. 완전 이성애자인데 왜 그렇게 헷갈리는 분위기를 풍기는 거지?"

"확실히 게이처럼 보이긴 해."

난 작게 웃음을 터트렸다.

"뭐, 게이인 거 숨기고 처자식까지 있는 사람도 많으니까. 로 씨 전 남친처럼."

"내 남친은 여자랑 결혼했을 뿐이지, 자식은 없어."

그렇게 말하자 어이없어하는 표정을 지었다.

"헤어지고 4년이나 지났는데 내 남친은 좀 아니지, 내 남친은."

제대로 된 반박에 내가 생각해도 부끄러웠다.

"아직도 좋아해?"

"설마."

그런데도 도와 씨는 뭔가 할 말이 있는 듯한 표정이었다.

"왜."

"아니, 뭐든 자유로운 로 씨를 얽어매는 것도 있구나 해서."

도와 씨가 기운 없이 차를 홀짝거리자 나는 글쎄요, 하고 대답했다.

나는 내 성 정체성을 굳이 감추지 않기 때문에, 말 한마디 한마디에서 눈치채는 사람은 눈치챘다. 도와 씨도 나랑 태도가 비슷한데, 처음 바에 왔을 때부터 서로 느낌이 왔다. 난 도와 씨가 나한테 호감을 갖고 있단 사실을 알고, 도와 씨 또한 내가 자기한테 호감을 갖고 있단 사실을 안다.

"왜 바로 대시 안 해?"

"괜히 도도한 척하다가 누가 먼저 낚아채면 어쩌려고?"

게이 친구들은 계속 재촉했다. 지방 소도시에 사는 게이는 연애하기 힘들다. 단순히 만날 기회가 적어서 별로 좋아하는 타입이 아닌데 타협할 때도 있다. 그런 생각을 하면 지금 상황은 더할 나위 없이 분에 넘친다.

"생긴 게 맘에 안 들어?"

"아니, 약간 흐트러진 듯한 처진 눈으로 사랑을 갈구하는 위험한 얼굴이지."

"완전 네 취향 저격이잖아."

"그렇긴 한데, 도무지 첫발을 떼기가 힘드네."

편의점 디저트를 먹으며 차를 마시고 있는데 다른 손님이 왔다. 다들 들떠 있는데도 지친 표정이었다. 집에 가서 자면 될 텐데 피로보다 외로움이 더 싫은 사람들이 있다. 녹초가 돼서도 누구랑 같이 있고 싶고, 어쩔 수 없이 집에 가면 역시나 외롭다. 그런 사람들로 깊은 밤의 노천 바는 붐빈다. 동쪽 하늘이 환해질 즈음, 집으로 돌아가는 도와 씨와 손님들을 배웅했다.

텐트를 정리한 뒤에 그럼 나도 퇴근해 볼까, 하고 차에 올라탔다. 그 한순간만큼은 내 안에 있는 동굴이 느껴졌다. 나도 외로운 사람 중 하나인 것이다. 그래도 나에겐 아직 도리와 모네를 위해 아침을 차리는 일이 남았다. 두 사람이 있어서 안심하고 집으로 돌아갈 수 있었다.

맨션 주차장에 차를 세우고, 영업하면서 나온 쓰레기와 설거짓거리를 들고서 엘리베이터를 탔다. 그것들을 집에 던져 놓은 다음, 스페어 키로 문을 열고 바로 옆 도리네 집으로 들어갔다. 두 사람 다 아직 자는 중이라 집 안은 조용했다. 먼저 커피를 내리고 냉장고 안을 확인하며 메뉴를 생각하고 있는데,

"어서 와. 고생 많았어."

도리가 한쪽에 식탁이 놓여 있는 거실로 나왔다. 잠옷이 아니라 평상복 차림이었다.

"안녕. 밤새웠어?"

"일찍 일어나서 하는 중이었어. 모네가 열이 좀 있어서 어제 9시에 같이 잤거든."

"감기?"

"모르겠어. 미열이긴 했는데 기침도 조금씩 하더라고."

"으음, 그럼 일단 오늘 아침은 감기 맞춤 메뉴로 할까?"

도리에게 커피를 준 다음, 주방으로 들어왔다. 기침을 잠재우려면 일단 생강차. 목이 아플 테니까 죽을 끓이자. 토마토주스에 콩소메 과립을 넣고 푹 끓여서 계란을 넣었다.

"도리, 로, 좋은 아침."

모네가 일어나서 주방으로 왔다. 좋은 냄새가 난다고 코를 쿵쿵거리며 냄비를 들여다봤다.

"토마토죽? 맛있겠다, 얼른 먹고 싶어!"

"그 전에 열 재야지."

도리가 모네 겨드랑이에 체온계를 끼웠다. 결과는 정상 체온이었다. 머리는 안 아파? 목이 따끔거리진 않고? 몸이 나른하진 않아? 모네는 모든 질문에 고개를 가로저었다. 하룻밤 푹 잤더니 회복된 모양이다.

"정말 다행이다. 그런 줄 알았으면 그냥 밥으로 할걸."

"아니야, 토마토죽 진짜 맛있어 보이는데?"

"그럼 차려 놓을 테니까 얼른 양치질만 하고 와."
"네!"

모네가 도리 손을 잡아끌고 욕실로 향하자, 냄비를 가스레인지에서 내려 식탁으로 옮겼다. 어제 먹다 남은 고구마조림, 양배추에 볶은 잔멸치를 얹은 샐러드, 어른들 밥반찬으로는 자반연어와 된장국, 거기에 요거트와 생강차를 곁들여 맛 조합을 무시한 아침을 차렸다.

"죽은 무슨 맛이든 다 맛있구나."

모네는 토마토죽에 파르메산 치즈를 뿌렸다. 도리가 한 입 먹더니 양식 죽도 맛있다고 해서, 다음에 죽 파티를 하기로 했다. 하루의 마지막 일도 순조롭게 잘 끝나서 만족스러웠다. 이제 집에 가서 편안하게 자면 끝이었는데,

"아 참, 이거. 이유는 모르겠는데 우리 집에 와 있더라."

도리가 엽서를 내밀었다. 엽서에는 해바라기 꽃밭 사진이 인쇄되어 있었다. 누가 한여름 무더위에 건강하라고 보냈나? 그런데 이미 늦더위 안부를 물어야 할 시기다. 이렇게 얼빠진 사람이 대체 누구야? 하고 엽서를 뒤집었다가, 보낸 사람 이름을 보고 미간을 찌푸렸다.

후지모리 다다시. 4년 전에 헤어진 전 남친이었다.

도리가 떨떠름한 표정으로 날 봤다.

"그딴 거 내다 버려."

모네가 화를 내며 요거트에 뿌려 먹는 블루베리 소스 튜브

를 손으로 꽉 쥐었다. 소스가 뿌직 하고 사방으로 튀면서 잠옷을 더럽히자, 모네의 분노는 더 활활 타올랐다.

"로한테 그렇게 못된 짓하고 내내 모르는 척하더니, 갑자기 이런 엽서나 보내는 게 말이 돼? 우리 반이었으면 종례 시간에 세워 놓고 '규탄' 했을 거야."

"그래?"

"응, 우리 반에 나카타랑 유리라는 애가 있는데, 엄청 알콩달콩한 커플이었어. 둘이 3학년 때부터 사귀었거든. 근데 여름방학 직전에 나카타가 유리한테 헤어지자고 한 거야. 다른 반에 좋아하는 여자애가 생겼다고."

"같은 학교 여자애라. 너무 괴롭겠는데."

내 말이, 하면서 모네가 한숨을 쉬었다. 유리는 수업이 시작됐는데도 계속 책상에 엎드려 울었고, 그날 종례 시간에 유리랑 친한 여자애들이 나카타를 규탄해야 한다며 같이 토의해 보자고 했다. 그런 문제는 둘이 잘 이야기해서 푸는 편이 낫다고 선생님은 말렸지만, 여자애들의 분노가 점점 거세져서 나카타는 심판대에 서야 했다.

그리고는 그 여자 어디가 유리보다 좋았어? 그 여자도 네 마음을 알아? 앞으로 그 여자랑 사귀기 시작하면 유리한테 사과할 거야? 너는 유리랑 같은 반인데 앞으로 어떻게 대처할 생각이야? 하고 차례차례 질문이 쏟아 내서 결국 나카타도 울음을 터트렸다고 한다.

"아무리 정의의 화살이라도 천 발을 쏘면 살육이 되는 법."

도리가 중얼거리자, 나도 그 상황을 그려 보며 몸서리쳤다.

"너도 나카타 혼냈어?"

도리의 물음에 모네는 고개를 저었다.

"근데 가만히 보고만 있었으니까 똑같이 잘못했지."

모네는 머쓱했는지 잠옷에 묻은 자줏빛 소스를 쭈뼛쭈뼛 만지작거렸다.

"상대방 마음이 변하면 물론 슬프지만 어쩔 수 없는 일이라고 전에 로가 실연당했을 때 말했잖아. 근데 울고 있는 유리를 보면 나카타가 얄미워서 때려눕히고 싶어. 그래도 종례 시간은 공평하게 이야기를 나누는 자리니까, 내가 유리 친구라서 나카타를 용서할 수 없다는 마음은 드러내면 안 된다고 생각했어."

"이성과 감정 사이에서 발버둥 쳤구나."

처연히 숙인 모네의 머리를 나와 도리가 양옆에서 쓰다듬었다.

"그럼 됐어. 원래 연애 문제는 남이 판단하는 거 아니야."

"맞아. 넌 친구를 위해서 최선을 다해 생각했잖아. 이번 일은 거기에 가치가 있어."

나도 덧붙여 말했는데 근데 말야, 하면서 모네가 고개를 홱 들었다.

"여름방학이 시작되고 나서, 나카타가 유리한테 다시 만나

자고 했어."

"진짜?"

"좋아하게 됐다는 여자애랑 몇 번 데이트해 봤는데, 역시 유리를 더 사랑한다는 걸 깨달았대. 너무 제멋대로지 않아? 그 여자애는 이미 나카타를 좋아하게 돼서, 걔는 걔대로 유리가 나쁘다고 하나 봐."

"아수라장 제조기 같은 남자로세."

남녀를 불문하고 종종 있는 타입이다. 아마 나카타는 어른이 돼서도 여기저기 불씨를 퍼트리고 불타오르게 할 것이다. 얄궂게도 그런 남녀일수록 대개 인기가 많다.

"나카타는 로 전 남친이랑 비슷한 것 같아."

모네가 말하자, 예상치 못한 방향에서 칼날이 들어와 내 몸통을 베는 듯한 느낌이 들었다.

"내 생각이 맞아. 제 발로 떠나 놓고 이제 와서 그런 엽서를 보내다니."

모네는 내가 들고 있는 엽서를 흘겨봤다.

오호라. 듣고 보니 다다시와 나카타에겐 공통점이 있었다. 둘 다 악의 없이 상대방을 휘두르는 데다, 자기가 멋대로 굴었던 건 용서해 주리라 믿는다. 뻔뻔하기 이를 데 없지만, 그런 사람들이 흔히 가지고 있는 응석받이 같은 면이 매력 중 하나라서 더 짜증 난다.

"다 떠나서 그 사진 너무 무서워. 잘린 여자 목이 동동 떠 있어서 저주 담긴 엽서 같잖아."

"잘린 목?"

난 엽서를 뒤집었다. 해바라기 꽃밭에 여자가 홀로 서 있는데, 그 주변을 온통 해바라기가 둘러싸고 있어서 여자 얼굴만 덩그러니 떠 있는 것처럼 보이기도 했다.

"모네, 이건 잘린 목이 아니라 소피아 로렌이야."

"그게 누군데?"

"이탈리아 배우. 이 사진은 『해바라기』라는 영화의 한 장면이고."

"처음 들어."

"옛날 영화니까. 나랑 도리도 태어나기 전일걸?"

"그럼 에도 시대?"

나와 도리가 모네의 뺨을 양옆에서 꼬집었다. 부드럽고 찰떡같이 잘 늘어났다.

"슬프고 아름다운 영화야. 나중에 어른 되면 봐."

"지금 보면 안 돼?"

"영화든 소설이든 사람이든, 만나는 타이밍이란 게 있단다."

"난 좋아하는 애랑은 언제 만나도 신나던데?"

"나도 그런 시절로 돌아가고 싶다."

한숨을 쉬었더니, 모네가 무슨 말인지 모르겠다는 듯 고개를 갸웃거렸다.

아침 식사가 끝나자 도리는 구지의 책무를 다하기 위해 옥상 신사로 올라갔고, 여름방학 기간인 모네도 청소를 도우러 따라갔다. 지금부터 하루를 시작하는 두 사람을 보내고, 난 하루를 끝마치기 위해 바로 이웃한 내 집으로 돌아왔다. 오늘 하루도 잘 살았다, 고생했어, 하고 침대에 몸을 맡기니 만족스런 한숨이 새어 나왔다.

'응, 지금은 더 바랄 게 없어.'

커튼을 친 어둑한 방, 안도와 닮은 졸음 속에서 지금의 생활을 되짚어 봤다.

새벽녘에 돌아와 도리네랑 아침을 먹고, 집으로 와서 잠을 자고, 낮에 일어나 샤워를 하고, 쇼핑하러 가거나 뒹굴뒹굴하거나 도리네랑 차를 마시면서 오후 시간을 보낸다. 저녁은 도리 담당이라 또 셋이서 밥을 먹고, 조금 쉰 다음에 밤거리로 출근한다.

완전한 동거가 아닌 적당히 거리감 있는 가족 같은 생활이 4년 가까이 이어지고 있다. 바를 해서 많이 벌진 못해도 혼자 살기엔 충분하다. 가족과 끈끈하지 못한 만큼 친구 관계는 소중히 여기고 있다. 특별히 불편하지도 않고, 다 갖춰져 있다고 해도 될 정도다.

'그래서 좀처럼 연애할 맘이 안 든단 말이지.'

연애는 귀찮다. 좋을 땐 좋지만, 나쁠 땐 수직으로 곧장 미끄러져 바닥까지 떨어진다. 반할 땐 별거 아닌 이유로 반하기도 하면서, 헤어질 땐 갖은 변명과 노력이 필요하다. 해바라기 꽃밭 엽서를 떠올리자, 옛날에 있었던 비극적인 장면들이 구슬 꿰듯 줄줄이 기억 속에서 되살아나 기분이 상했다.

'그런 짓 다신 안 하고 싶어.'

벌떡 일어나 식탁에 대충 놔뒀던 엽서를 쓰레기통에 버렸다. 그리고 후련한 기분으로 침실로 돌아가 깊은 잠에 빠져들었다.

나쁜 꿈을 꿨다. 사방이 해바라기로 가득한 꽃밭을 다다시와 함께 걸었다. 분위기로 봐서는 소피아 로렌이 나였다. 무슨 이야기를 하는지 서로 얼굴을 가까이 대고 즐겁게 웃었다. 물에 녹아 없어지는 티슈만큼이나 얄팍한 행복이 영원히 계속되리라 믿는 바보 같은 얼굴로.

눈을 뜨자마자 부엌 쓰레기통에 버렸던 엽서를 주웠다.

나카타가 상당한 아수라장 제조기라지만, 이 녀석도 만만찮다. 4년 만에 갑자기, 그것도 뒤늦은 무더위 안부 인사. 문자가 아니라 옛날에 같이 본 영화의 엽서를 보낸 점이 뭔가 기대하게 만들려는 의도가 다분해서, 드래곤 수플렉스(프로레슬링의 뒤집기 기술)를 먹이고 싶을 정도로 화가 치밀었다.

'태우자.'

가스레인지의 점화 손잡이를 돌려, 파랗게 타오르는 불꽃에 엽서를 갖다 대려고 했다. 하지만 그러지 못했다. 왜일까.

론더링(Laundering)

벌써 4년이나 지났는데, 난 뭘 망설이는 걸까.

한동안 불꽃을 노려봤지만, 답을 찾는 대신 혀를 찼다.

이렇게 화가 나는 이유는 내가 그 녀석 의도대로 됐기 때문이다. 이제 와서 왜 이런 엽서를 보냈을까? 혹시 무슨 일이 있었나? 할 말이라도 있는 걸까? 계속 신경이 쓰였다. 짜증을 내면서 샤워를 한 다음, 엽서를 집어 들고 차에 올라탔다.

대충대충 지루하게 달리다가 출출해져서, 국도변에 차와 가벼운 식사를 파는 가게가 있기에 들렀다. 크림을 덕지덕지 칠한 듯한, 옛날에는 멋스러워 보였을 외벽은 자동차 배기가스 때문에 잿빛으로 얼룩져 있었다. 안으로 들어가니, 상냥함도 의욕도 없어 보이는 노파가 날 보며 한숨을 쉬었다. 왜 그래. 손님이라고.

한눈에 봐도 레토르트 식품인 필라프를 먹고 배가 부르자 잠이 쏟아졌다. 다른 손님도 없는데 잘됐다 하고는 꾸벅꾸벅 졸았다. 눈을 떠 보니, 노파가 카운터에 턱을 괴고 와이드 쇼를 보고 있었다. 잘 먹었다며 계산대로 다가가자 500엔을 청구했다. 싸다. 소비세도 안 받는다. 괜히 미안해져서 고맙다고 했더니, 또 한숨을 쉬었다. 그러니까 왜 그러냐고. 손님이잖아.

세상에는 별별 가게가 다 있구나 생각하면서 다시 차를 몰다가, 가슴이 탁 트이는 강가가 나와서 세워 봤다. 강 수면에 반사되는 빛을 멍하니 바라보고 있는데, 메시지가 왔다.

'저녁 다 됐어.'

이런. 도리한테 연락하는 걸 새까맣게 잊어버렸다.

'미안. 오늘 저녁은 건너뛸게.'

하고 답장하니,

'음식 낭비하게 하지 마.'

하고 쓴소리가 돌아왔다. 맞는 말이다. 식욕, 수면욕, 성욕이라는 3대 욕구에 관한 걸로 의리를 저버리면 확실히 상대를 불쾌하게 만든다. 적당한 거리감으로 편안한 사이를 유지할 수 있는 이유는 서로 배려를 잊지 않기 때문이다. 관계에 익숙해져서 얕보기 시작하면, 결국 내가 따끔한 맛을 보게 된다.

'미안. 좀 나갔다 올게. 2~3일 아침저녁은 패스해 줘.'

답장이 오기까지 잠깐 틈이 생겼다.

'알았어.'

평소 나답지 않게 깜빡하는 실수를 했는데도, 도리는 이유를 묻지 않았다.

전 남친이 보낸 엽서 때문이란 걸 알아챘을 테지. 도리는 감정을 겉으로 드러내지 않는 타입이다. 번역을 할 정도니 어휘력은 풍부한데, 일대일 대화에는 서투르다. 손님 상대하는 일을 해서 붙임성 하나는 끝내주는 나와는 정반대다. 흔히들 융통성 있는 내가 우리 관계를 떠받치고 있다고 생각하는데, 실제로 도움을 받고 있는 사람은 전적으로 나다.

론더링(Laundering)

도리와 처음 만난 건, 내가 아직 유리처럼 섬세한 마음을 갖고 있던 고등학교 2학년 봄이었다.

부모님이 두 분 다 교사인 집에서 태어나, 지금이라면 아무도 안 믿겠지만 당시 난 얌전한 우등생으로 분류됐다. 그리고 같은 반 우등생 그룹에 도리가 있었다.

사건은 2학기에 벌어졌다. 학교를 마치고 친구 집에 들러, 당시 인기 있었던 젊은 여배우의 대담한 베드신이 화제가 된 영화를 보고 있을 때였다. 이미 게이라는 자각이 있었던 나는 그 자리의 흥분을 따라가지 못했고, 여자의 나체를 보고도 꿈쩍하지 않는 스스로에게 상처 받았다.

우리 집에는 세상의 법칙에서 벗어나는 건 주위에 민폐를 끼치고, 나아가 자신을 불행하게 만드는 나쁜 짓이라는 가치관이 엄연히 존재했다. 교복 셔츠의 첫 번째 단추를 푸는 건 여름에만 허용됐다. 난 갑갑함에 허덕이며 10대를 보내고 있었다.

언제였더라. 당시엔 거의 언급되지 않았던 LGBT(레즈비언, 게이, 양성애자, 트랜스젠더를 합해 부르는 단어) 문제를 다루는 뉴스를 보면서,

"앞으로는 학교에서도 저런 문제가 늘겠지."

"대응하기 힘들겠어. 한 발만 잘못 딛어도 학생의 일생에 영향을 끼치니까."

아버지와 어머니 모두 진지하게, 그러나 교사라는 완전히 타인의 입장에서 우려를 나타냈다.

죽어도 못 밝히겠구나, 하고 두 사람의 자식인 나는 생각했다.

당시 나는 아무에게도 말하지 못할 성 정체성 때문에 날마다 벌벌 떨었다. 지금이라면 적당히 넘길 수 있는 모든 일이, 그때는 바늘이 되어 가슴을 찔렀다. 거기서 늘 공포와 조바심이 뒤섞인 고름 같은 것이 흘러나오는 느낌이었다.

여자의 나체에 모두가 흥분할수록, 내 몸은 둘 곳이 없어졌다.

입을 굳게 다문 날 보더니, 한 친구가 장난으로 어깨를 부딪쳤다.

"왜 그렇게 시큰둥해? 호모냐?"

난 바로 반응하지 못하고 정색하며 굳어 버렸다.

시간으로 따지면 고작 몇 초였을 것이다.

그러나 뭔가가 드러나기엔 몇 초면 충분했다.

"……응? 뭔데?"

친구들의 당혹스런 눈빛. 지금이라면 얼마든지 얼버무릴 수 있는데, 열일곱이었던 나는 가방을 들고 방을 뛰쳐나오는 변명도 하지 못할 최악의 행동을 하고 말았다.

어떡하지, 어떡하지, 하고 소리치고 싶은 마음으로 역까지 쉼 없이 달렸다. 머릿속에는 불쾌한 날갯짓 소리가 가득했는데, 떨쳐내지 못해서 계속 따라왔다. 전철에 올라타자 진동 때문에 토할 것 같았다. 손으로 입가를 틀어막았더니, 옆에 서 있던 부모와 아이가 살그머니 나와 거리를 뒀다.

나라는 존재 자체를 더러운 것으로 취급하는 느낌이었다.

이 세상에 내가 머물러도 되는 곳은 하나도 없다는 생각이 단번에 들었다.

집에 도착해서 일사불란하게 자살 방법을 알아봤다. 그러는 동안 아래층에서 저녁 먹으란 소리가 들렸다. 네! 하고 대답하고는 평소처럼 우등생 아들의 얼굴로 식탁 앞에 앉았다. 죽고 싶다면서 살기 위해 영양을 섭취했다. 마음과 몸이 분리되어 하나로 이어질 것 같지가 않았다.

날이 밝자, 학교 가기가 무서워서 견딜 수가 없었다. 그래도 집에선 몸이 아플 때 말고는 결석이 허용되지 않았고, 등교하는 척하면서 거리를 배회한다는 발상도 없었다. 난 정말 고지식한 아이였다.

친구들은 다행히 괴롭히지 않았고, 재미있어하며 소문을 퍼트리고 다니지도 않았다. 다만 나에게 가까이 다가오지 않고 멀찍이 둘러섰다. 서로 공통항이 있어야 관계가 이어지는 나이였기에, 친구들은 외계인을 보는 듯한 눈으로 날 훔쳐봤다. 시선에서 전해지는 곤혹스러움과 생리적 혐오. 앞으로 평생 저런 눈길을 받아 내야겠지, 하고 생각하면서 나에겐 말 한마디 없이 하교하는 친구들의 뒷모습을 홀로 바라봤다.

게이니까 벌 받아도 어쩔 수 없다고 생각했다. 지금이라면 넌 아무 잘못 없으니까 정신 차리라고 어깨를 흔들었겠지만, 10대 때는 그 정도로 세상이 좁았다. 하나의 커뮤니티에서 튕겨 나오면 끝이나 마찬가지였다.

"집에 안 가?"

방과 후에 교실에서 기운 없이 고개를 떨구고 있는데, 도리가 말을 걸었다. 난 눈을 내리깔고, 가방을 들고, 사형장으로 끌려가는 죄인 같은 발걸음으로 느릿느릿 교실을 나섰다. 그런데 도리가 오더니 나란히 걸었다. 왜 내 옆으로 올까. 다른 애들이랑 안 가나. 쭈뼛쭈뼛 쳐다보자, 도리도 나를 봤다.

"왜?"

"아니, 그냥."

"그래? 그럼 얼른 가자."

도리는 아무렇지 않은 듯 걷기 시작했고, 나는 머뭇머뭇 따라갔다. 그런 상황에서 무슨 말을 해야 할지 몰랐고, 도리는 평소에도 말수가 적었기에 침묵이 계속 이어졌다.

역 앞 편의점에 다다랐을 때, 그 앞에 모여 있던 친구들과 맞닥뜨렸다. 난 곧바로 고개를 떨궜다. 눈이 마주치지 않게 그냥 스쳐 지나가려고 했다.

"로, 미안."

놀라서 뒤돌아보니, 친구들이 엄청 미안해하는 표정을 짓고 있었다.

론더링(Laundering)

"우리, 너 싫어진 거 아니야."

어안이 벙벙했지만 이내 정신을 차리고 서둘러 고개를 끄덕였다.

"아, 응, 응, 알아."

여러 번 작게 고개를 끄덕거렸다. 용서 받았다고 생각했다. 누구한테 뭘 용서 받을 필요도 없는데, 마음이 놓이고 고마워서 알랑거리는 미소까지 지었던 것 같다.

"진짜 미안."

"괜찮다니까. 나도……."

다시 친구 사이로 돌아갈 수 있다는 생각에 한 발 내딛었을 때였다.

"근데 너랑 있으면 우리까지 호모라고 오해 받을 수도 있잖아."

내 미소가 얼어붙었다.

"우리 진짜 너 혐오스럽다고 생각 안 해."

"맞아. 마음속으론 친구라 여기고 있어."

"그래도, 으음, 그러니까, 암튼 미안."

민망해하는 친구들의 표정을 보고 나서야, 난 겨우 깨달았다.

그래서 이제 너랑은 말 안 섞으려고 하는데 이해해 줄 거지? 라는 뜻이란 걸.

뭐야 그게. 어차피 말 안 섞을 거면 미안하단 말이나 말지.

아, 그래도 사과라도 받았으니 더 나은가. 뭐가 뭐보다 나은지는 모르겠지만 이제 생각하는 것마저 귀찮다. 애당초 평범하지 않은 내가 잘못이고, 다들 이 시간이 빨리 지나갔으면 하는 표정이고, 그래, 응, 괜찮아, 신경 쓰지 마, 하고 말하려는 찰나였다.

"너무 날로 먹네."

나를 비롯한 모두가 놀란 표정으로 도리를 쳐다봤다.

"그런 식으로 사과하면 로는 괜찮다고 용서해 줄 수밖에 없잖아. 근데 너희, 사실 속으론 너희가 잘못됐다는 거 알고 있지?"

도리는 평소처럼 담담하게 말했다.

"도저히 이해가 안 되면, 안 되는 대로 어쩔 수 없어. 그럼 입 다물고 그냥 지나치면 되잖아. 굳이 말 걸고, 변명하고, 로한테 용서 받아 내서 너희들 마음 편하려는 거 아냐? 근데 양심의 가책은 너희가 짊어져야 할 짐이야. 남한테 상처 주려면 그 정도는 스스로 감당해."

나까지 포함해 모두가 어안이 벙벙했다.

도리는 말을 더 보태지 않고 그저 묵묵히 기다렸다.

할 말 다 했으니 나머지는 당사자들끼리 해결하라는 듯이.

"⋯⋯미안해."

얼마 뒤에 친구 하나가 말했다.

그건 아까 말한 "암튼 미안."과는 달랐다. 다른 녀석들도 미안, 미안 하고 같은 뉘앙스로 사과하더니, 눈을 피하며 내 옆을 지나쳐 가서 나와 도리만 남았다.

도저히 이해가 안 되면, 안 되는 대로 어쩔 수 없다.

그래서 다들 입을 다물고 지나쳐 갔다.

그게 친구들의 대답이었고, 그 대답에 나는 그래? 그럼 됐어, 하고 수긍했다.

고독감 때문에 자포자기하는 심정은 아니었다. 이 세상에는 아무리 애써도 서로 이해할 수 없는 일이 있고, 그럼에도 난 혼자가 아니니까 괜찮을 거란 생각이 들었다.

왜냐하면 내 옆에는 도리라는 친구가 있었으니까.

고맙다는 말은 하지 못했다.

한마디라도 입을 열면 울음이 터질 것 같아서였다.

그렇게 풋내가 진동했던 고교 시절을 지나 지금은 30대, 그것도 중반. 나도 꽤 넉살이 좋아졌다. 하나하나 상처 받으면 살아갈 수 없을 만큼 세상은 야박했고 때로는 절망스러울 정도로 심술궂었지만, 이따금씩 마음을 구원해 주는 사건이나 만남이 있었다. 그럼에도 그때 도리가 곁에 있어 준 것보다 더한 구원은 없었고, 그 이후로도 많이 의지하고 있다.

죽어도 밝히지 못할 거라 생각했던 나의 성 정체성을 결국 부모에게 커밍아웃 하고 예상보다 큰 거부 반응이 일어나 본가에서 쫓겨났을 때도, 도리가 살던 도쿄 아파트로 잠시 피난 했다. 아버지도 어머니도, 교사로서는 대응할 수 있는 일인데 부모로서는 파탄을 냈다. 같은 안건이라도 입장이 달라지면 받아들이지 못하는 경우가 흔하고, 그건 논리의 범위를 벗어나는 일이다.

"도저히 이해가 안 되면, 안 되는 대로 어쩔 수 없어."
"그럼 입 다물고 그냥 지나치면 되잖아."

그건 핏줄로 이어진 부모와 자식 사이에도 해당된다는, 알고 싶지 않은 사실을 알게 됐다. 원래 그래, 피나 물이나 똑같아, 하고 게이 친구가 투박하게 위로해 줬다. 우정은 날 아프게 하고 구원했으며, 피는 날 낳고 끊어 냈다. 앞으로도 여러 가지가 날 아프게 하고 구원하겠지. 모든 건 돌고 돈다. 내가 태어나서 죽을 때까지 계속.

나도 어른이 다 됐다며 달관한 듯 행세했던 30대 초입에 부부나 다름없이 지내던 다다시에게 차이고, 난 다시 인생의 밑바닥으로 곤두박질쳤다. 달관 따윈 산산조각이 났고, 마음은 사춘기 소녀인데 몸은 서른 줄답게 술에 절어 도리한테 푸념을 늘어놓았다.

그 무렵 도리는 모녀를 데리고 본가로 내려와 있었다. 도쿄에서 번역을 하며 먹고 살았지만, 아이를 맡아 기르게 되면서 라이프스타일을 재검토해야 했기 때문이다. 자기 혼자 살기엔 충분해도, 애가 생기면 미래를 대비해 저축도 해야 한다. 일을 늘리면 좋지만, 그럼 육아에 손길이 미치지 못한다. 그거야말로 주객전도다.

론더링(Laundering)

거기서 도리는 주거비를 아낀다는 명목으로 육아 노하우를 배우기 위해 본가로 내려오는 정통적인 수를 썼다. 도리 부모님은 "내려온 김에 신사도 물려받으렴" 하고 말씀하셨다. 그게 '내려온 김에' 해도 되는 일인지 의문을 품자, 뭐든 시간이 해결해 줄 거란 대답이 돌아왔다고 한다.

도리는 번역 일과 병행해서 원래 예정에 없었던 신직에 올랐다. 아무리 부모님을 보면서 배웠다 해도 쉽지 않았을 것이다. 평소에 하던 번역, 신직 자격을 취득하기 위한 온라인 교육, 갑작스런 육아, 게다가 구지가 되면 피할 수 없는 신자들과의 교류.

1년 후, 도리 부모님은 구지 직책과 육아 노하우를 아들에게 모두 물려주고 일에서 벗어나 염원하던 시골 생활을 시작했다. 그리고 도리가 새로운 생활에 겨우 익숙해질 무렵, 내가 굴러 들어왔다.

다다시한테 버림받고 그대로 두면 술 때문에 망가질 것 같았던 나에게, 도리는 자신 또한 힘든 상황이었는데도 잠시 우리 집에 와 있으라고 말했다. 난 맘속으로 합장했다.

한마디로 내 인생 워스트 3에서 매번 손을 내민 사람이 도리였다. 언젠가 꼭 은혜를 갚으리라 다짐하며 살았지만, 작은 일부터 큰 일까지 계속 빚만 졌다.

그런 생각을 하는 사이에 날이 저물어, 맵 램프를 켜고 대시보드에 놓인 엽서를 집어 들었다. 받는 사람은 구니미 도리님 댁의 이노우에 로 님. 헤어진 뒤로 내가 휴대 전화번호랑 이메일 주소를 다 바꿔 버려서 도리 주소로 보낸 모양이다. 그 시절 우리는 부부나 다름없었기에 서로의 가족이나 친구를 비롯해 주소록까지 전부 공유했다. 그건 그렇다 쳐도, 나한테 전하는 메시지는 없으면서 자기 현재 주소랑 집 전화번호는 꼼꼼하게 적어 놓은 점이 부아가 치밀었다. 제 입으로는 한마디도 안 하고, 내가 온갖 추측을 하면서 연락하기를 기다리고 있는 것이다. 설령 연락이 없더라도 자기는 아무것도 요구하지 않았다는 변명이 성립된다.

"진짜 날로 먹는 녀석이네."

신경질적으로 혀를 차고 나서, 엽서에 적힌 주소를 내비게이션에 입력했다.

밤새도록 달리다가 동이 틀 무렵 적당한 곳에 차를 세우고 한숨 잤다.

마음이 내키면 훌쩍 멀리 떠나 지방을 돌면서 장사할 때도 있다. 물론 영업 허가증과 침낭, 모포까지 준비되어 있다. 텐트도 있기 때문에 산속이라도 문제없다. 이대로 산속 깊숙이 차를 몰아 너구리나 여우랑 한잔했으면 하는 기분이 들었다.

세 시간 정도 선잠을 자고, 현 경계를 하나 더 넘어 오후에 다다시가 사는 동네에 도착했다. 흔한 지방 도시였다. 역 앞은 그럭저럭 번화하지만, 조금만 더 가면 한가로운 풍경으로 바뀌었다. 내비게이션이 안내하는 대로 주택가를 빙빙 돈 끝에 신축 주택에 다다랐다.

'단독주택?'

다다시는 나랑 같이 살 때 단독주택보다 맨션을 선호했다. 이웃끼리 왕래하는 것과 누구나 좋아할 법한 모델하우스 스타일의 인테리어를 죽도록 싫어해서, 나중에 오래된 맨션을 사서 리모델링하고 싶다고 했다. 내 눈앞에 있는 단독주택은 포근한 베이지와 하양이 섞인 투톤 컬러였다. 앞마당엔 아담한 꽃 화분들이 놓여 있었고, 문패는 음표를 가지고 노는 고양이 모양이었다. 다다시가 보너스를 털어 샀던 덴마크제 빈티지 소파가 어울릴 것 같지는 않았다.

핸들에 기대서 전형적이고도 평범한 행복으로 가득한 단독주택을 바라봤다. 자, 이제부터 어떻게 할까. 친구인 척 엽서에 적힌 집 전화번호로 전화를 걸면 되지만, 그건 아무래도 너무 쉽다. 빨리 왔다고 호락호락하게 보진 않을까 하는 새삼스런 후회가 밀려왔다.

벌써 몇 번째인지 모를 한숨을 쉬고 있는데, 예쁘장한 단독주택의 현관문이 열렸다. 배가 불룩한 여자가 어깨에 에코백을 메고 나왔다. 마트에라도 가는지 좌우로 뒤뚱거리며 성큼성큼 걷는 여자를 앞 유리 너머로 멍하니 쳐다봤다.

'저 사람…… 부인 맞지?'
'근데…… 임신을 했다고?'

결혼해서 할 것을 하고 있다면 그런 일도 생길 테지. 당연하지 않은가. 그런데도 난 바보처럼 계속 굳어 있었다. 현실이 끼치는 위력은 굉장했다. 헤어진 지 4년이나 지났는데도 충격을 받은 내가 너무 멍청한 놈 같아서, 당시에 느꼈던 분노가 생생하게 되살아났다.

우리가 아직 원만하게 지내고 있을 때였다. 어느 날, 다다시의 아버지가 쓰러졌다는 연락이 왔다. 다다시는 바로 고향으로 내려갔고, 병문안을 다녀온 다음부터 상태가 이상해졌다. 나는 바 마스터로, 다다시는 시스템 엔지니어로 둘 다 불규칙한 생활을 했기에 처음엔 이변을 눈치채지 못했다.

"결혼할까 해."

그때, 틀림없이 나한테 프러포즈하는 거라 생각했다. 남자끼리라도 마음만 먹으면 양자 결연 등을 통해 법적으로 맺어질 수 있다. 다다시 나이가 더 많으니까 내가 다다시 호적에 양자로 올라가게 된다. 이제 이노우에라는 성씨와도 작별인가? 하고 시원섭섭한 기분이 들면서도, 이전과 확실히 구분하는 의미로 결혼식을 올려야겠다는 꿈에 부풀었다. 정통에 맞게 더블 턱시도? 아냐, 몬쓰키하카마(가문의 문장이 새겨진 일본 전통 예복)도 괜찮지. 축복해 주는 친구들 표정까지 뇌리를 스치고 지나갔는데…….

"저번에 고향에서 맞선 보고 왔어."

무슨 뜻인지 알아들을 수 없었다. 다른 남자를 좋아하게 됐다면 또 몰라. 어쩌다 여자랑 선을 본 거야? 엄청난 기세로 다그치는 나한테 겁을 먹고, 다다시는 둘 다 친분이 있는 게이 친구 집으로 피신했다. 며칠 후에 사정을 설명하는 문자가 왔는데, 아무런 위안도 재미도 없는 내용이었다.

"네가 신붓감 데려올 때까지 안 죽을 테니까 걱정 마."

병상에 누운 아버지의 말을 듣고 마음이 약해졌단다. 게이한테는 흔한 이유이고, 내가 부모와 연을 끊었기 때문에 다다시 마음도 이해가 갔다. 그렇다고 해서 아아, 그러세요? 하고 물러날 순 없었다. 마음을 속이고 살아 봐야 결국 모두 불행해진다고 반론했지만,

"말처럼 딱 잘라지는 게 아니잖아!"

불같이 화를 내길래 난들 쉬운 줄 알아! 하고 똑같이 화를 내고 싶었지만, 거기서 감정적으로 나가면 안 될 것 같았다. 어떻게든 달래는 방향으로 이야기했고, 다다시도 화가 가라앉자 내 의견에 동의했다. 그래도 이대로 부모가 죽으면 반드시 후회할 텐데, 그러긴 싫다고 했다.

서로 상대방의 주장을 이해했기에, 남은 건 정에 호소하는 방법뿐이었다. 눈물겨운 장면과 아수라장이 번갈아가며 찾아왔고, 이야기하면 할수록 피폐해졌으며, 가장 중요한 사랑하는 마음은 으득으득 깎여, 결국엔 뾰족한 창처럼 변해 버린 마음으로 서로를 찌르는, 차라리 눈을 가리고 싶을 정도로 비참한 나날이었다.

몇 번째인지 모를 아수라장을 펼친 다음 날, 일을 마치고 집에 들어왔는데 쪽지가 하나 놓여 있었다.

'지금까지 고마웠어. 미안. 영원히 사랑해.'

다다시의 짐은 빠져 있었다.

난 쪽지를 들고 장승처럼 우뚝 서서 부들부들 떨었다. 버릴 거면 차라리 칼을 내려치는 각오로 버리고 떠나. 모가지가 간당간당하게 매달린 상태로 고통에 몸부림치며 뒹굴게 만들지 말고. 영원히 사랑한다니, 네 죄책감을 뭉개기 위한 변명일 뿐이잖아. 날로 먹지 마. 양심의 가책은 네가 짊어져야 할 짐이야. 그 정도는 스스로 감당해. 절반이 비어 버린 방에서, 그 옛날 도리가 해 준 말로 스스로를 지켰다.

그런데, 그럼에도 역시, 다다시의 마음이 이해가 돼서 싫었다.

커밍아웃 하지 않은 게이의 일상은 말로 다 표현할 수 없는 갑갑함과의 공존이다. 연애는 이성끼리만 하는 거라는 암묵적인 이해를 바탕으로 펼쳐지는 일상 대화에 웃으며 고개를 끄덕이고, 여자친구 없어? 결혼 안 해? 라는 악의 없는 질문에 자연스럽게 얼버무리고, 가끔씩 미팅 같은 걸 하면서 이성애자 흉내를 낸다. 희미하게 들러붙는 위압감. 어른이 되면서 받아넘기는 기술도 제법 갈고 닦았지만, 몸과 마음이 약해져 있을 때는 좌절하기도 한다.

다다시를 겪은 건 부모의 병이었다. 평범한 행복을 찾아 위장 결혼으로 도망치는 게이는 의외로 많다. 도망친 그곳도 편한 보금자리가 아닌데, 정체 없는 세상의 이목에 지고 만다. 홀로 버려진 파트너도 비참하다. 여자한테 애인을 뺏기다니 굴욕의 극치. 사춘기 시절부터 고통에 몸부림치며 억눌러 왔던 갈등이 다시 치솟았다.

'역시 여자는 못 이기나.'

이기고 지는 문제가 아닌데도, 새삼스런 멍청한 질문이 뒷덜미를 붙잡았다. 근데 죽어도 포기 안 해. 이제껏 호되게 맘고생해 가면서 형태를 빚어 온 이게 바로 나니까. 백기는 흔들지 않을 거야. 난 실연의 아픔과 더불어, 소수자인 나에 대한 자기부정감과도 싸워야 했다. 그건 정말 힘들었다. 두 번 다시 하기 싫다. 지금도 도와 씨랑 좋은 감정을 느끼면서 마지막에 망설이는 데는, 분명 다다시와 겪은 파국이 영향을 끼치고 있다.

미간을 찌푸릴 수 있는 데까지 찌푸리고 있는데, 예쁘장한 집 베란다에서 사람이 나왔다. 다다시였다. 나도 모르게 몸을 앞으로 쭉 내밀었다. 4년 정도면 별로 안 변한다. 아니, 앞머리가 조금 후퇴했나.

'쌤통이다. 행복한 놈은 머리 정도는 빠져야지.'

음침한 기쁨에 잠겨 있는데, 다다시가 길 위에 세워져 있는 내 차를 알아봤다. 실눈을 뜨고 자세히 보더니, 튕기듯 집 안으로 들어갔다. 그리고 얼마 후, 구르듯 집 밖으로 나왔다.

"로, 어떻게 여기 있어?"

"네가 불렀잖아."

반쯤 열린 차창 너머로 해바라기 사진이 실린 엽서를 내보였다.

다다시를 조수석에 태우고 목적지도 없이 대충 달려, 일단 국도로 나섰다. 패밀리 레스토랑에 대형 신발 매장, 자동차 용품점. 길 양옆에 가게들이 모여 있었지만, 그 맞은편으로는 수확 직전인 논이 보였다.

"네가 단독주택에 살다니 의외였어."

"그런가?"

"맨션 좋아했잖아."

"이 주변엔 맨션이 별로 없어. 가족 단위로 살 만한 집은 업자가 지어서 파는 것뿐이고."

"훗, 가족이요?"

코웃음을 치자, 다다시가 회색 추리닝을 걸친 어깨를 움츠렸다. 나랑 같이 살 때 추리닝은 잠옷으로만 입었는데. 헤어스타일도 자리가 잡혀 있지 않아서, 미용실에 자주 안 가는 게 느껴졌다. 예전 그대로인 건 네모진 안경뿐이었다.

"오늘 출근은?"

"프리랜서로 일해. 이쪽엔 시스템 엔지니어 일도 없고, 전에 다니던 회사 연줄도 있어서."

"그래도 벌이가 되는구나. 대단하네."
"입에 풀칠하기 바빠."

 힘없이 웃는 모습도 옛날과는 달랐다. 옛날에는 조금 더 까칠한 느낌이었다. 아냐, 그렇지도 않았어. 정신없이 바쁠 때는 우는 소리만 했고. 근데 역시 달라진 것 같기도 해. 글쎄. 어떨까. 점점 더 모르겠어. 다다시는 어떤 남자였을까. 그냥 달라졌다고 내가 생각하고 싶은 것뿐일까.

"너는?"
"난 이거. 이동식 노천 바 하고 있어."

 핸들을 콩콩 두드렸다.

"오너구나. 굉장하네."

 다다시가 몸을 돌려, 뒤에 줄줄이 놓인 병과 유리잔을 바라봤다.

"가게를 차린 게 아니라서 마음 편해. 혼자기도 하고."

 '혼자'에 힘을 줬다.

"자유로워서 좋겠다."
"맞아. 가족도 없고."

 대화가 끊기면서 차 안이 어색한 분위기로 가득 찼다.

"갑자기 엽서 보내서 미안해. 도리 씨가 엄청 빨리 전해 줬구나."

 다다시가 다시 정신을 차린 듯 말했다.

"아침 먹을 때 줘서 깜짝 놀랐어."

"아침을 같이 먹어?"

나는 그게 어때서? 하는 눈으로 쳐다봤다.

"아니, 그게, 도리 씨 집에 입양한 딸 있지 않아?"

"모네?"

"그래, 모네. 둘이 잘 지내? 친자식도 키우기 힘든데, 헤어진 부인이 다른 남자랑 낳은 아이를 어떻게 입양할 결심을 했는지 모르겠어. 일부터 생활환경까지 다 바꿔 가면서."

"아빠 마음은 네가 더 잘 알지 않겠어? 곧 아빠가 될 테니까."

다다시가 흠칫 놀라며 날 봤다.

"어떻게 알았어?"

"아까 집에서 배가 불룩한 여자가 나오더라."

"아, 그랬구나. 아니, 그게, 뭐, 뭐랄까."

"몇 째야?"

"첫째. 첫애야."

"축하해. 게이인데도 애를 만들 수 있어서 얼마나 다행이야."

다다시가 입을 꾹 다물자, 진절머리가 났다. 다다시가 아니라 이제 와서 옹졸하게 싫은 소리를 쏟아 내고 있는 나에게. 안 돼, 정신 차려. 다다시에 대한 분노에 휩쓸려서 나까지 깎아내리고 있잖아.

다다시가 도망간 뒤로, 다다시 결혼식에 난입해 줄지어 앉은 하객들 앞에서 배라도 갈라야 하나 진지하게 고민했다. 떠올리고 싶지 않은 나날이지만, 힘든 기억일수록 뇌에 새겨져서 사라지지 않는 법이다. 살아갈 의욕도 없이 빈 위스키병만 늘려 가던 그 시절.

"결혼식에 난입해서 그 녀석 눈앞에서 배를 가르고 죽어야지."

나는 절반이 비어 버린 방에서 위태로운 말만 내뱉었다.

"그런 쓸데없는 짓은 해서 뭐 하게."

내 상태를 살피러 왔던 도리가 말했다. 누군가에게 인정을 베풀면 돌고 돌아 나한테 돌아오듯이, 나쁜 짓을 하면 언젠가 어떤 형태로든지 나한테 돌아온다고.

"그럼 언젠가 다다시도 벌을 받을까?"

"그건 모르지. 어떤 행동의 잘잘못을 결정하는 건 네가 아니니까."

"신이 결정한다고? 역시 신사 후계자답네."

좋다 말았다는 듯 웃었다. 그때 난 밑바닥이었다.

"아니, 자기 자신이겠지."

"뭐?"

"좋은 행동이든 나쁜 행동이든 전부 나한테 돌아온다고 했잖아. 다다시 씨가 벌을 받을지 말지 결정하는 건 다다시 씨 자신이야. 그러니까 네가 괜히 상처 받을 필요 없어."

도리는 감정을 거의 겉으로 드러내지 않는다. 그때도 무뚝뚝하고 도리어 차갑게 들릴 정도로 논리 정연한 말투였다. 동정이나 격려, 위로 같은 감정이 끼어들 여지도 없었다.

덕분에 머리가 식었다. 연애의 끝은 어느 한쪽만 비난 받을 일이 아니다. 난 배를 가르고 싶을 정도로 분개했지만, 다다시 부모님에게 그 녀석은 효성스런 아들이고 신부가 될 여자에게는 사랑하는 남편이었다. 세상은 그렇게 돌아간다.

나한테는 날벼락이지만, 날 버림으로써 다다시는 벌을 피하게 되겠지.

난 엄청 상처 받았지만, 그렇다고 해서 보상 받을 일도 없겠지.

그리고 도리는 매사 잘잘못을 따지지 않고 그저 나를 걱정해 줬다.

우정이란 얼마나 고마운지. 누군가에게 고마워하면 내가 조금 더 나은 인간처럼 느껴졌다. 날마다 술에 절어 누군가를 저주하는 인간보다는 훨씬 낫다고.

저주할 기력마저 없어진 내가 할 수 있는 일은 쥐며느리처럼 몸을 웅크리는 것뿐이었다.

이번엔 꽝을 뽑았지만, 언젠간 당첨된 복권이 돌아오겠지.

그날을 기다리는 수밖에. 그때까지 어떻게든 살아남자.

도리는 거대한 쥐며느리가 된 나를 질질 끌어, 자기 집으로 데려갔다.

'아아, 도리, 맞아, 그랬지. 똑똑히 기억나.'

론더링(Laundering)

그때 난 분명히 수긍했다. 쪼잔하게 싫은 소리나 하면서 나한테까지 흙탕물을 튀기는 건 미련한 짓이다. 어차피 여기까지 왔고, 다다시가 할 말이 있다고 하면 전부 들어 주면 그만 아닌가. 어쨌든 난 쥐며느리 시기를 극복했으니까. 그렇게 생각하니 마음이 잔잔해졌다.
"도리랑 모네는 잘 지내. 끈끈하진 않아도 단단한 부녀 지간이야."
대화를 이어 나가자, 다다시가 마음을 놓는 게 느껴졌다.
"그래? 요즘은 친부모라도 학대하는 경우가 흔한데 대단하네. 게다가 헤어진 부인이랑 재혼한 남자 사이에서 생긴 애잖아. 굳이 따지자면 보기 싫은 존재일 텐데."
"도리가 안 맡으면 모네는 보육원밖에 갈 데가 없었어."
모네의 부모는 둘 다 피붙이가 없는 사람이었다.
"아무리 그래도 그렇지. 난 내 자식인데도 불안해 죽겠는데."
"첫째잖아. 태어나기 전까진 걱정되겠지."
"그거랑은 좀 달라. 넌 모를 거야."
핸들을 붙잡은 손에 반사적으로 힘이 들어갔다. 네네, 암요. 출산과는 인연이 없는 게이인 제가 뭘 알겠습니까. 인정을 베풀면 나한테 돌아온다, 인정을 베풀면 나한테 돌아온다……. 속으로 읊조리며 화를 삭였다.
"역시 신사 집안에서 태어나면 달관하는 걸까? 부모가 신을 모시는 사람이면 어릴 때부터 속된 미혹하고는 거리가 먼 득도한 방식으로 애를 키웠을 것 같아. 간디처럼."

"간디는 힌두교. 아무 말이나 하지 마. 도리 부모님은 평범해 보였어."

"그래도 도리 씨는 너무 똑 부러져서 다가가기 힘든 느낌이던데."

"그건 부정할 수 없지. 신자들도 처음엔 탐탁지 않게 여긴 모양이고."

"그렇지?"

옥상 신사는 맨션 주민이나 동네 사람들에게 휴식 공간이기도 한데, 그럴 때 이웃끼리 교류할 겸 늘어놓는 푸념에도 도리는 고지식하게 대응했다.

"도리 씨, 그, 있잖아, 그냥 편하게 흘려들어도 돼."

어느 날, 일요일 아침부터 옆 공터에서 경로회 노인들이 게이트볼을 하며 시끄럽게 떠든다고 맨션 아줌마들이 불평을 잔뜩 늘어놓았다. 그 말을 들은 도리가 다음 주민 모임 때 의제로 상정하겠다고 약속하자, 아줌마들이 당황하며 말렸다. 그냥 푸념이니까 일 크게 만들지 말라고.

번역하는 데 꼭 필요한 정확함을 추구하는 자세나 불명확한 점이 있으면 끝까지 파고드는 성실함은, 가벼운 소통을 바라는 이웃 간 교류에는 적합하지 않았다. 사람들은 그런 교류에 특히 뛰어났던 도리 아버지와 비교하며 한숨을 내쉬곤 했다.

"뭐, 모네가 저지른 온라인 판매 사건도 영향을 끼쳤겠지만."

그때 생각이 나서 웃었다. 도리 부모님이 그토록 바라던 시골 생활을 시작한 후로, 구지가 홀아비여도 괜찮을까? 하고 사람들이 걱정하는 소리를 들은 모네가 말했다.

"괜찮아. 도리는 온라인으로 구지 면허도 샀는걸."

일곱 살 아이가 악의 없이 한 말에 온 동네가 얼어붙었다.

"걱정 마세요! 신직 양성 기관인 오사카 고쿠가쿠인 온라인 교육 과정을 정식으로 밟아서 딴 자격증이니까요!"

그때는 늘 담담하던 도리도 허둥거려서, 난 이야기를 듣고 배꼽 빠지게 웃었다. 그러나 신직 자격을 온라인 교육으로 딸 수 있단 사실을 안 탓인지, 내 생각이지만 귀하게 여기는 마음은 조금 줄지 않았나 싶다. 도리 아버지가 계실 때보다 기도하러 오는 사람이 줄어든 이유는 틀림없이 그 사건의 영향일 것이다.

"도리도 자기가 딱딱하다는 걸 어렴풋이 알고, 왜 아저씨처럼 못 할까 많이 고민해. 근데 사람이 다르니까 어쩔 수 없잖아. 도리는 도리답게 해 나가면 되지."

"뭐, 그건 그래."

"아버지보다 인정받는 부분도 있어. 청소라든지."

"구지로서는 별로지만 아버지보다 청소를 좋아해서 옥상

이 항상 깨끗한 건 좋아."

"맞아, 만화 『도레미 하우스』에서 날마다 청소하는 교코 씨랑 똑같다고 생각하면 뭐."

아줌마들이 쑥덕거리는 소리를 모네가 엿들었다. 모네는 도리가 칭찬 받았다며 기분이 좋아 보였지만,

"도리한테는 말하지 말라고 입막음해 놨어. 분명히 상처 받을 테니까."

하하, 웃으며 이야기를 마무리 지었는데 옆자리의 반응이 신통치 않았다.

"오랜만에 만났는데 도리 씨 이야기만 하네."

다다시는 시무룩한 표정을 지었다.

"아니, 네가 먼저 도리랑 모네 이야기 꺼냈잖아."

"만나?"

"누구랑?"

"도리 씨랑."

"미쳤냐."

"같이 아침 먹는 사이라며?"

"그거야 같은 맨션 옆집에 사니까."

"나랑 사귈 때부터 뭔가 수상했어."

진심으로 깜짝 놀랐다. 도리는 소중한 존재지만, 굳이 나누자면 어디까지나 친구다. 이제 와서 무슨 엉뚱한 소리인지 화가 치밀었다. 차 안에 불온한 침묵이 감돌았다.

론더링(Laundering)

"있잖아, 로."
"뭐."

나는 뚱하게 대답했다. '인정을 베풀면 나한테 돌아온다' 파워도 슬슬 바닥이 보였다.

"사실 나, 이혼할까 해."
"……그래?"

대답이 살짝 늦게 나왔다. 나쁜 예감이 들었다. 이 전개는 설마.

"로."
"왜."
"나랑 도망치지 않을래?"

순간 급브레이크를 밟았다. 옆에서 다다시가 으악, 하고 소리를 질렀다. 뒤따라오는 차가 없어서 다행이었다. 후우 길게 숨을 내쉬며 동요를 진정시킨 다음, 갓길 쪽으로 차를 댔다.

"아무래도 난 아직 널……."
"한마디만 더하면 걷어찰 줄 알아."
"내 말 좀 들어 봐."
"싫어."
"더 이상 어떻게 해야 할지 모르겠어."
"내 알 바 아니야. 난 아무것도 몰라."
"아까 다카하시 부모님한테 전화 왔어."

듣고 싶지 않다고 했는데도, 다다시는 아랑곳하지 않고 말하기 시작했다.

"내 게이 친구 다카하시 기억나지? 그 녀석도 외동아들이라 부모님한테 등 떠밀려서 위장 결혼 했거든. 부인이 넉살 좋은 여자라 결혼식 때 둘이 연애한 과정을 영상으로 만들어서 틀고, 답례품 접시에 두 사람 얼굴 사진 집어넣어서 결혼 사흘 만에 죽고 싶다고 메시지 보냈던 그 다카하시 말이야."

"아, 아, 아, 안 들려, 안 들려, 라라라."

나는 귀를 막았다.

"그 다카하시가 실종됐어."

"뭐?"

나도 모르게 되물어서 대화가 성립되고 말았다.

"드라마처럼 '미안해, 날 찾지 마.'라는 편지만 남겨 놓고 행방불명된 지 벌써 석 달째야. 뭐 짚이는 거 없냐고 부모님이 물어 보시는 바람에 나도 깜짝 놀라서……."

"그랬겠다."

"올 초에 둘째가 태어났거든. 마지막으로 그 녀석 만났을 때, 더 열심히 일해야겠다고 하더라? 좀 집요하다 싶을 정도로 그러길래 지겨워서 대충 대답해 주고 넘겼어. 이럴 줄 알았으면 더 잘 들어줄걸 후회가 되네."

그랬구나. 근데 그거랑 둘이 도망치자는 제안이랑 무슨 상관이지?

"부모님은 하던 일이 잘 안 풀려서 그런 것 같다고 하셨어.

옛날부터 잘나갈 때는 기세등등한데, 하나가 꼬이면 도미노처럼 무너지는 애야. 불안의 원인을 없애려고 노력하는 게 아니라, 다른 데다 떠넘기고 일단 도망치려고 해. 부인 만나기 전에 사귀었던 남친도 그런 식으로 무책임하게 버렸고."

"너랑 똑같네."

나도 모르게 솔직한 감상이 튀어나왔다.

"그렇게 생각해?"

"응, 영혼의 쌍둥이 수준이야."

다다시는 마음 상한 기색도 없이, 오히려 매달리듯 날 바라봤다.

"그렇구나. 나랑 다카하시, 옛날부터 성격 비슷하단 말 자주 들었어."

그래도 마지막으로 만났을 때, 다카하시는 부담스러울 정도로 호기가 넘쳤다. 열심히 해야지, 더 많이 벌어야지, 하고 계속해서 되풀이했다. 역시 애가 둘이나 되면 부모로서 책임감이나 자각이 생기는구나. 다다시는 그런 다카하시와 자신을 비교하며 홀로 남겨진 듯한 고독감을 맛보았다고 한다.

"나, 게이잖아?"

"그랬지. 예전에는."

"지금도 그래. 남자가 훨씬 좋아. 남자밖에 좋아한 적 없어."

"부인은?"

"인간적으로 존경해."

"그럼 된 거 아냐?"

그러나 다다시는 생각에 잠긴 듯한 표정을 지었다.

"응, 아내는 쿨하고 좋은 여자야. 원래 부모님을 안심시키려고 한 결혼이지만, 이 사람이라면 같이 해 나갈 수 있겠단 생각도 들었어. 처음엔 어깨에 있던 짐을 벗어 버린 느낌이었지. 근데 그게 골인 지점이 아니었어. 결혼한 지 몇 달도 안 지났는데 손주를 기대하시더라."

"당연하지."

주위의 기대라는 건 하나를 클리어하면 다음이 등장한다. 게임처럼 끝이 없다. 그래서 난 일찌감치 그만뒀다. 부모의 기대에 부응하는 건 나를 깎는 일이었으니까. 더는 못 하겠다고 부모 앞에서 무릎을 꿇었다. 나에게 당신들의 '보통'을 기대하지 말라고 했다. 그래도 여태껏 키워 줬으니 미안한 마음은 가시지 않았고, 그건 아마 내가 평생 짊어져야 할 짐일 것이다.

뭔가를 버렸다고 해서 가벼워지는 게 아니다.

그 대신 다른 뭔가를 짊어지게 돼서, 결국 짐의 무게는 달라지지 않는다.

그렇다면 뭘 짊어질지는 스스로 결정하고 싶다.

"부모님이 재촉하시는 이유는 '아들 결혼했지? 손주 언제 생길지 기대되네'라고 주위에서 떠들기 때문이기도 해. 부모님은 부모님대로 압박을 받고 계시지. 부모님한테 그런 푸념을 들으면 누구를 위한, 무엇을 위한 아기인지 모르겠다니까."

게이뿐 아니라 여러 이유로 아기를 갖지 못하는 사람들이 있다. "자녀는요?"라는 질문은 누군가에겐 나이프처럼 날카롭지만, 요즘에도 아무 자각 없이 웃는 얼굴로 그 나이프를 휘두르는 사람이 많다. 몸을 베면 범죄지만, 마음을 베면 어지간해서는 죄를 묻지 않는다.

"아내는 인간적으로 존경해. 근데 같이 살 순 있어도 아기를 갖는다니, 최소 20년은 걸리는 그런 일대 사업에 손을 대도 될까?"

"머지않아 18년으로 단축될걸?"

"일단 이 세상에 나오면 뱃속으로 돌아갈 수 없잖아. 착한 아이일 거란 보장도 없고, 중병에 걸릴 수도 있어. 끔찍한 범죄를 저지를지도 모르고. 아무것도 모르는데 내 인생을 바칠 각오로 최소 18년을 보살펴야 한다니, 감옥 같지 않아?"

"이미 생겼는데 어쩌라고."

다다시는 어깨를 바르르 떨었다.

"……그래. 생겼어. 갑자기. 불쑥. 4년이나 안 생겨서 안심했는데."

"바보냐? 인간이 어떻게 갑자기 불쑥 생기겠어. 할 일을 했으니까 생겼지. 위장 결혼 4년차치고는 알콩달콩하네."

"그건 부부로서 해야 할 임무니까 어쩔 수 없잖아."

"그래. 네가 그 부부라는 형태를 고른 거야."

딱 잘라 말하자, 다다시가 어깨를 떨궜다.

"남편 역할은 겨우겨우 했는데 아빠가 될 자신은 없어. 근데 그런 말을 하는 동안에도 아내는 초음파 사진이나 산모 수첩을 가져오고, 양가 부모님은 아기 이름 고민하고. 이렇게 됐으니 나도 마음을 굳게 먹는 수밖에 없지, 힘내, 할 수 있어, 하고 날마다 스스로를 다독였어. 그러는 와중에 다카하시 이야기를 들으니까…… 생각이 나더라. 그 녀석이 계속 힘내야지, 열심히 해야지, 하고 지겨울 정도로 되풀이했던 게. 다카하시도 지금의 나처럼 아슬아슬한 데서 버텼던 거야. 그 사실을 깨닫고 나니까 소름이 끼쳐서……."

다다시는 제 팔로 자기 몸을 부둥켜안았다.

"얼마 전에 다카하시가 묵묵히 등을 돌리더니, 어두운 곳으로 걸어가는 꿈을 꿨어. 일어나 보니까 온몸이 땀에 흠뻑 젖었더라고. 혹시 그 녀석, 이미 죽은 건 아닐까……."

"아닐걸? 죽을 근성은 없어 보이던데."

"무슨 근거로 그렇게 단정해? 나도 다카하시가 실종될 줄 몰랐어. 처음 소식 들었을 때도 설마 했고. 이대로라면 나도 다카하시처럼 될 것 같아. 어느 날 갑자기 사라질지도 모른다고. 그런 생각이 드니까 갑자기 무서워지면서 네가 떠오르더라."

론더링(Laundering)

다다시의 말투가 점점 다급해졌다.

"로, 부탁이야, 나랑 어디로든 도망치자."

갑자기 팔을 붙잡았다. 뿌리쳤지만 더 세게 붙잡았다. 고개를 푹 숙이고 내 어깨에 매달렸다. 이대론 안 되겠구나 싶어서 한숨을 내쉬고는, 다다시가 진정되길 기다렸다.

"요즘 들어 너랑 같이 살 때 생각만 나. 왜 너랑 헤어졌을까? 제일 좋아했는데. 앞으로 일어날 일들을 생각하면 막다른 곳에 내몰린 느낌이야. 어떻게 해야 할지 모르겠어."

너무 기시감이 느껴지는 넋두리였다. 나랑 헤어질 때는 "요즘 들어 어렸을 때 생각만 나. 아빠가 목말 태워 줬는데, 엄마가 소풍 갈 때 싸 준 도시락 맛있었는데, 하고 말이야. 난 네가 제일 좋아. 근데 부모님도 버릴 수 없어. 계속 너랑 살아도 정신적으로 막다른 곳에 내몰릴 게 뻔히 보여."라고 했었나. 경이로울 정도로 패턴이 똑같다. 전혀 성장하지 않았다.

'정말 끝났네.'

그런 생각이 들어서 내 안에 여태껏 이 남자가 남아 있었다는 사실을 깨달아야 했다.

왜일까. 당장 상황을 모면하기에 급급하고 계획성이 없는 수준에도 못 미치는데, 그런데도 좋아했다고 생각하면 견딜 수가 없었다. 친구라면 질색했을 텐데 연애가 되는 순간 엉망인 남자한테 끌리는 멍청한 내 모습도 줄줄이 떠올랐다.

"다다시, 담배 좀."

한껏 한숨을 내쉬고 싶은 기분이었다. 다다시가 고개를 들었다.

"없어."

"왜?"

"끊었어."

놀랐다. 다다시는 골초여서 하루에 두 갑은 피웠다. 냄새도 배고 벽지가 누레지니까 베란다에서 피우라고 했는데, 그것만은 단호하게 거부했다. 몇 번 말다툼을 하다가 너무 지쳐서 결국 내가 물러섰다. 이 녀석은 언젠가 폐암으로 죽을거야, 하고 각오도 했다.

"대단하네. 어떻게 끊었어?"

"아기가 태어나니까."

"뭐?"

"간접흡연은 산모나 아기한테 안 좋잖아. 앞으로는 저금도 해야 하고."

난 머리를 세게 얻어맞은 느낌이었다.

뭐라고? 너 정말 제정신이야?

"……아, 그랬구나."

난 완전히 허탈감에 빠져 시동을 걸었다.

폭이 넓은 2차선 도로를 제한 속도까지 높여서 달렸다. 폐점 세일이라는 빨갛고 커다란 간판을 내건 신발 매장 앞을 지나쳤다. 간판에 묻은 세월의 흔적을 보니, 아무래도 몇 년째

폐점 세일을 하고 있는 듯했다. 그러거나 말거나 상관없는 일들을 진지하게 생각하면서 화를 애써 가라앉혔다.

"어디 가는데?"

다다시가 물었지만 아무 말 없이 신호등에서 좌회전했다. 한 번 더 좌회전한 다음에 유턴해서, 그 예쁘장한 집 앞에 다다시를 내려 주면 임무 완료다. 어서 집에 가 버리자. 속이 빤히 들여다보이는 연극에 또 말려들기 전에.

"혹시 우리 집으로 가는 거야?"

다다시가 조바심이 내며 쳐다봤다. 이내 주택가로 접어들었고, 내비게이션에 의지해 구불구불 차를 몰았다. 꼭 인생 같다는 생각이 들 정도로 길이 복잡하게 꼬여 있어서 맥이 풀렸다. 훌륭한 내비게이션 덕분에 헤매지 않고 흰색과 베이지색 투톤으로 칠해진 집에 도착했다. 다다시는 절망스러운 표정을 지었다.

"……그래. 네가 내 마음을 어떻게 알겠어."

그런 말을 내뱉더니 꾸물꾸물 차 문을 열었다.

"나중에 우리 가족이 내 행방 모르냐고 연락해도 그냥 모른다고 해."

줄곧 평정을 유지하고 있었는데, 그런 말까지 하니 결국 무릎을 꿇고 말았다.

"전화번호 가르쳐 줘."

"예전 그대로야."

"헤어질 때 지웠어. 다시 알려 줘."
"뭐 하게? 같이 도망칠 거야?"
다다시가 어리광과 자기연민이 넘치는 눈으로 날 봤다.
"됐으니까 빨리 가르쳐 주기나 해."
연락처를 교환한 다음, 다다시를 내버려 두고 시동을 걸었다. 백미러에 비치는 처량한 강아지 같은 다다시를 보지 않으려고 액셀을 힘껏 밟았다.

올 때는 산 밑에 난 길로 느릿느릿 왔지만, 갈 때는 고속도로를 탔다. 도중에 도리한테 '가타시로 준비해 줘.'라고 메시지를 보냈더니, '옥상에 있어.' 하고 바로 답장이 왔다. 그건 나도 아는데.
'엄청 영험해야 하니까 특별히 치성 좀 드려 줘.'
'구지로서 항상 모든 가타시로에 최대한 치성을 드리고 있어.'
'제발! 엄청 드려 달라고!'
화내는 이모티콘을 보내자, '알았어.'라는 답장이 왔다. 아, 또 빚이 늘었다.
화장실 갈 때 빼고는 거의 정차하지 않고 달렸는데도 깊은 밤이 되어서야 도착했다. 메신저로 귀가를 알리자, 도리가 슬며시 복도로 나왔다.
"늦은 시간에 미안해."

"괜찮아. 일하는 중이었어."

자, 하고 가타시로가 든 봉투를 내밀었다.

"치성 많이 드렸어?"

"드렸지. 구지가 된 후로 이런 진지한 부탁 처음 받은 것 같아서 살짝 기분 좋더라."

"물에 빠지면 지푸라기라도 잡는다고 하잖아."

"내가 지푸라기야?"

도리가 떨떠름한 표정을 지었다. 난 웃었다.

"고마워. 그럼 다녀올게."

발길을 돌리려는데 도리가 로, 하고 불렀다.

"물에 빠지지 않게 조심해."

"응."

"집에 올 때 연락하고. 몇 시라도 괜찮으니까."

알았다며 손을 휘휘 흔들고는 다시 주차장으로 뛰어갔다. 어딜 갔다 왔는지, 왜 갑자기 가타시로가 필요한지, 또 어딜 가는지, 도리는 괜한 질문은 하지 않고 필요한 말만 해 줬다.

날이 밝고 고속도로가 혼잡해지기 시작해서, 휴게소에 들러 끼니를 때우고 잠깐 선잠을 잤다. 그리고 오후 늦게야 다시 예쁘장한 집 앞에 도착했다. 메시지를 보내고 얼마 지나자, 다다시가 나왔다.

"로, 돌아온 거야?"

어제와 똑같은 회색 추리닝에는, 어젠 없었던 노란 얼룩이 묻어 있었다.

"카레 먹었냐?"

"어? 응, 낮에."

"레토르트?"

"아니, 아내가 해 줬어."

전 남친한테 같이 도망가자고 애원하면서, 아내가 만들어 주는 카레를 속 편하게 먹다니. 그 옛날 위대한 작가도 아니고. 사귈 때는 그런 악의 없는 폭군 행세도 밉지 않았다. 내가 곁에 있어 줘야지, 하고 '마맛자국도 보조개'가 작열했던 것이다.

"뭐, 됐어. 난 이걸 쓰게 하려고 왔으니까."

차창 너머로 가타시로와 펜을 건넸다.

"이게 뭔데?"

"엄청 영험한 가타시로인데, 절연 신사에서 가져왔어. 거기다 연을 끊고 싶은 걸 적어."

다다시의 눈이 휘둥그레졌다.

"그러니까 아내나 아이라고 적으란 뜻이야? 서약서처럼?"

겁에 질린 듯 물어서 다다시를 힐끗 노려봤다.

"나한테 같이 도망치자고 한 사람은 너잖아?"

"그, 그렇긴 한데."

조급한지 다다시의 동공이 좌우로 흔들렸다. 불륜 상대에게 부인이랑 헤어진다고 하지 않았냐며 추궁당하는 남자는 이런 꼴이겠구나 하는 생각이 들었다.

"너 말이야."

창밖으로 몸을 내밀자, 다다시가 깜짝 놀라며 한 발 물러섰다.

"어느 날 집에 가 보니까 갑자기 방에서 짐은 다 빠져 있고, 덩그러니 혼자 남겨진 내 심정을 네가 알아? 게다가 쪽지에 '영원히 사랑해'란 말은 왜 적었어? 사랑하지만 헤어질 수밖에 없는 내 괴로움을 알아줘, 미워하지 마, 뭐 그런 뜻이겠지. 사람 갖고 노냐?"

"그건……"

"너만 힘들어 죽겠다는 표정 짓지 마. 난 진성 게이인 애인을 여자한테 뺏기고 죽음의 구렁텅이에서 헤맸어. 세상의 이목에 굴복해서 다수가 속한 행복으로 도망친 너와는 달리, 이미 오래전에 부모한테 절연당한 내 고독감을 우습게 보지 말라고. 부모님 두 분 다 교사라 커밍아웃 했더니 다신 집에 얼씬대지 말라고 눈물 젖은 눈으로 애원하시더라."

"……그, 그건 몰랐어."

"굳이 말 안 했어. 네가 부모님한테 말할까 말까 고민 중이었으니까. 그렇게 배려해 준 줄도 모르고 뻔뻔하게 여자랑 결혼을 해? 게이로서의 내 정체성까지 박살내면서 말이야. 네 결혼식에 난입해서 배라도 갈라야 하나 진지하게 고민했어."

약간 창백해진 다다시에게 4년 전 일을 거침없이 들려 줬다.

도리가 날 둘러업고 맨션에 들여 놓자, 모네는 상처 입고 숨통이 끊어지기 직전인 동물 같았던 내가 숨은 제대로 쉬는지 몇 시간마다 한 번씩 입가에 손을 갖다 대며 확인했다.

"다행이다. 잘 살아 있네."

"로, 뭐라도 마실래?"

"로, 비스킷 줄까?"

"좋아하는 사람 못 만나니까 슬프지? 모네도 그 맘 알아."

"우리 엄마랑 아빠도 얼마 전에 하늘나라로 떠났어."

"근데 괜찮아질 거야. 내 간식, 절반 나눠 줄게."

그렇게 말하며 비스킷을 나눠 주던 자그마한 손. 누군가와 함께 나눈 음식은 1인분의 식사를 혼자 먹을 때보다 훨씬 마음을 따뜻하게 한다. 그때 모네는 겨우 여섯 살이었다.

얼마 후 내가 기운을 차리자 도리의 일이 몰리기 시작해서, 이번엔 내가 두 사람을 위해 요리와 집안일을 했다. 누군가에게 도움이 되고 있다는 인식은 나에게 살아갈 힘을 줬다. 그렇게 두 달 정도 지났을 때 옆집이 이사 가면서 공실이 되어 내가 세 들었고, 너무 가깝지도 멀지도 않게 서로 도와 가며 지금까지 잘 지내고 있다. 난 남자 복은 최악이지만 친구 복은 많다.

"그래 놓고 이제 와서 다시 매달리다니 대체 무슨 속셈이야? 게다가 나하고 도망치겠다는 건 부인이나 태어날 아기한테 그때 나한테 했던 짓을 똑같이 하겠단 뜻이잖아. 나 때문에 누군가가 그런 고통을 겪게 하고 싶진 않아. 헤어지는 건 어쩔 수 없다 쳐도, 좀 더 나은 방법이 있지 않겠어?"

"잠깐만. 네가 그 정도까지 상처 받은 줄 몰랐어."

"그래? 그럼 이제 잘 알았겠네. 그 정도까지 상처 받은 나도 어떻게든 사니까 너도 버텨. 지금 도망치면 4년 전보다 훨씬 비참해질 거야."

"나도 알아."

"넌 몰라. 사람들 시선이랑 부모님한테 굴복해서 결혼으로 도망쳤잖아. 근데 압박은 차례차례 계속 들어와. 그때마다 꼬리 내리게? 도피로는 점점 좁아질 테고, 그러다 보면 막다른 곳에 다다를 거야. 그럼 진짜 다카하시 코스라고."

난 창으로 손을 뻗어 다다시의 멱살을 잡아 올렸다.

"이제 그만 마음 좀 다잡아."

멱살을 붙잡고 흔들자, 다다시의 얼굴이 한심하게 일그러졌다. 뭔가 할 말이 있는 듯 입을 열었지만 말은 안 나왔고, 난 멱살을 잡아 올렸던 손을 살짝 풀었다.

"그렇게 쫄지 마. 다들 어떻게든 헤쳐 나가고 있으니까."

"……근데 난 옛날부터 항상 중요한 순간에 소극적으로 변해."

"자각이 있으면 고쳐."

"나랑 아내뿐이면 그렇게 생각할 수 있어. 어른이니까. 근데 애는 모르잖아. 건강히 태어날지도 모르겠고, 건강해도 엄청나게 멍청할 수도 있어. 중병에 안 걸린다는 보장도 없고, 고치는 데 막대한 돈이 드는 병이면 내가 그 돈을 잘 마련할 수 있을지도 모르겠어."

다다시가 고개를 푹 숙이고 나직한 목소리로 중얼거렸다.

"괜찮아. 할 수 있어."

"어떻게 알아?"

"금연도 해냈잖아."

"애하고 담배가 같아?"

토라진 듯 고개를 홱 돌려서, 한 대 날려주고 싶었다.

"네가 어제, 나를 제일 좋아했다고 했지?"

질문을 던지자 움찔하며 날 봤다.

"했지?"

"해, 했는데."

다다시가 허둥거렸다. 다그쳤다고 당황할 정도면 애초에 말을 꺼내지 말든가.

"그렇게 제일 좋아했던 내가 제발 끊으라고 애원했는데도, 넌 담배 못 끊었어. 근데 태어날 아기 생각해서 끊었잖아. 얼마나 대단해."

"사랑 타령이 아니라 아기잖아. 당연한 거 아냐?"

"그러니까 그게 당연하다고 생각할 정도로 지금 너한테는 아빠가 될 마음이 있는 거야. 넌 나보다 가족을 더 사랑해. 나

뻔 놈, 내가 꼭 이런 말까지 해야겠어? 어쨌든 아직 태어나지도 않은 아기의 미래가 걱정스러워서 사라지고 싶을 정도로 불안에 빠진 넌 엄청난 팔불출이야."

"팔불출? 내가?"

생각지도 못했다는 표정이었다. 진짜 얼빠진 녀석이네. 내가 다 눈물이 날 지경이다. 옛날 애인한테 같이 도망치자고 울며 매달리면서도 금연하고, 저축도 하고, 부인이 만들어 준 카레까지 먹어 가며 부모가 될 준비를 꼼꼼하게 하고 있다니. 남자든 여자든 이런 타입이 가장 다부지다.

"네 불안은 그냥 임신 우울증 때문이야."

"그건 여자가 걸리는 거잖아."

"요즘엔 남자도 걸려."

다다시가 입을 떡 벌렸다. 진짜 모자란 놈이네.

"알았으면 얼른 그거나 적어."

진절머리가 나서 멱살을 놓자, 다다시가 손에 들고 있던 가타시로를 물끄러미 봤다. 복잡한 표정으로 좀처럼 적으려 들지 않았지만, 재촉하지 않고 기다렸다. 그렇게 컵라면이 맛있게 익을 정도의 시간이 지나자, 다다시가 가타시로를 차창에 대더니 뭔가를 적기 시작했다.

"다 적었는데 어떻게 하면 돼?"

"내가 도리한테 줘서 책임지고 끊어 달라고 할게."

"또 도리 씨야?"

다다시가 미간을 살짝 찌푸렸다.

"말투가 왜 그래?"

"진짜 아무 사이 아니야?"

힘이 쭉 빠졌다. 이 녀석은 정말 못났구나. 하지만 이런 남자한테 계속 붙들려 있었던 나도 못지않게 못났다. 사랑도 다툼도 같은 접시 위에서 생겨나는 법이다.

"네네, 사귑니다, 사귀어요."

난 다다시의 손에서 가타시로를 낚아챘다. 들여다보니 '도망치는 버릇'이라 적혀 있었다. 가타시로를 반으로 접어 컵홀더에 꽂고는 그만 갈게, 하고 시동을 걸었다. 다다시가 다급히 차창에 손을 걸쳤다. 할 말이 더 남았어? 하고 얼굴을 찡그리며 물었다.

"로, 여러 가지로 격려해 줘서 고마워."

난 눈을 껌뻑거렸다. 격려? 이 성격 좋은 녀석 같으니.

"넌 아마 행복할 거야."

"응? 그럴까? 고마워."

다다시가 기분 좋은 듯 웃는 모습을 지켜보다가 안녕, 하고 진짜로 차를 출발시켰다.

손을 흔드는 다다시가 백미러에 비쳤다. 다다시는 무신경하고 악의가 없어서 질이 더 나쁘다. 그런데 지지리도 못나서 내가 버팀목이 돼 줘야겠다고 생각하게 만드는 남자라 인기가 많았다. 지금은 앞머리가 살짝 벗어져서 인기도 예전만 못

하겠지. 쌤통이라며 웃다가, 문득 웃음기가 걷혔다.
 사랑에 빠지면 마맛자국도 보조개로 보인다지만, 난 이제 괜찮다.
 마맛자국은 마맛자국으로, 보조개는 보조개로 보인다.
 차가 모퉁이를 돌 때까지, 다다시는 그 옛날 내가 좋아했던 미소를 지으며 손을 흔들었다.

 휴게소에서 묘하게 맛있는 우동을 먹고, 도리에게 아침에 도착한다는 메시지를 보냈더니 알았다고 짧은 답장이 왔다. 폭주하는 심야 화물 트럭에 떠밀려 동쪽 하늘이 어스름한 보랏빛으로 물들 무렵 맨션에 도착했다. 어쩐 일인지 도리가 우리 집 거실에서 노트북으로 일하고 있었다.
 "어서 와."
 "안녕. 근데 왜 우리 집에서 일해?"
 "가끔인데 뭐 어때."
 "모네는? 깼는데 너 없으면 놀라잖아."
 "오늘 아침엔 혼자 밥 먹으라고 말해 뒀어. 도시락도 어제 준비해 놨고."
 "잘했네. 애들은 가끔씩 도시락 먹는 거 좋아하니까."
 소파에 쓰러지듯 누우며 말하자, 도리가 노트북을 닫았다.
 "고생했어."
 "응, 너무 피곤하다."

"커피라도 마실래?"

"술이 낫겠어."

도리가 부엌으로 가서 선반을 둘러보더니, 럼주병과 사기로 된 작은 술잔을 가져왔다. 물도 얼음도 없는 걸 보니 스트레이트로 마실 모양인데, 왜 사기잔일까.

"선반 상단에 작은 유리잔 있잖아."

"모양도 비슷한데 뭐 어때."

그럴 리가. 입에 닿는 느낌은 잔에 따라 완전히 달라진다. 유리잔보다 테두리가 두꺼운 사기잔은 미지근하거나 따뜻하게 데운 술에 어울리고, 차가운 술을 마실 때는 테두리가 얇은 유리잔이 맛있다.

"너, 청결하면 그만이라는 신념에도 정도가 있는 거야. 저번에도 모네가 그토록 사랑하는 '마드모아젤 논' 원피스랑 비슷하게 생겼다고 대형 매장에서 파는 원피스 사 왔다가 불벼락 맞았잖아. 이게 어디가 비슷해? 완전 다르잖아! 하고."

"그땐 정말 무서웠어. 평소엔 천하태평이면서 화만 나면 돌변하는 게 마리를 쏙 빼닮았다니까."

도리가 제 입으로 헤어진 부인 이야기를 꺼내는 건 드문 일이었다. 도리는 태연하게 내가 사랑하는 론 까르따비오 XO 18년산을 사기잔에 따랐다. 유감스럽기 그지없는 광경이 펼쳐진 후, 특별히 건배도 안 하고 그냥 마셨다. 깊이 있는 달콤함 끄트머리에 콧속을 살짝 자극하는 풍미가 예술이었다.

"독하네."

"내가 좋아하는 술을 사기잔에 근본 없이 마셔 놓고 감상이 고작 그거야?"

뾰로통한 표정으로 물었더니 맛있어, 하고 무뚝뚝하게 대답해서 웃어 버렸다.

도리는 술이 세다. 아무리 마셔도 말짱해서, 오히려 평소에는 술을 거의 마시지 않는다. 거나하게 취해서 유쾌한 기분을 맛볼 수 없다면 술의 매력은 반감되니까.

그런 도리가 모네를 두고 이른 아침부터 같이 술을 마셔 줬다. 고맙다는 말 대신, 금색을 넘어 흑설탕색을 띤 럼주를 도리의 사기잔에 따랐다.

"가타시로는 효험이 있었어?"

"있었다고 생각하고 싶어. 이거, 부탁해."

주머니에서 가타시로를 꺼내 도리한테 건넸다. 도리가 반으로 접힌 가타시로를 펼쳤다. 안을 보고 납득한 듯 고개를 끄덕이더니, 고생했다며 세 잔째 술을 내 사기잔에 따랐다. 뜨거운 기운이 서서히 온몸에 돌아서, 몸이 가라앉는 것처럼 무거워졌다.

"예나 지금이나 엉망진창인 녀석이지만, 그 덕에 막판에 역전승하게 됐어."

겨우 따라잡느라 쌓인 피로와 취기가 뒤섞여 멍하니 중얼거렸다.

몰상식하게 느껴지는 한심한 행동거지로 제가 버린 남자한테 울며불며 매달린 다다시 덕에, 난 4년 전에 말하지 못한 원망을 쏟아 냈다. 그리고 쓰라린 실연의 기억 또한 못난 전 남친을 용서하고 다시 살게 만든 이해심 많은 나, 라는 형태로 덧씌워졌다. 이젠 언제 떠올려도 웃어넘길 수 있다.

"한 대 날려줄까 했는데, 어쨌든 결과가 좋았으니 다행이지."

"너무 착해 빠진 거 아니야? 난 그 남자 별로던데."

도리가 이렇게까지 대놓고 말하는 건 드문 일이었다.

"그래도 액막이는 제대로 할 테니까 걱정 마."

"말 안 해도 알아."

도리는 자기가 짊어지기로 한 짐을 내팽개치는 남자가 아니다.

"나도 별로 착한 사람 아니고."

과연 그럴까? 하는 의심스런 눈빛으로 도리가 쳐다봤다.

"인정을 베풀면 다 나한테 돌아온다고 전에 네가 가르쳐 줬잖아."

"내가?"

"누군가에게 베푼 인정은 돌고 돌아 나한테 돌아온다. 마찬가지로 나쁜 짓을 하면 언젠가 어떤 형태로든지 나한테 돌아온다. 그러니까 누군가를 저주하면서 괜히 스스로에게 상처 주지 말라고 네가 깨우쳐 줬어."

론더링(Laundering)

매달리는 다다시를 때리고 욕하면서 끝냈다면, 난 지금 이렇게 기분 좋지 못했을 것이다. 난 다다시를 살린 게 아니다. 나 자신을 살렸을 뿐이다.

"내가 그런 말을 했어?"

"기억 안 나?"

"미안."

"다 그런 거지 뭐."

내가 웃자, 도리는 겸연쩍은지 내 사기잔에 네 잔째를 따랐다. 얼굴색 하나 안 변하고 진짜 주당이라며 어이없어하고 있는데, 도리가 후우 한숨을 내쉬며 사기잔을 바라봤다.

"넌 4년 만에 달관의 경지에 이르렀는데, 난 5년이 지났는데도 아직 멀었나 봐."

"마리 씨 얘기야?"

"추억이 아름다우니까 잊기 힘드네."

"추억이 아름다워?"

나도 모르게 되물었다. 도리는 왜 그러냐는 듯한 표정이었다.

마리 씨는 외국계 자본 기업에서 임원 비서로 일했는데, 네 살 연하인 도리와는 번역 일을 통해 알게 됐다. 비서라는 게 믿기지 않을 만큼 덜렁대는 사람이었다. 다 같이 꽃구경 가기로 약속했을 때도, 장소를 착각해서 다른 자리에 앉아 30분이나 아무 눈치 못 채고 술을 마셨을 정도다.

"다 모르는 얼굴이었는데 도리 친구겠지 했어."

출근할 때는 정장을 차려입지만, 휴일엔 종일 파자마를 입고 러시아 동화책에 나오는 체브라시카가 그려진 컵으로 인스턴트커피를 마셨다. 신경은 일에 다 쏟았으니 집에선 편하게 쉬어야 한다는 신념이 있었다고 한다. 난 그냥 게으른 거라 생각했지만.

이혼 이야기는 마리 씨가 먼저 꺼냈다. 맞벌이라서 집안일을 분담했는데, 두 사람이 생각하는 적정 수준에 차이가 컸다. 디자인에는 고집이 없어도 청결과 정돈을 중시하는 도리와, 살짝 더러워도 안 죽고 오히려 면역이 생겨서 건강해진다는 지론을 갖고 있던 마리 씨는 자주 충돌했다.

"마리, 음식물 쓰레기는 쓰레기통에 버리지 마."

"쓰레기통에 안 버리면 어디다 버려?"

"음식물 쓰레기 전용 미니 냉동고에 넣어 놔."

"왜 그래야 하는데?"

"수거하는 날까지 얼려 두면 부패하지 않으니까 악취 걱정도 없고 해충도 안 꼬이잖아."

"요즘 살충제 효과 좋아. 저번에 마트에서 딸기향 봤어."

"괜한 살생은 하지 말자. 바퀴벌레가 불쌍하잖아."

"바퀴벌레한테까지 베풀 온정은 없어."

평소엔 배려하는 마음으로 상대를 존중해도, 일에 치여서 여유가 없어지면 무심결에 자기 방식을 서로에게 강요하고 만다. 그리하여 결국 마리 씨가 한계에 도달했다.

당신이랑 있으면 숨이 막혀. 뭐든 논리만 앞세우고. 난 항상 어항 속 금붕어처럼 공기가 필요해서 입을 뻐끔거려야 해. 정말 평생 이럴 거야? 난 일요일엔 종일 파자마 차림으로 뒹굴뒹굴하고 싶어. 과자 먹으면서 녹화해 둔 드라마나 보고 싶다고. 음식물 쓰레기도 그냥 쓰레기통에 버리고, 바퀴벌레가 나오면 딸기향 살충제로 죽이고 싶어.

사람에게는 본인의 장점이 빛을 발하는 때와 장소라는 게 있다. 마리 씨와의 결혼생활에서 도리의 장점은 거의 발휘되지 못했다. 마리 씨 역시 마찬가지였다.

"응, 역시 네 기억은 포장돼 있어."

확인 작업을 마치고 나서, 난 고개를 끄덕였다.

"냉정과 객관 사이에서 사는 너도 그 일에 관해선 그냥 어수룩한 남자구나."

"대꾸할 말이 없어서 씁쓸하네. 이혼했을 때 네 신세도 많이 졌고."

"그랬나?"

이혼 후, 도리는 아주 조금 우울해했다. 실은 엄청 우울했을 텐데 태도나 말로 드러내지 않아서, 도리 주변에 옅게 감도는 잿빛 분위기로 감지했다.

"도쿄까지 올라와서 한잔하자며 데리고 나간 적 있잖아. 유난히 시끌벅적한 데로."

"오네(여장을 하거나 여성처럼 행동하는 남성을 속되게 이르는 말) 바?"

아는 오네가 바를 오픈해서 축하도 할 겸 도리를 데려갔다. 기분 전환이라도 되길 바랐는데, 도리가 얼마 전에 이혼했다는 소리를 들은 오네들이 축하한다며 도리의 입술을 차례차례 앗아 갔다. 그리고 소독한다는 평계로 독한 술을 벌컥벌컥 들이켜게 만들어서, 술이라면 안 빠지는 도리도 중간에 화장실로 뛰어 들어갔다. 주당인 도리가 무너지는 모습을 본 건 그때뿐이었다.

"그땐 정말 미안했다."

난 그날 밤에 벌어진 참상을 떠올리며, 소파에 드러누운 채로 고개를 숙였다. 여태껏 입은 은혜를 갚기는커녕, 상심한 절친을 위로하는 데 걸맞은 때와 장소를 잘못 골라서 도리를 지옥으로 몰아넣고 말았다.

"끔찍한 밤이었어."

도리는 찬찬히 곱씹듯 중얼거렸다.

"핑크빛 조명이 비추는 변기에 고개를 처박고 콧물 범벅으로 토하면서, 이거에 비하면 음식물 쓰레기를 쓰레기통에 버리는 정도는 아무것도 아니란 걸 깨달았지."

왜 그만큼도 허용하지 못했을까, 하고 도리는 말했다.

"지금 같았으면 바퀴벌레를 딸기향 살충제로 사정없이 죽일 수 있었을 거라고 생각하니까 눈물이 뚝뚝 떨어지더라. 마

론더링(Laundering)

리 씨가 나간 후로도 큰 변화 없이 지냈는데, 무심한 척 상실감을 외면하고 있었나 봐. 입에서는 위액, 코에서는 콧물, 눈에서는 눈물, 몸에 있는 걸쭉한 건 전부 토해 냈지. 그때 마담이 굵은 목소리로 도리 씨에게 바친다면서 HY가 부른 발라드 「366일」의 반주를 틀었어."

"다시 들으니 정말 지옥이네. 진심으로 반성 중이야."

"왜? 난 계속 고마워했는데."

지금 생각해 봐도 끔찍한 밤이었다는 감상만 떠올라서, 나는 고개를 갸웃거렸다.

"대체 어디에 고마워할 점이 있었어?"

"억지로라도 토하게 해 준 거."

너무 극단적인 치료법 아닌가. 그런데 한편으로는 다 그런 거구나, 하는 생각도 들었다. 우린 서로 자기도 모르게 도움을 주거나 빚을 지고 있는지도 모른다. 그게 뭐야, 하면서 쓴웃음을 지었더니 도리도 입으로만 살짝 웃었다.

"모네랑 같이 살면서부터 조금 달라진 거 같아."

"아니야, 모네가 날 달라지게 했나?" 하고 도리는 고쳐 말했다. 엉성하고 덜렁대지만 자기 의견은 확실하게 내세우던 마리 씨를 쏙 빼닮은 모네는, 어린아이의 천진난만함까지 더해 도리의 스타일을 흐트러뜨렸다.

"솔직히 말하면 입양 후회한 적도 있어."

"그야 그렇겠지."

핏줄로 이어질 수 없다면 다른 걸로 이어지는 수밖에 없다. 사랑과 관용과 인내를 총동원하는데도 싸움은 일어나고, 코딱지만 한 집 안에서 서로 얼굴을 돌리고, 다음 날 아침에도 심기가 불편해서 본체만체하고, 뾰로통한 얼굴로 마주 앉아서 어색하게 아침을 먹고, 점심 무렵부터 반성하기 시작해 어쩔 수 없지, 집에 가서 내가 먼저 사과할까 고민하면서 오후를 보낸다. 남남끼리는 이렇게 죽을 만큼 성가신 일을 반복해야 이어질 수 있다. 잘 알면서도 계속 실패한다.

"그래서 지금은?"

"잘 지내고 있는 것 같아."

도리가 말했다. 테이블과 평행이 되도록 리모컨을 놓는 나와, 소파에 드러누워서 어떻게든 발로 리모컨을 끌어당기려는 모네. 학창 시절에 입었던 셔츠를 아직까지 입고 다녀서 신자 아줌마들이 쓴웃음을 짓는 나와, 도리는 잘 차려입으면 멋있는데 왜 그렇게 다니느냐고 화를 내면서 내 손을 잡고 백화점 남성복 코너로 돌진하는 모네. 색깔도 질감도 다른 두 개가 섞였는데 중간에 너까지 불쑥 끼어들어서, 이제 누가 봐도 자유롭게 어우러져 있어. 난 그게 너무 재밌어, 하고.

"나도 끼워 주는 거야?"

"난 오믈렛도 못 감싸고, 모네 머리 묶는 것도 서투르잖아."

"넌 손재주가 없지."

문득 내가 부모님에게 커밍아웃 했을 때가 생각났다.

이해가 안 된다고 화를 냈으면 차라리 나았을 텐데, 미안하다고 울면서 손을 모으는 모습은 진심으로 보기 힘들었다. 그 후로 13년 동안 본가에 가지 않았다. 게이고 아니고를 떠나서, 부모와 사이가 안 좋은 건 특별한 비극이 아니다. 아는데도 외롭고 쓸쓸하다. 그럴 때 도리와 모네를 보면 아주 조금 마음이 놓인다. 우린 마음만 먹으면 핏줄이나 호적이 아니어도 하나로 이어질 수 있어. 쉽진 않아도 확실한 빛이야, 라는 생각이 든다.

"마리랑 실패해서 모네랑은 잘 지내는 건가?"

도리가 점점 밝아지는 커튼 너머를 바라봤다.

"지금의 나라면 마리랑도 잘 지냈을까?"

"글쎄."

아무리 다시 시작하고 싶어도, 마리 씨는 이 세상에 없다.

도리는 그 물음을 평생 안고 살아가겠지.

내가 부모의 기대를 저버렸다는 쓰라림을 평생 안고 살아가듯이.

"아이참, 둘 다 그만 좀 일어나. 나 배고프단 말이야."

어느새 깊이 잠드는 바람에 모네가 흔들어 깨웠다. 관자놀이가 콕콕 쑤셔서 일어날 수가 없었다. 맞은편에서는 머리가 부스스한 도리가 잠이 덜 깬 표정을 짓고 있었다. 시계를 보니 거의 저녁이었다.

"으악, 술 냄새! 둘 다 어른이 이러면 되겠어?"

지당한 꾸지람을 들으며, 도리와 나는 "잘못했습니다." 하고 쭈그러들었다.

"어서 오세요."
 다음 날 새벽 3시가 조금 넘은 시각, 지친 도와 씨가 검은 정장을 입고 나타났다.
"이제야 보네. 페이스북에 새 글이 안 올라오니까 가게 위치도 어딘지 모르고 걱정했어."
"미안. 전 남친 사는 데 잠깐 갔었어."
 도와 씨는 어리둥절해했다.
"그랬구나. 그럼 이건 어쩌지?"
 항상 선물로 가져오는 편의점 디저트 꾸러미를 들어 올렸다.
"나 주는 거 아니야?"
"전 남친이랑 다시 만나기로 했으면서 계속 나한테 조공 받게?"
 도와 씨가 한심한 표정을 지었다. 난 웃으며 편의점 봉지를 낚아챘다. 안에는 딸기 찹쌀떡이 들어 있었다. 민트초코 찹쌀떡이 아니어서 좋다고 했더니,
"다행이네. 그럼 잘 지내."
 도와 씨가 발길을 돌렸다.
"이번 주 쉬는 날에 같이 밥이나 먹을까?"

도와 씨가 뒤돌아봤다.

"전 남친은?"

"4년 전에 헤어졌는데?"

"그럼 왜 보러 갔어?"

"그게, 황당한 사연이 있었어. 내 얘기 좀 들어 볼래?"

도와 씨가 들뜬 발걸음으로 돌아왔다. 술을 못 마시는 도와 씨를 위해 호지차를 끓여서 딸기 찹쌀떡과 함께 먹으며 지난 사흘 동안 있었던 일을 털어놨다. 도와 씨는 흥미로운 듯 귀를 기울였다.

그러는 사이 아침이 밝았고, 마지막으로 연락처를 교환했다.

"그러고 보니 도와는 이름이야, 성이야?"

"성. 도와 다케히코."

"엄청나네. 고집이 셀 것 같은 이름이야."

"안 어울리지?"

도와 씨가 고개를 숙이며 코끝을 긁적였다. 아주 살짝 들여다보이는 꺼림칙함. 이 사람한테도 수많은 사연이 있겠구나 하는 생각이 들어 가슴속에 뭔가가 희미하게 번졌다.

가까스로 새로운 사랑이 찾아왔다는 예감에, 난 몰래 한숨을 쉬었다. 엉키고, 풀고, 처음부터 다시 시작해야 한다고 생각하면 성가시지만 별수 없다. 인생은 원래 성가신 거니까.

검은 정장을 입은 지친 뒷모습이 빌딩가로 사라질 때까지 지켜보고 나서, 텐트와 물건들을 정리했다. 영차, 하고 운전석에 올라타니 눈부신 오렌지빛 아침 햇살이 눈에 비쳤다.

새해가 밝자, 다다시가 도리네 집으로 연하장을 보냈다.

아직 혼이 덜 났구나 했는데, 다카하시가 무사히 산 채로 포획되었다는 소식이 담겨 있었다. 대학 시절 사귀었던 전 남친 집에 굴러 들어가 있었다는데, 현재 다카하시와 전 남친, 부인, 양가 부모님까지 불러들여 이야기하는 중이란다. 세상은 곳곳이 아수라장이다.

다다시가 보낸 연하장에는 '가족이 늘었습니다.'라며 신생아를 클로즈업해서 찍은 사진도 인쇄되어 있었다. 성별은 구분이 안 됐지만 포동포동하고 혈색이 좋아서 한눈에도 건강해 보였다.

난 여전히 무신경한 녀석에게 진저리를 치며, "축하한다." 하고 어깨를 으쓱했다.

형의 여자친구

눈을 뜨니 커튼 너머가 희미하게 밝아져 있어서 마음이 놓였다.

예전에는 껌껌할 때 눈이 뜨였고, 그 순간부터 무서웠다. 난 아마 계속 무서워하다가 잘 때만 그것에서 도망쳤던 것 같다. 공포의 정체는 알 수 없지만.

'다행이다. 오늘도 아침까지 잤네.'

환한 실내에 안도하며 머리맡에 있던 휴대전화를 집어 이메일과 메신저를 확인했다. 회사에 다닐 때는 하룻밤 사이에 진절머리가 날 정도로 쌓여 있었는데, 본가에 내려온 지 반년이 지난 지금은 조용하기만 하다. 인터넷 쇼핑몰 광고 메일이 몇 통 와 있어서 전부 삭제했다.

그대로 침대에 누워 페이스북과 인스타그램을 확인했다. 친구들의 일상. 일, 점심 메뉴, 휴일 데이트, 읽은 책, 본 영화,

취미. 내 정보는 하나도 업로드하지 않았지만 의무적으로 '좋아요'를 눌렀다. 이제 교류도 없으니 모조리 언팔하고 싶은데, 그걸로 심리적 부담을 지고 싶진 않았다.

자, 이로써 오늘 할 일은 다 끝났다. 눈을 감으니 느릿느릿 졸음이 찾아들었다. 약 부작용 때문에 늘 약간씩 졸린다. 예전에 잠은 행복과 똑같은 뜻이었다. 지금은 고통은 아니지만 출구 없는 뜨뜻미지근한 연못에 고요히 가라앉는 느낌이었다.

다시 눈을 뜨니 늦은 오후였다. 입안이 끈적끈적했다. 이것도 약의 부작용이다. 숨을 들이마실 때마다 입 냄새가 거슬려서 1층으로 내려가 양치질을 했다. 입가에서 거품이 흘러 손으로 훔쳤다. 면도를 게을리 해서 턱이 까슬까슬했지만 누구랑 만날 약속도 없는데 뭐 어때, 하며 욕실을 나섰다.

"모토이, 냉장고에 점심 넣어 놨어."

엄마가 거실에서 TV를 보며 말을 건넸다. 난 냉장고를 열어 랩으로 싸 둔 중화 냉면을 꺼냈다. 거실과 장지문 하나로 이어진 주방 식탁에서 잘 먹겠다는 말도 없이 면을 후루룩거렸다. 열린 거실에서 에어컨의 냉기가 흘러 들어와 여름 같지가 않았다.

"냄비에 된장국도 있어."

"됐어. 귀찮아."

"가스레인지 손잡이만 돌리면 되잖아."

내가 못 살아, 하며 엄마가 다가오더니 가스 불을 켰다. 갑자기 끓어오르지 않게 국자로 냄비 바닥까지 잘 휘저은 다음, 찬장에서 그릇을 꺼내 된장국을 담았다. 그리고 국물이 그릇을 타고 흐르자 티슈로 닦았다. 그 모습을 보며 손잡이만 돌리면 되는 게 아니잖아, 하고 생각했다. 된장국 하나 먹는 데도 여러 공정에 품이 들어간다.

된장국 재료는 가지였다. 어제는 가지찜이 나왔으니 연일 가지 파티다.

아빠가 정년퇴직을 하자 엄마가 집 근처에 밭을 빌리더니, 둘이서 가정 농장을 꾸리는 데 정성을 쏟기 시작했다. 올여름엔 가지가 풍작이란다. 된장국 데우는 것도 귀찮은데 재료부터 키워 내는 제조 공정을 상상하니 정신이 아찔해졌다.

"저녁엔 뭐 먹고 싶어?"
"점심 먹는데 저녁 메뉴 묻지 마."
"미리 알아야 준비하지."
"아무거나."
"말하는 게 아빠랑 똑같네. 그럼 저녁은 가지튀김."
"또 가지야?"
"아무거나 괜찮다며."

엄마는 거실로 돌아가 다시 TV를 보기 시작했다. 인기 배우가 불륜이 어쩌고 하는 뉴스가 들렸다. 멀끔하게 생겼는데 제법인걸, 하고 생각하면서 중화 냉면을 후루룩거렸다. 작은 창으로 새어 들어오는 매미 소리를 듣고 있자니, 나라는 존재 자체가 녹아서 어디론가 흘러가는 것 같았다.

난 고작 1년 전만 해도 도쿄에서 생활하며 제법 큰 종합 건설 회사에 다녔다. 인간의 존엄을 짓밟는 욕설에도, 내가 이 세상에 존재하는 의의가 사라져 버릴 만큼의 연장 근무에도, 대학 시절 럭비로 전국 베스트 8에 진출했을 때 주장을 맡았던 경험으로 끝까지 버텼다. 동료도 거의 기합 문화에 내성이 있는 운동부 출신 남자들이었고, 여자는 대부분 2년을 채 버티지 못했다. 능력이 아니라 단순히 체력 문제였다.

하루하루가 납기와의 전쟁이었다. 규모가 지나치게 크다는 이유로 나한테 넘겨진 설계도는 당연히 뒤따라오는 서류 자체가 부실했다. 그때마다 대조해 가며 살폈는데, 그 기초가 되는 계산서가 건별로 다르게 작성되어 있어서 솔직히 처음에는 어디서부터 손을 대야 할지 막막했다.

그걸 하나하나 수정하고 설계도에 반영해 공정을 위아래로 돌리면서, 힘들다고 울며 매달리는 하청업자에게 처음에는 정중히 대응했다. 그러나 입사한 지 3년쯤 지났을 때는, 아빠뻘 되는 아저씨한테 그만 징징거리고 정신력으로 해내라며 화를 냈다. 완전히 갑질이었지만 거친 남자들이 모여 있는 업계라 그런 일이 하루가 멀다 하고 버젓이 일어났다.

하청업자에게 화내는 것 이상으로 나도 상사에게 혼이 났다. 하청업자한테 우습게 보이지 마, 이 월급 도둑 같으니! 하고 욕설이 날아들면 죄송하다며 직각으로 고개를 숙였다. 휴일에도 일일이 대응하느라 한 달에 두 번 쉬면 대박이라고 기뻐하던 나날. 그게 보통이라 여겼고, 날마다 누더기가 되어 침대에 쓰러질 땐 오늘 하루도 열심히 일했다는 뿌듯함마저 느꼈다.

유난히 더웠던 작년 여름, 입맛이 없어지면서 몸무게가 확 줄었다. 연장 근무가 이어져 밤늦게 퇴근하는 게 예삿일이 되었는데도, 어쩐지 아침 일찍 눈이 떠졌다. 여자친구한테 푸념했더니 병원에 가 보라고 했다. 그래야겠다고 대답하면서 속으로는 그럴 시간이 어디 있어, 하고 생각했다.

몸 상태는 순식간에 나빠졌다. 이른 아침에 눈을 뜬 순간,

'무서워.'

하고 느끼게 됐다. 이유는 없었다. 그저 막연한 불안이 가슴을 가득 메웠다. 짙은 어둠 속에서 나는 혼란스러웠다. 다시 잠들려 했지만 의식이 너무 또렷했다. 그럼 일어나서 샤워나 할까 해도 잠자리에서 일어나는 데 엄청난 노력이 필요했다. 이게 뭐지.

"피로가 쌓인 모양이네요."

겨우 반차를 얻어 찾아간 내과 진료실에서 그 말을 들으니 힘이 쭉 빠졌다. 그건 나도 알아, 의사면 더 전문적인 진단을 내려야지, 하고 이를 갈았다. 의사는 좀 쉬는 게 어떠냐고 했지만, 쉴 수 있으면 진작 쉬었을 거라고 차갑게 웃으며 대답

했다. 의사는 그러시겠죠, 하며 온화하게 고개를 끄덕였다.
"자율 신경이 제대로 작동하지 못하는 것 같으니까 수면제를 처방해 드릴게요."

수면제는 효과가 있었다. 이른 아침에 깨는 일도 없어졌다. 그러나 눈을 뜨는 순간에 느껴지는 공포는 점점 커지기만 했다. 정체 모를 공포에 사로잡혀 심장 박동까지 빨라졌다. 매일 아침 죽을힘을 다해 일어나 양치질하고, 세수하고, 면도하고, 정장으로 갈아입고 넥타이를 맸다.

집중력이 오래가지 않아서 일하는 데 실수가 잦아졌다. 상사에게 불벼락을 맞고, 고개를 숙이고, 늘 있는 일인데도 눈물이 날 것 같아서, 그런 자신에게 억지웃음을 지어 보이며 조바심을 냈다. 머지않아 수면제는 듣지 않게 되었고, 더 센 약을 달라고 했더니 의사가 심료내과 진료를 권유했다.

"우울증입니다. 좀 쉬시죠."

심료내과 의사가 선뜻 말해서 머릿속이 새하얘졌다.

"사카구치 씨, 괜찮아요?"

의사가 목을 길게 빼고 들여다봤다. 난 자세를 유지하지 못하고 천천히 상체를 앞으로 고꾸라뜨렸다. 이마가 무릎에 닿도록 몸을 굽히고는 결국 울음을 터트렸다.

입사하고 10년 동안 우울증으로 그만두는 동료를 많이 봤는데, 그런 건 정신력의 문제라고 생각했다. 나도 그들과 똑같다고 인정하기 힘들었지만, 한편으로는 의사라는 전문가가 판정해 줘서 안도했다. 드디어 마음이 편해졌다고 고마워하며 울었다.

난 완전히 무너졌다.

상사에게 증상을 털어놓으니, 너도? 하는 눈길로 쳐다봤다. 전력 제외 통보나 다름없는 보조 업무로 돌려져 책임에서 벗어난 것도 잠시, 동료들이 건네는 위로가 점점 견디기 힘들었다. 나도 예전에 우울증으로 전선에서 이탈한 동료를 불쌍히 여겼기 때문이다.

한심한 녀석.

근성이 부족한 거지.

동료들이 그렇게 생각하는 게 피부로 느껴졌다. 아니면 내 맘대로 착각했나. 결국 과호흡으로 쓰러져 백기를 들 수밖에 없었다.

그때는 욕조에 따뜻한 물을 채우는 것조차 못 했다. 날 위해 따뜻한 물을 듬뿍 쓰는 게 아까웠을까. 나한테는 개운한 기분을 맛볼 권리가 없다고 생각했을까. 모르겠다. 밑도 끝도 없이 그냥 따뜻한 물을 채울 수 없었다.

회사를 그만두고 약간의 짐과 함께 본가로 내려온 나를 보고 부모님은 할 말을 잃었다. 체중은 10킬로그램 이상 빠지고, 자랑이었던 흉근과 상완이두근도 쏙 들어갔으며, 뭘 물어도 "졸려."라는 대답밖에 하지 못했다.

그 후로 반년 가까이 지났다. 일을 그만뒀을 뿐인데 인생까지 끝난 것 같아서 차라리 죽어 버리자고 생각했던 시기도 있었다. 그런데 지금까지 질질 살고 있다. 그나마 다행인 건 저금이 있다는 점이다. 나는 부모님에게 경제적인 도움을 받지 않는다는 한가지로 생존할 권리를 얻고 있었다.

날마다 뒹굴뒹굴하는데도 부모님은 아무 말이 없었다. 처음 본가에 내려왔을 때보단 나아졌기 때문일 테지. 그때는 누구랑 말도 제대로 못 섞고, 필요할 때 빼고는 방에 틀어박혀 있었다. 지금은 최소한 밥은 1층에서 먹고, 가끔 산책도 한다.

이른 아침에 출근해서 밤늦게까지 연장 근무를 하고, 휴일에도 출근하는 일상에서 해방되어 몸은 꽤 편해졌다. 그런데 편안한 매일이 쌓여 갈수록 죄책감과 조바심이 부풀어 올랐다.

"일을 안 해서 부끄럽다고 생각하지 마세요."

"이건 몸이 아픈 거니까요."

"본인 잘못은 하나도 없어요."

의사는 그렇게 말했다. 하지만 난 아무리 게으름을 피워도 용서 받고 나를 격려하거나 꾸짖는 사람이 더 비난 받는, 그렇게 나한테만 관대한 세상에 잠겨 있어도 될지 초조했다. 내가 편한 만큼 주변 사람들이 힘들 게 자명하니까.

"그렇게 생각하는 사람이라 더 괴로운 거예요."

의사는 내가 무슨 말을 해도 따뜻한 미소를 지으며 고개를 끄덕였다. 인간미가 거의 없는 그러한 대응이 우울증과는 또 다른 의미에서 나를 해치는 듯했다. 그렇게 느끼는 것도 병 때문인가?

늦은 점심을 먹고 방에 틀어박혀 게임을 했다. TV 화면 속에서 내 분신이 싸웠다. 몸을 앞으로 구부리자, 추리닝에 살이 살짝 닿았다. 배에 식스 팩이 있던 시절은 이제 머나먼 꿈이었다. 축 처진 몸뚱이를 외면하며 오로지 적들을 쓰러뜨렸다.

이윽고 날이 저물어, 예약해 둔 멘털 클리닉에 갔다. 2주에 한 번씩 경과를 살피고 약을 받는다. 지난달부터 약을 줄여서 기분이 바닥을 친 적이 한 번 있는데 조금씩 익숙해졌다. 그런 과정을 반복해서 마지막으로 약을 끊으면 치료가 끝난다. 일단 올해 안에 치료를 끝내는 것이 목표다.

클리닉은 연한 새먼핑크빛 벽지 때문에 포근한 인상을 풍겼다. 얼마 전 이 빌딩에 새로 개업했는데, 이 시간대에는 일이나 수업을 마치고 오는 환자가 많다. 비즈니스호텔처럼 깔끔한 접수 카운터에 진료 카드를 내밀자 앗, 하고 작게 놀라는 소리가 들렸다.

"모토이?"

깜짝 놀라 고개를 들었다. 접수하는 직원과 눈이 마주쳤다. 어깨 정도 내려오는 단발에, 나이는 나보다 몇 살 많을까. 어디선가 본 기억이 있는데, 이런 데서 아는 사람을 만나다니 최악이다.

"나, 다카다 모모코야. 고등학생 때 형이랑……."

죽은 형의 여자친구였다.

"모모, 아, 모모코 씨, 안녕하세요? 오랜만이네요."

당황하며 인사하는 날 보고, 모모코 씨는 눈웃음을 지었다.

"모모 누나라고 불러도 돼. 미안. 너무 반가워서 나도 모르게 알은체를 해 버렸네."

"아니에요. 이런 데서 만날 줄은 몰랐지만요."

붙임성을 바닥까지 끌어모아 미소를 지으면서 '이런 데'라는 말은 쓰지 말걸 후회했다. 상대방한테 실례니까. 예전 같았으면 이런 실수는 안 했다. 방에 틀어박히게 되면서부터 적절한 단어를 골라 쓰기가 힘들어졌다. 그 자리에 걸맞은 말이 바로 튀어나오지 않았다.

"혹시 여태껏 나인 거 알았어요?"

"아니야, 나 지난주부터 여기서 근무했거든."

"그래요?"

안쪽에서 간호사가 나오더니 처리 부탁한다며 모모코 씨에게 차트를 내밀었다. 난 가볍게 인사하고 대기실 소파에 앉았다. 살짝 식은땀이 났다.

설마 '이런 데'서 아는 사람을 만날 줄은 몰랐다. 낭패네, 하며 턱을 만졌는데 꺼슬꺼슬해서 면도를 안 했다는 사실이 떠올랐다. 옷도 진짜 대충 입었다. 지금의 내가 다른 사람 눈에 어떻게 비칠지 상상하니 기분이 가라앉았다. 스트레스의 주

형의 여자친구

범이었던 일을 그만둔 지 반년, 몸은 편해졌지만 정신적으로는 다른 부담을 짊어지게 됐다.

이를테면 동네 아줌마들. 어릴 때부터 알고 지내 허물이 없어서인지 가족도 말하지 않는 아니, 가족이라서 건드리지 않는 부분을 거침없이 치고 들어온다. 길에서 마주칠 때마다 일 그만뒀다며? 라는 말을 인사처럼 건넨다. 그리고 우울증이 무서운 거구나, 좋은 직장에서 근무했는데 아까워서 어쩌니, 하면서 안쓰러워하는 눈길로 바라본다. 서른셋이면 한창 일할 때니까 얼른 일자리 구해야지, 좋은 신붓감도 데려오고, 하면서 말을 늘어놓다가,

"형 몫까지 효도해야지."

하고 매듭을 지으면, 난 패배자처럼 그 자리를 뜰 수밖에 없었다.

아줌마들한테 악의는 없다. 다만 섬세함이 부족할 뿐이다. 솔직이나 서글서글이란 말로 자신을 긍정하는 사람들은 못 당한다고 비아냥거릴 때마다, 얼마 전까지만 해도 거만했던 내 모습이 떠올랐다. 하청업자에게 나보다 더 많이 살았으면서 이런 일도 못 하냐고 마구 고함을 쳤다. 회사의 힘을 내 힘이라고 착각했다. 난 아줌마들보다 죄가 무겁다.

그러다 보니 낮에는 외출하지 않게 되었고, 처음에 다니던 종합병원에서 이 클리닉으로 옮겼다. 종합병원은 오전 진료 중심인 데다 동네 노인들이 너무 많았다. 이 클리닉은 저녁

진료가 있고 환자층도 젊어서 다니기 편했다. 그런데 아는 사람을 만나다니 웬 날벼락이야, 하고 접수 카운터를 훔쳐봤다.

늙었구나. 그게 솔직한 감상이었다.

난 모모코 씨가 고등학생일 때만 봤으니까.

사카구치 하지메는 나의 자랑스러운 형이었다. 나보다 여섯 살 많고, 축구부 스타에, 덩치가 크고, 살짝 거칠고, 많이 먹고, 늘 햇볕에 타서 검게 그을린 얼굴로 웃었다. 축구부 활동이 바빠 많이 놀아 주지 않는 게 서운해서, 꼬마였던 나는 항상 형의 뒤꽁무니를 쫓아다녔다.

형이 처음으로 여자친구를 데려오겠다고 말한 날, 엄마는 계속 안절부절못했다. 그 여자친구가 옛날에 같은 맨션에 살았던 '소꿉친구 모모코'란 사실을 알고, 엄마는 "어머 반가워라, 옛날 생각난다." 하면서 무척 좋아했다. 그런데 난 불만스러웠다. 형은 인기가 많으니까 엄청 예쁜 여자친구를 데려올 줄 알았기 때문이다. 그런데 평범하기 짝이 없는 모모 누나라니.

이 말을 그대로 했더니, 형은 너도 어른이 되면 알 거라며 훗, 하고 코웃음을 쳤다. 지금 같았으면 고등학생이 뭘 아느냐면서 웃었겠지만, 초등학생인 내 눈에는 형과 모모코 씨 모두 어른으로 보였다.

둘은 사이가 좋았고, 엄마도 모모코 씨를 맘에 들어 했다. 모모코 씨의 수수함은 또래 남자들보다 부모 세대의 호감을 샀다. 형은 남성미가 넘치는 사람이었고, 여자 보는 눈도 보수적이었던 모양이다. 난 현모양처 스타일보다 무조건 얼굴 예쁘고 가슴 큰 여자가 좋은데.

마지막으로 모모코 씨를 본 건 형 장례식 때였다. 항상 생글생글 웃던 모모코 씨가 그날은 아무 표정 없이 새파랗게 질려 있었다. 숨 막히는 분위기를 견디지 못하고 식장 밖으로 나왔는데, 할아버지가 우두커니 혼자 있었다. 8월의 강렬한 햇살을 받아 상복을 입은 할아버지 발 언저리에서 짙은 그림자가 또 한 명의 할아버지처럼 뻗어 나와 있었다. 할아버지, 하고 부르자 할아버지는 그림자와 함께 천천히 뒤돌아봤다.

"넌 하지메 몫까지 건강하게 오래오래 살아야 한다."

할아버지가 마르고 버석버석한 손을 내 머리에 얹자, 난 고개를 끄덕거리고 나서 조금 울었다. 할아버지는 형 뒤를 따르듯 이듬해에 세상을 떠났고, 그게 할아버지와 한 마지막 약속이 됐다.

건강하게 오래오래 살아야 하는 난, 서른셋에 인생에서 기권했다.

"어머, 모모코 이직했구나."

내가 먹을 저녁을 데우면서 엄마가 말했다. 가지튀김과 닭날개 무조림, 여주무침. 어쩐 일인지 두부 된장국에도 가지가 들어가 있고, 은근슬쩍 곁들인 반찬도 가지 절임이었다. 얼마나 안 줄어들면 이럴까.

"계속 추오 병원에서 근무했는데."

"엄마는 모모 누나랑 만나?"

"스님한테 들었어. 모모코도 해마다 하지메 기일에 성묘 오니까."

"20년도 넘었는데?"

"응, 계속 와. 정작 동생은 몇 년째 빼먹고 있는데."

바빠서 어쩔 수 없었다고 속으로 핑계를 댔지만, 형 성묘까지 빼먹고 몰두했던 일은 날 망가뜨렸다. 엄만 그 문제는 건드리지 않고, 앓는 소리를 내며 맞은편에 앉았다.

"추오 병원은 사무직원들이 다 젊어서 있기 힘들었나?"

"어느 직장이든 나이 많은 사람은 거북스러워하지."

"말도 참 예쁘게 한다. 근데 여자는 결혼 안 하면 괜히 주눅 들긴 해."

"결혼 안 했대?"

"좋은 아가씨인데 아까워 죽겠어."

"형을 못 잊어서?"

내가 묻자, 엄마는 어이없어하는 눈길로 쳐다봤다.

"남자들은 어쩜 이렇게 로맨티스트일까? 세상에 그런 지고지순한 여자가 어디 있겠어. 아무리 빠진 데 없어도 인연이 쉽게 안 나타나는 사람이 있는 거야."

"뭐, 그 누나가 남자한테 인기 있는 타입은 아니지."

"모모코의 장점을 모르다니, 넌 여자 보는 눈이 없구나."
"형은 있었고?"
엄마는 대답 없이 가지 절임을 먹었다.
"어쨌든 해마다 기일에 찾아와 주니 고마운 일이지."
"근데 한 번도 안 마주쳤네."
"우리랑 다른 시간대에 오니까."
"말이라도 걸어 주면 좋을 텐데."
내가 말하자, 엄마가 바보 같은 소리 말라며 미간을 찌푸렸다.
"와 주는 것만으로도 고마운데 우리가 먼저 말 걸면 부담되잖아. 가족도 아닌데 가도 그만, 안 가도 그만이지. 남의 묘지는 딱 그 정도가 좋은 거야."
엄마는 쓸쓸하게 웃더니 갑자기 표정을 바꿨다.
"근데 넌 가지 마."
"어딜?"
"절연 맨션."
"모모 누나 아직도 거기 살아?"
"그런가 봐. 그러니까 모모코랑 친해져도 맨션에는 가지 마."
"친해질 일도 없을 텐데 뭐."
난 아무것도 모르는 척하며 가지튀김에 소스를 뿌렸다.
옛날에 우리 가족이 살던 맨션 옥상에는 절연의 신을 모시는 신사가 있었다. 그래서 동네에선 절연 맨션이라는 불길한 이름으로 부르기도 했다. 임대인이자 구지였던 부부가 옥상 관리를 잘해서, 맨션 주민들은 노천카페처럼 휴식 공간으로 이용했지만.

주민들은 정원 테이블이나 벤치에서 차를 마시며 구지 부부와 수다를 즐겼고, 아이들은 여름이 되면 약속이라도 한 듯 담력 훈련을 했다. 참, 내가 겁을 잔뜩 먹어서 오줌을 지렸던 게 어느 해 여름이었더라. 형이 허둥거리는 바람에 모모코 씨가 뒤치다꺼리를 해 준 기억이 났다.

이사할 때는 섭섭했다. 낡았지만 구석구석까지 손길이 닿아 있는 건물, 다정한 구지 부부와 아름다운 옥상 정원. 우리 가족에게 그 맨션은 추억 어린 장소였는데,

"역시 불길한 곳이었나 봐."

형의 장례를 치른 뒤에 엄마가 불쑥 중얼거렸다. 형은 모모코 씨랑 사귀게 되면서 옛날 우리 보금자리였던 맨션에서 자주 데이트를 했다. 인연을 끊어 버리는 불길한 신령님을 모시는 곳에 들락거리니까 형을 데려간 게 아닐까.

생트집이란 걸 엄마도 알 테지.

그런데도 가족이 다시 그곳에 들락거리는 모습은 보고 싶지 않은 것이다.

그게 부모 마음이겠거니 하며 뒷주머니에서 알약 케이스를 꺼냈다. 유리구슬보다 작은 하얀 알약을 녹차로 대충 삼키고

나면, 내 의미 없는 하루도 겨우 끝이 났다.

목욕을 마치고 침대에 드러누웠다. 젖은 머리 때문에 베개가 축축해지는 건 싫었지만 머리를 말리기도, 베개에 수건을 깔기도 귀찮았다. 오늘은 예상치 못한 지인을 만난 탓인지 침울했다. 요즘 기분 괜찮았는데, 하는 생각이 들자 모모코 씨가 원망스러웠다.
'또 말 걸면 귀찮아서 어쩌지.'
다음 진료를 생각하며 우울해하고 있는데, 테이블 위에 놔둔 휴대전화가 울렸다. 몸이 벌떡 튀어 올랐다. 우울증을 앓으면서부터 갑자기 나는 소리에 민감해졌다. 액정 화면에는 '마유'라고 표시되어 있었다.
"여보세요, 모토이?"
부드럽고 달콤한 목소리를 들으니 마음이 놓였다.
"고생했어. 오늘도 늦었네. 연장 근무?"
벌써 10시를 지나고 있었다. "응, 배고파." 하고 웃는 마유의 목소리 뒤편으로 지하철 안내 방송이 들렸다. 거긴 도쿄구나. 그리움과 압박감 때문에 온몸이 술렁였다.
마유와는 사귄 지 3년째다. 건설 회사에 다닐 때는 미팅 제의가 자주 들어왔고, 마유도 거기서 만났다. 마유는 학창 시절에 잡지 독자 모델을 할 정도로 예쁘고 성격도 좋았다. 내가 우울증 진단을 받았을 때는 진심으로 걱정해 줬고, 이렇게 되기 전에는 결혼 이야기도 나왔었다.

"몸은 좀 어때?"

"괜찮아. 약 줄였는데도 큰 이상 없고."

"다행이다."

안도의 한숨이 새어 나왔다. 날 걱정하는 여자가 있다고 생각하면 참 든든했다. 하지만 그 든든함에 천천히 잠겨 들기도 전에, "일자리 구하는 건 어떻게 되고 있어?" 하고 질문이 이어졌다.

"의사가 우선 치료를 마치는 데 집중하래."

"그래. 지금은 건강해지는 게 우선이지."

"응, 서둘러서 되는 일이 아니더라고."

나는 여유로운 척 대답했다.

"평생이 걸린 일이니까 잘 생각해서 조건이 맞는 곳을 골라야지. 자기 경력이면 어디든 탐낼 거야. 참, 우리 선배 시아버지가 G 건설 부장님이시래. 자기 이야기 했더니 건강해지면 소개해 줄까? 하고 물어보더라."

"G 건설이라. 거긴 해양 토목 건설 회사라서."

"싫어?"

"싫은 게 아니라 해양 토목 쪽은 전문성이 뛰어나야 해. 내가 하던 일하고는 영역이 달라."

"그래? 몰랐어."

마유가 한숨을 내쉬었다. 이번엔 낙담한 기색이 역력했다.

"마유, 이런 말하기 좀 그런데."
"무슨 말?"
"주위 사람들한테 되도록 내 얘기 안 했으면 좋겠어."
"왜?"
"우울증으로 회사 그만뒀다고 하면 듣기에 안 좋잖아."
"아니야. 요즘엔 그런 사람 많아."
"그래도 일할 사람 찾는 건데 그렇게 부실한 녀석을 누가 채용하고 싶겠어. 게다가 마유 지인이면 나도 오래 알고 지낸 거나 마찬가지니까 그런 민망한 이야기 듣기 싫어."
"……아, 그렇구나. 그럴 수도 있겠다. 미안해."
"아니, 이건 내 고집이야. 정말 미안. 네가 날 위해서 여러 가지로 고민하는 거 알고, 엄청 고맙게 생각해."

진심에서 우러나온 말이었다. 우울증이 심해지면서부터 마유는 날마다 내가 사는 맨션에 다니며 식사와 자질구레한 것들을 챙겼다. 일을 마치고 지친 평일에도 싫은 내색 하나 없이 필요한 일 있으면 뭐든 말하라며 웃었다. 그 전에도 결혼 이야기는 간간이 나왔지만, 그때 진지하게 마유와 결혼하고 싶다는 생각이 들었다.

"미안해. 나 때문에 결혼도 미루고 있는데 뻔뻔하게 이런 말까지 해서."
"아니야, 내가 배려를 못 했어. 미안."

그렇게 말해서 솔직히 마음이 놓였다. 회복 중이라고는 해도 재취업 이야기가 나오면 심장 박동이 빨라진다. 압박감에서 비롯된 긴장이라는 걸 알지만 이러지도 저러지도 못한다.

"하아, 자기 보고 싶다."

마유의 목소리에서 폭신한 달달함이 묻어났다.

"이제 그만 도쿄로 돌아오지 않을래? 여기서 병원 다니면 되잖아."

폭신한 팬케이크 위에 뿌려진 꿀 같은 제안에 마음이 스르르 풀렸다.

"그럼 그럴까?"

"정말?"

마유 목소리가 확 밝아져서 안도의 미터기가 더 올라갔다. 사랑하는 여자가 날 필요로 한다는 사실이, 파도치는 바닷가의 모래처럼 위태로워진 자존심을 되살렸다.

"나도 그러고 싶어. 자기 혼자 도쿄에 뒀다가 다른 남자가 채 가면 안 되니까."

마유가 재미있는지 웃었다. 믿으니까 할 수 있는 농담이었다.

"근데 다시 올라가기까진 시간이 더 걸릴 거야."

"그래?"

"치료는 잘 진행되고 있는데 이제까지 뒤처진 걸 따라잡으려고 조바심치면 여진이 올 수도 있으니까 조심하라고 의사가 신신당부하더라."

마유는 응, 응, 하고 대답하며 진지하게 내 말을 들었다.

나는 너무 고역이라며 한숨을 쉬었다. 사회에서는 높이 평가 받을 긍정적인 사고나 노력이, 몸을 회복하는 데는 족쇄가 된단다. 우울증이라는 병은 나에게서 사회성을 철저히 앗아 가고 있었다.

"너무 깊이 생각하는 것도 안 좋으니까 천천히 준비해."

달래는 듯한 목소리에 말이 살짝 길었구나, 하고 깨달았다. 마유가 떠나지 않을 걸 아니까 무심결에 넋두리를 했는데, 너무 걱정을 끼쳐도 안 좋겠지.

"근데 이 상태로 가면 올해 안에 치료 끝날 거 같으니까 바로 올라가서 일자리도 본격적으로 알아볼게."

"그렇게 되면 좋겠다."

"응, 더 이상 자기 혼자 쓸쓸하게 두지 않을 거야."

그럼 조심히 들어가, 하고 밝은 목소리로 전화를 끊었다. 그리고 몇 초의 공백 후에 휴대전화를 쥔 손으로 침대를 내리쳤다. 그대로 벌러덩 옆으로 드러누워 눈을 감았다.

어쩐지 기분이 가라앉았다. 원인이 뭘까. 재취업 이야기를 해서 그런가. 도쿄로 오라고 해서 그런가. 마유는 내가 좋아서 걱정해 주고 있는데. 나도 이야기할 때는 기분 좋았는데. 그런데 왜? 어째서? 내가 어쩌다 이 모양이 돼 버렸지?

의사는 나 때문에 생긴 병이 아니라고 했다. 너무 지쳐서 몸과 정신을 제대로 작동시키지 못하는 것뿐이라고 했다. 병에 걸렸다고 해서 스스로를 탓할 필요는 없다고 했다.

그래도. 그래도. 그래도.

급격하게 가라앉는 느낌이 무서워서 몸을 웅크렸다.

오늘 밤엔 더 이상 아무 생각도 하지 마. 얼른 자 버려. 그게 상책이야.

아는데도 의지대로 따라주지 않는 머릿속에선 톱니바퀴가 삐걱삐걱 돌며 생각을 계속했다. 마유는 올해 서른이 됐다. 의류 회사 온라인 판매부에서 팀장으로 일하는데, 일은 재미있지만 아기도 빨리 갖고 싶단다. 그때는 나도 건강해서 나이 들면 출산하기 힘들다는 마유의 말에 맞아, 하고 고개를 끄덕였다.

'계산이 너무 빗나갔네.'

마유가 서른이 되기 전에 결혼해서 2년 안에 첫째를 낳자. 첫째는 딸이었으면 좋겠어. 가능하면 둘째도 갖고 싶은데, 둘째가 아들이면 더할 나위 없겠지. 가족이 늘면 교외에 집을 사자. 내 연봉이면 마유가 전업 주부를 해도 부족하진 않겠지만, 애들이 어느 정도 크면 일을 하는 편이 나을지도 몰라. 맞벌이하면 더 여유 있게 생활할 수 있으니까. 이런 이야기를 나눴던 게 마치 꿈만 같았다.

지금의 나에겐 사회적 가치가 거의 없다. 그런 생각은 좋지 않다는 걸 알지만, 자꾸 생각하게 된다. 직장도 없고, 돈도 못 벌고, 병든 몸으로 본가에 빌붙어 살면서 부모님한테 폐만 끼치고 있다. 이렇게 가치 없는 날 사랑해 주는 마유를 더 아껴야겠다는 생각이 들었다.

지금은 마유만이 나와 사회를 이어 주는 가느다란 실 같다.

마유를 위해서라도 빨리 건강해져야지. 빨리 도쿄로 돌아가야지. 빨리 새 일자리를 찾아야지. 빨리 결혼해야지. 빨리 아기를 가져야지. 빨리 부모님한테 손주 얼굴 보여 줘야지. 아이를 마음 놓고 기를 수 있는 집을 사야지. 아이가 성인이 될 때까지 부모로서 열심히 벌어야지.

딸각, 하고 갑자기 스위치가 꺼졌다.

세상이 사라져 버린 것처럼 머리가 텅 비었다.

그러자 손가락 하나 까딱하기도 귀찮아졌다. 아아…….

일어나 보니 집 안이 쥐죽은 듯 조용했다.

죽은 형의 기일이라 부모님은 성묘하러 갔다. 점심에는 친척들과 합류해서 보통 장어를 먹으러 가기 때문에, 선물로 장어덮밥을 사 오겠다는 메모가 남겨져 있었다.

난 최근 몇 년 동안 성묘를 가지 않았다. 일할 때는 너무 바빠서 고향에 내려오지 못했고, 귀한 명절 연휴에는 쌓인 피로를 풀고 마유와 데이트하는 게 우선이었다. 그래도 연말에는 얼굴을 비쳤다. 부모님과 묵은해를 끊어 내는 국수를 먹고, 고향의 수호신이 모셔진 동네 신사에 가서 새해 소원을 빌고, 엄마가 해 준 집밥을 먹으며 맛있다고 말하고, 그것만으로 아들의 의무를 다한 것처럼 신정 연휴가 채 끝나기도 전에 도쿄로 올라갔다.

'그게 무슨 효도야.'

바쁜 몸으로 고향에 내려온 것만으로도 대단하지 않느냐고 거만을 떤 거지.

대충 라면을 끓여 먹고 샤워에 면도까지 마친 다음, 말끔한 옷으로 갈아입었다. 날마다 뒹굴뒹굴하고만 있는데, 형 성묘까지 안 가면 부모님 볼 낯이 없다. 원래는 부모님과 함께 가야 하는데, 두 사람은 아무 말이 없었다. 친척들을 피하고 싶어 하는 내 마음을 배려한 거겠지. 고마웠지만 그런 내가 한심스러웠다.

8월의 오후 2시는 살인적인 무더위가 기승을 부린다. 고작 역까지 걸었는데 뒤통수가 타들어갈듯 뜨거워졌다. 형의 기일은 옛날부터 햇볕이 쨍쨍할 때가 많았다. 하지메가 해님 같은 아이어서 그렇다는 말이 추억담에 빠짐없이 등장하지만, 지금쯤이면 다들 장어덮밥집으로 피신해 있겠지.

전철과 버스를 갈아타고 공원묘지로 향했다. 산 중턱까지 가는 동안 초록빛은 점점 짙어졌고, 차창 너머로 비쳐 드는 햇살이 눈부셔 실눈을 떴다. 완만하게 구부러지는 언덕을 올라가면서 이렇게 여름다운 여름을 느껴 보는 게 참 오랜만이라는 생각이 들었다.

종점인 공원묘지 앞에서 내려, 산에서 불어오는 시원한 바람에 한숨을 돌렸다. 입구에서 성묘 세트를 산 다음 사카구치가 묘지가 있는 구획으로 걸어갔다. 뒤돌아보니 시내가 멀리 내다보여서 상쾌하고, 어릴 때부터 여러 번 온 곳이라 정겨운 느낌마저 들었다. 나도 여기에 잠들려나, 하고 생각했다.

형의 묘지 앞에는 웬 여자가 혼자 앉아 있었다. 친척이면 괜히 귀찮아지니까 발길을 돌리려는 찰나, 여자가 내 쪽을 돌아봤다. 눈이 마주치고 나서야 모모코 씨라는 걸 알았다. 알아본 이상 그냥 돌아갈 수도 없어서, 귀찮은 마음이 표정에 드러나지 않도록 애쓰며 묘지로 다가갔다.

"힘들게 와 주셔서 고맙습니다."

가족으로서 머리를 숙이자, 모모코 씨도 가볍게 인사하며 자리에서 일어났다.

모모코 씨가 자리를 비켜 줘서 형에게 꽃을 바치려 했지만, 부모님과 친척들이 바친 꽃으로 이미 가득 차 있었다. 그 밑에 흰 꽃과 파란 꽃을 섞은 아담한 사이즈의 꽃다발이 있었는데, 그게 모모코 씨 꽃 같았다. 내 꽃도 그 옆에 놓고 향을 피우려는데, 주머니에 라이터가 없었다.

성묘를 게을리한 데다 올 때는 항상 가족들과 함께 와서 챙길 생각을 못 했다. 모모코 씨가 웃으며 라이터를 내밀었다. 바람막이가 달린 성묘용 검은색 라이터였는데, 이 사람 삶에 성묘가 뿌리내려 있는 게 훤히 보였다.

손을 모으고 우선 오랜만에 와서 미안하다고 형에게 사과했다. 그런데 그 다음 말이 나오지 않았다. 형이 죽었을 때 난 겨우 초등학생이었다. 다신 형을 볼 수 없단 생각에 슬프긴 했지만, 2학기가 되자 언제 그랬냐는 듯 학교에 다니며 친구들과 활기차게 뛰놀았다. 그래도 형이 살아 있을 때 그대로인데 형만 없는 방 앞을 지나칠 때마다, 묘하게 텅 비어 버린 듯한 기분에 사로잡혔던 기억이 났다.

형이 죽은 후로 부모님은 뭔가에 겁을 먹은 것처럼 내 응석을 전부 받아 줬다. 난 자랑이었던 형을 따라 지역 어린이 축구단에 들어갔고, 바로 주전 자리를 꿰찼다. 감독 선생님들은 역시 하지메 동생이라며 감탄하고, 부모님도 기뻐하는 것 같아서 나 역시 만족스러웠다. 그러나 고등학교에 입학하고 나서 럭비로 전향했다.

"축구가 왜 싫은데?"

엄마가 보채듯 묻자, 대답하기에도 지쳐 버린 날 보며 아빠가 말했다.

"모토이는 모토이야. 하고 싶은 대로 내버려 둬."

엄마의 표정이 달라졌다. 그래, 미안해, 하고 사과해서 마음이 불편했다.

눈을 감고 손을 모은 채 강렬한 햇살에 목덜미를 그을리며, 완전히 나아서 이미 옅어진 생채기 같은 추억을 덧씌웠다. 지금껏 잊고 살았는데, 어쩐지 그때 엄마의 표정과 그때 느꼈던 자기혐오까지 선명하게 떠올랐다.

일어나서 뒤돌아보니 여전히 모모코 씨가 있었다. 추억 이야기라도 나누고 싶은 걸까. 약간 귀찮아하고 있는데, 모모코 씨가 잠시 실례한다며 양해를 구하더니 묘지에 바친 과자를 집어 들었다.

"음식을 놓고 가면 새들이 어지럽히거든."

모모코 씨는 날 기다린 게 아니었다. 어쩌다 보니 둘이서 나란히 걸었다. 성묘에 필요한 물품들이 놓여 있는 매점 옆에 지붕이 달린 정자가 여러 개 있었다. 다음 버스가 올 때까지 시간이 꽤 남아서, 우린 그중 하나에 자리를 잡았다. 두 개 건너에 있는 정자에선 한 가족이 도시락을 먹고 있었다. 작은 웃음소리가 들려서 어쩐지 소풍 같았다.

"오늘은 가족들하고 따로 왔어?"

"아, 네. 친척들하고 마주치면 귀찮아져서요."

역시 추억 이야기로 빠지는 건가, 하고 앞으로 펼쳐질 귀찮은 시간들을 생각했다.

"맞아. 나도 친척들이랑 마주치기 싫어서 그 마음 알아."

"그래요?"

"결혼은 언제 하느냐, 아예 할 맘이 없느냐, 노후는 어떻게 할 거냐 혼내고 나서, 사흘 후에 맞선 볼 사람의 신상명세서를 보내. 거절하면 배가 불렀다면서 또 혼내고."

"힘들겠네요."

나는 약간 움찔했다. 갑자기 개인적인 이야기를 털어놓는 여자는 위험하다. 되도록 얽히기 싫어서 동화되지 않으려 애쓰고 있는데, 어디서 꼬르륵하고 작은 동물이 낼 법한 소리가 났다.

"아, 미안."

모모코 씨 배에서 나는 소리였다. 모모코 씨는 아침부터 먹은 게 커피가 전부라며 아까 묘지 앞에서 챙겨온 과자를 가방에서 꺼냈다. 막대형 콘스낵인 우마이봉 살라미 맛이었다.

"너도 먹을래?"

"네, 고맙습니다."

내가 안 먹으면 모모코 씨도 먹기 불편하겠지. 근데 왜 우마이봉일까. 성묘 음식이면 더 그럴싸한 전통 과자나 술 같은 것도 있을 텐데.

"사카구치가 이걸 좋아했어."

"아……."

그러고 보니 형은 패스트푸드나 불량 식품을 좋아하는 고등학생이었다. 알았는데도 시간이 흘러가면서 옅어지는 기억. 가족인 나조차 그러한데, 모모코 씨 가슴속에는 지금도 이십 몇 년 전 고등학생의 모습으로 형이 살아 숨 쉬고 있었다. 나는 손에 든 우마이봉을 물끄러미 바라봤다.

"그렇구나. 모모코 씨, 형 여자친구였죠."

두 사람 사이를 우마이봉으로 실감하다니 묘한 느낌이었다.

"사카구치가 인기가 많아서 좋은 반면에 힘든 일도 많았어."

모모코 씨가 멀리 풍경을 내다보며 미소 지었다.

"주위에서 못살게 굴었죠?"

"어떻게 알았어?"

"그냥요. 비너스 사건은 들은 적 있어요."

"그땐 진짜 너무했어. 위로해주기는커녕 배꼽 잡고 웃는 거 있지?"

"활기가 넘치는 사람이었으니까요."

맞아, 하며 모모코 씨가 진짜 재미있다는 듯 웃었다. 내가 한 말에 누군가가 이렇게 웃는 게 오랜만이어서 괜히 기분이 좋았다.

"맨션 옥상에 신사 있었던 거 기억나? 해마다 여름이면 거기서 맨션 아이들끼리 담력 훈련 했는데, 사카구치가 리더를 맡았던 해가 유독 재밌었잖아."

"그때 일은 떠올리고 싶지 않아요."

내 말에 모모코 씨가 작게 웃음을 터트렸다.

"방금 뭐 기억났죠?"

"아니야, 아무것도."

"모르는 척 안 해도 돼요. 제가 오줌 지린 사건이잖아요."

뾰로통하게 말했더니, 모모코 씨가 미안하다면서 다시 깔깔대고 웃었다.

"사카구치가 그런 이벤트에 엄청 의욕이 넘쳤잖아. 그때도 어머니께 낡은 이불보 달라고 해서 머리까지 뒤집어쓰고 고마이누 뒤에 숨어 있다가 깜짝 놀라게 할 계획이었어. 토마토 주스를 피처럼 이불보에 뿌릴까, 아니면 아무것도 안 하고 조용히 귀신처럼 등장하는 게 좋을까 진지하게 고민하더라. 결국 스펙터클한 장면을 연출하려고 토마토 주스를 선택했는데, 네가 오줌을 지려서 사카구치가 엄청 뿌듯해했어."

내 흑역사가 모모코 씨에겐 눈부신 추억인 모양이다. 모모코 씨는 동생이 모르는 당시 형의 생생한 말과 행동 하나하나를 반짝거리는 보석처럼 이야기했다.

'역시 아직도 형을 좋아하는 게 아닐까.'

그런 지고지순한 여자가 어디 있냐는 엄마의 목소리가 되살아났다.

확실히 일리가 있는 말이다. 죽은 남자친구를 계속 품고 산다니 10대 소녀라면 로맨틱하다고 하겠지만, 모모코 씨는 형이랑 동갑이니까 올해 마흔이다. 그걸 깨달은 순간 로맨틱이란 단어는 훅 날아갔다. 그 나이에 지나치게 외길인 여자는 무섭다. 너무 부담스럽다.

오늘 모모코 씨는 검은 정장이 아니라 베이지색 원피스를 입고 왔다. 화장도 옅고 나이에 비해선 피부가 깨끗하다. 전체적인 분위기로 봐서는 자연스러운 스타일을 선호하는 듯하다. 인테리어는 레트로 아니면 심플, 식사는 건강식. 데이

트할 때는 도자기로 만들어진 작은 새 모양 브로치를 가슴에 달고, 라탄 가방을 들고 나올 테지. 여자가 보기엔 자연미가 묻어나고, 남자가 보기엔 섹시하지 않은 타입.

나는 더 선명한 여자가 좋다. 예쁘고, 착하고, 너무 화려하지 않을 만큼 멋도 부릴 줄 알고, 요즘 사회가 어떻게 돌아가는지 기본은 알지만 과시하지 않고, 요리와 집안일을 잘하고, 아이도 좋아하고……. 속으로 나열하다 보니 모델하우스 같은 여자라는 생각이 들어 조금 부끄러웠다.

"왜 그래?"

모모코 씨가 날 봤다. 어느새 대화가 끊겨 있어서 조바심이 났다.

"아, 아니에요. 근데 모모코 씨는 결혼 안 하세요?"

질문하고 바로 후회했다. 그 나이대 여성의 지뢰를 밟고 말았다.

"아, 그게, 죄송합니다. 요즘 세상에 결혼은 해도 그만, 안 해도 그만인데."

"안 해도 그만은 아니야."

거둬들인 질문을 선뜻 다시 빼앗아가서 내가 더 당황했다.

"아까 말했잖아. 내 또래 여자들한테 결혼은 엄청 대단한 일…… 이라고 다들 생각해. 그 점에 관해선 조금이라도 틈을 보이면 엄청 시달리게 되지. 내가 이마에 유성 펜으로 '결혼하고 싶다!'라고 크게 써 놓기라도 한 것처럼 참견을 한다니까."

"다들 모모코 씨 걱정해서 그러는 거 아닐까요?"

"그래. 내가 외로우면 죽는 토끼 같나 봐."

"고독은 죽음의 원인이 되기도 하죠. 토끼가 외로우면 죽는 다는 말은 헛소문인 모양이지만."

"나도 실제 토끼처럼 외로워서 죽을 예정은 현재까진 없어."

말투에 웃음이 터졌다.

"그럼 정말 결혼 생각 없으세요?"

"선택지가 두 개뿐인 그 질문 방식이 참……."

모모코 씨가 한숨을 쉬더니, 우마이봉 봉지를 세로로 죽 뜯었다. 옛날 생각을 불러일으키는 구수한 냄새가 나한테까지 났다. 나도 이끌리듯 봉지를 뜯어 한 입 베어 물었다. 그래, 이런 맛이었지.

"절대 결혼 안 하겠다고 결심한 건 아니야. 근데 상대가 없으니까."

"그러니까 다들 소개해 주잖아요."

"그걸 내가 꼭 고맙게 여겨야 해?"

나는 조금 생각하다가 아뇨, 하고 고개를 가로저었다.

"눈곱만큼도 고마워할 필요 없어요."

바라지도 않았는데 강요하면 성가시기 그지없다.

"그렇지? 거절하는 데도 엄청 마음 쓰이고, 조심스레 거절하면 배가 불렀다는 소리나 듣고."

"그러게요, 어쩌면 좋을까요?"

"게다가 맞선 상대한테 거절당할 때도 있고."

"아……."

"진짜 이러지도 저러지도 못하겠다니까."

모모코 씨는 왼손을 뒤로 짚더니, 경치를 바라보며 우마이봉을 먹었다.

"작년까지는 아등바등했는데, 약간 심경의 변화를 겪고 나서 후련해졌어. 솔직히 외로울 때도 있고 미래를 생각하면 불안하지만, 뭐 별수 있나."

모모코 씨가 윗입술에 묻은 과자 가루를 날름 핥았다.

나는 여우한테 홀린 기분으로 그 옆에 앉아 있었다.

이렇게 말하기 편한 사람인 줄 몰랐기 때문이다.

근데 곰곰이 생각해 보면 옛날부터 그랬던 것 같다. 언뜻 보면 온순하지만 똑 부러지고 정이 많은 누나라, 내가 담력 훈련 하다가 오줌을 지렸을 때도 은폐 공작을 해 줬다.

"모토이, 걱정 마. 팬티만 갈아입으면 끝나는 일이니까."

부끄러워서 흐느껴 우는 나한테 용기를 주고, 집에 가서 몰래 내가 갈아입을 옷을 챙겨 오라고 형한테 시키고, 오줌 지린 팬티와 바지는 옥상에서 빨아 줬다. 형은 이불보를 뒤집어쓰고 허둥거린 게 다였다. 모토이 미안해, 하고 사과하던 한심한 표정이 생각났다.

마음이 한결 편해졌다. 오줌 지린 팬티를 빨아 준 사람 앞에서 아무리 폼을 잡은들 무슨 소용이 있을까. 애당초 지금의 나에겐 부릴 허세조차 없었다.

"저, 우울증 때문에 일 그만두고 본가에 내려와 있어요."

긴장이 풀려서인지 말을 툭 흘리고 말았다. 모모코 씨는 놀라지 않았고, 이유도 묻지 않았다. 멘털 클리닉에서 오랜만에 다시 만났으니 짐작은 했겠지.

"올해 서른셋인데 도쿄에서 여자친구가 기다리고 있어서 엄청 초조해요."

난 알맹이 없는 과자 봉지를 만지작거리며 말했다.

"얼마 전부터 약을 줄이고는 있는데, 어쨌든 깨끗하게 나아서 빨리 일자리를 구하고 싶어요. 1년이라 해 봐야 금방이고 일하는 스킬도 점점 진보하니까, 지금 이 순간에도 뒤처지고 있다고 생각하면······."

한번 입을 여니 푸념과 불안이 끊임없이 쏟아졌다. 고향에 내려온 후로 누군가에게 심경을 털어놓기는 처음이었다. 부모님이나 여자친구한테는 걱정 끼치기 싫고, 친구한테는 자존심이 상해서 말하지 못했다. 모모코 씨는 내 안에 쌓여 있던 말들을 묵묵히 들어 줬다.

그러는 사이 버스가 도착해서 우리는 올라탔다.

"죄송해요, 갑자기 무거운 이야기해서."

좁은 2인용 의자에 앉자 갑자기 부끄러워져서 사과했다.

"신경 쓰지 마. 근데 넌 여전하구나."

"네?"

"옛날부터 엄청 착실했잖아."

"착실해요? 제가요?"

난 오히려 개구쟁이란 소리를 자주 들었다. 모모코 씨는 후훗 웃었다.

"커서는 어땠는지 모르지만, 내가 아는 넌 항상 형 뒤꽁무니를 쫓아다니면서 형 흉내만 냈어. 형이 축구를 하니까 너도 축구를 하고 싶어 했지. 꼭 형처럼 될 거라며 공원에서 늦게까지 드리블 연습하느라 저녁 먹을 시간이 됐는데도 안 들어와서, 다들 걱정하며 찾아다녔던 기억이 나."

"아, 그건 저도 기억나요."

"형이 읽은 책을 따라 읽고 싶어서 아직 안 배운 글자가 나오면 열심히 사전을 뒤지더라. 난 내심 대단하다고 생각하면서 지켜봤어. 넌 천성이 엄청 착실한 사람이야."

"그런가요? 전 잘 모르겠는데."

듬직하고 강하고 따뜻했던 형은 내 자랑이었다. 형처럼 되고 싶어서 뭐든 따라 하려 했다. 형이 죽은 뒤로도 계속 형 흉내를 내 왔던 것 같다. 태양 같았던 형처럼 운동에 열중하고, 형 대신 건강하고 밝게⋯⋯. 비록 지금은 본가에 빌붙어 사는 백수 신세지만.

"아뇨, 아무리 생각해도 전 착실한 사람 아니에요."

형이라면 우선 우울증 따위에는 걸리지 않았을 것이다.

"그런가? 힘든데도 빨리 일하고 싶어 하는 모습 보면 엄청 착실한 것 같은데."

"서른셋에 백수면 사회적으로 죽은 거나 다름없으니까요."

"난 복권 당첨되면 그 사회적 죽음을 기꺼이 받아들일 작정인데?"

"복권이요?"

갑자기 이야기가 샛길로 빠졌다.

"당첨되면 뭘 할까 상상하는 게 낙이야."

모모코 씨는 들뜬 표정으로 허공을 여기저기 둘러봤다.

"일하기 힘들잖아. 일주일에 5일, 까딱하면 6일. 읽고 싶은 책도, 보고 싶은 영화도, 가고 싶은 곳도 점점 쌓이기만 하고. 노동하는 기쁨을 느낄 때도 있지만, 대개는 빨리 집에 가고 싶어. 클리닉은 아담해서 안 그런데, 옛날에 다녔던 병원은 직원이 많아서 인간관계도 버거웠거든."

사무직원이라는 이유만으로 신입 의사조차 아랫사람 취급하고, 일은 빈틈없이 하는데도 결혼도 못 한 외로운 사람이라고 따가운 시선을 보낸다. 누가 실수하면 남자 상사가 혼내는 역할을 맡으라고 강요한다. 최대한 배려해 가며 혼내도 편애를 한다는 둥 갱년기라는 둥 하면서 질색한다.

"애를 안 낳아서 정치인들한테 쓸모없는 사람 취급당하는 덤도 가끔 따라오지. 세금은 꼬박꼬박 내는데. 그런 와중에 살아 있는 것만으로도 난 장하다고 생각해."

"고생이 많으시네요."

"응, 그래서 한계가 오기 전에 이따금씩 토해 내고 있어."

모모코 씨는 답답함이 쌓이면 옥상 신사에 올라가 화난 일을 가타시로에 적고, 부적함에 넣어서 연이 끊어지길 빈다고 한다. 위안에 가깝지만, 그래도 조금은 후련해진단다.

"폭발하지 않게 내 마음을 어르고 나서 다음 날에도 꾸역꾸역 일해. 근데 컴퓨터 앞에 앉아 키보드를 치면서도 복권 당첨 안 되려나, 당첨만 되면 당장 회사 때려치울 텐데, 하는 생각이 떠나질 않아. 난 특별히 아픈 데도 없는 건강한 사람인데 말이야. 그에 비하면 넌 일해야겠다는 의지가 강하잖아. 빨리 나아서 죽어라 일하고 세금을 내려는 거니까 그야말로 국민의 귀감 아니겠어? 더럽게 착실하다니까."

마지막에 '더럽게'라는 말까지 붙어서 칭찬인지 욕인지 알 수 없었다.

"미안. '더럽게'는 취소. 말하다 보니 흥분해서."

모모코 씨가 민망한 듯 고개를 숙여서, 나도 모르게 웃음이 터졌다.

참 오랜만에 누군가와 더 이야기하고 싶다는 생각이 들었다.

이 사람 앞에서는 체면을 차릴 필요도 없고 같이 있으면 편하다. 어릴 때는 인기 많은 형이 왜 모모코 씨랑 사귀는지 이해가 안 됐는데, 내 형이지만 보는 눈은 있었던 모양이다.

전철로 갈아탄 다음 조금 더 이야기하고 싶어서, 모모코 씨가 내리는 역에서 같이 내려 맨션까지 바래다줬다. 어릴 때 이후로 여기 온 건 처음이었다.

"우와, 오래된 건물인데 관리를 잘했군요."

"보면 알아?"

"외벽은 새로 칠한 지 2년이 안 됐네요. 금 간 데도 복구했고, 조경 식재도 잘 되어 있고요."

비록 밀려났다고는 해도, 원래 종합 건설 회사에서 근무하던 몸이라 건물 외관만 봐도 대충 어떻게 관리하고 있는지 파악된다. 모모코 씨는 자기가 칭찬 받은 것처럼 생글생글 웃었다.

"신사 들렀다 갈래?"

질문을 받고서야 이 맨션에 가지 말라던 엄마의 당부가 떠올랐다. 금기를 깨뜨린 게 살짝 꺼림칙해서 다음에 가겠다고 거절했다.

"모모코 씨, 안녕!"

인사하는 소리에 뒤돌아보니, 아빠와 아이가 서 있었다.

"모네, 안녕. 마트 다녀왔어?"

모네라 불린 여자아이 뒤에는 신경질적으로 생긴 남자와 가벼워 보이는 미남이 마트 봉지를 들고 서 있었다. 누가 아빠일까.

형의 여자친구

"모토이, 이쪽은 도리. 구니미 아저씨네 아들."

"네? 구지 아저씨 아들이요?"

신경질적으로 생긴 남자의 정체는 예전에 가끔 같이 놀았던 형이었다.

"도리야, 기억나? 옛날에 여기 살았던 모토이."

"기억나지. 사카구치 아저씨네 둘째 아들이잖아. 다 컸네."

"하아, 도리 씨도요."

피차 30대인데 '다 컸네'가 뭐야. 어릴 때는 표정이 풍부하지 않아서 차가워 보였는데, 지금도 별반 다르지 않았다.

"사카구치 씨?"

도리 씨 옆에서 모네가 고개를 갸웃거렸다. 나를 부른 줄 알았는데, 모네는 모모코 씨를 쳐다봤다. 모모코 씨가 미소 지으며 고개를 끄덕였다.

"오늘 사카구치 기일이었거든. 성묘 갔다가 동생이랑 우연히 만났어."

"그럼 사카구치 씨 동생이야?"

모네가 내 얼굴을 말똥말똥 바라봤다. 뭐지? 이 아이 나이면 형을 본 적이 없을 텐데. 맞아, 하고 당황하며 대답했더니 모네가 방긋 웃었다.

"동생이 이러면 형도 멋있었겠다."

"이러면?"

"모네, 그렇게 버르장머리 없이 말하는 거 아니야."

도리 씨가 나무라자 모모코 씨는 얼굴이 빨개졌고, 옆에 있던 가벼워 보이는 미남은 웃음을 터트렸다.

좀처럼 저물지 않는 여름 하늘 아래를 어슬렁어슬렁 걸어 다시 역으로 향했다. 고향에 내려온 후로 사람과 접촉하기를 거부했기에, 오늘 오랜만에 대화다운 대화를 한 것 같았다.

기분 좋은 피로감을 느끼며 걷고 있는데, 추억 어린 과자점이 눈에 들어왔다. 일본 전통 과자와 양과자를 함께 만드는 특이한 가게였다. 마주 보고 오른쪽에서는 전통 과자, 왼쪽에서는 양과자를 팔고 있었다. 어릴 때 우리 집은 생일이 다가오면 케이크는 반드시 여기서 샀다.

"옛날 생각나네. 여기 케이크 안 먹은 지 꽤 오래됐는데."
저녁식사를 마치고, 사 온 케이크를 부모님과 나눠 먹었다.
"그래, 그래, 바로 이 맛이야."
"나도 이상하게 여기 슈크림은 손이 가더라."
단 것을 싫어하는 아빠가 입을 크게 벌리더니 슈크림을 덥석 베어 물었다. 엄마가 입가에 크림이 묻었다며 티슈를 뽑아 건넸다. 좋아하는 모습을 보니 사 오길 잘했다는 생각이 들었다.
"근데 갑자기 어쩐 일이야?"
엄마가 물었다.
"그냥 샀어. 성묘 갔다가 형 생각나서."

"아, 하지메도 여기 케이크 좋아했지."

엄마가 불단을 바라봤다. 거기엔 이미 치즈 케이크가 놓여 있었다. 나는 절연 맨션에 갔던 일을 들키지 않으려고 서둘러 케이크를 입안 가득 넣었다가 고개를 갸우뚱거렸다.

"원래 이런 맛이었나?"

"뭐가 이상해?"

"아니, 옛날에는 더 맛있었던 거 같아서."

내가 말하자 그야 그렇지, 하며 엄마가 웃었다.

"오랫동안 도쿄에 있으면서 맛있는 음식에 입이 길들여져서 그래."

듣고 보니 디저트를 좋아하는 마유를 따라 도쿄의 유명한 가게는 한차례 훑었다. 그것들과 비교도 안 되는 밍밍한 맛에 어쩐지 마음이 복잡해졌다.

"어릴 적에는 생일이나 크리스마스 때 여기 케이크 먹는 게 큰 즐거움이었는데."

"어른이 돼서 세상이 넓어진 거야. 좋은 일이지."

"맞아. 근데 아마 또 먹고 싶어질걸?"

엄마의 말에 나도 그럴 것 같다고 생각했다. 어른이 돼 갈수록 감각에는 추억이라는 부가가치가 붙는다. 아무리 맛있는 맛을 알아도 엄마가 해 주는 집밥에 마음이 놓이는 건 그 때문이다.

씻고 나오는데, 평소와 달리 부모님이 거실에서 수다에 푹 빠져 있었다. 밤이 되면 항상 엄마는 주방 TV로 드라마나 요리 프로그램을 보고, 아빠는 거실 TV로 야구를 봤다. 우리 부모님은 사이가 좋은 편이지만, 결혼한 지 몇 십 년이나 지나면 특별히 할 이야기가 없다고 엄마가 전에 말한 적이 있었다.

"모토이가 케이크를 사 들고 오다니."

"집에 내려오고 나서 처음이잖아. 하지메 성묘도 가고."

"점점 좋아지고 있는 건가?"

"애 앞에서 그런 말 하지 마. 부담 느끼면 안 되니까."

"알아. 아무리 그래도 당신 고혈압인데 슈크림 하나를 다 먹으면 어떡해?"

"잔소리 그만해. 모토이가 힘들게 사 왔는데 먹어야지."

나는 발소리가 나지 않게 2층으로 올라갔다. 침대에 앉아 무심결에 드라이어를 집어 들었다. 우울증에 걸리면서부터 모든 일이 귀찮아졌다. 머리칼을 말리는 일, 양치질, 면도. 그걸 한다고 뭐가 달라지겠냐는 생각이 들었고, 그 생각은 모든 일로 뻗어 나갔다.

가장 심했을 때는 숨 쉬기조차 귀찮았다.

그런데 오늘 밤, 난 드라이어를 집었다. 계속 사용하지 않아서 먼지가 쌓여 있었지만 상관없었다. 뿜어져 나오는 뜨거운 바람으로 머리칼을 거칠게 휘저으며 부모님을 생각했다.

미리 대강 설명해서 그런지, 내가 비쩍 말라서 돌아왔을 때

부모님은 병이나 일에 관해 묻지 않았다. 부모로서 궁금했을 텐데 단 한 번도.

"얼마나 애가 탔을까."

항상 아무렇지 않게 대해 줘서 의식하지 못하지만, 부모님은 날 무척 걱정하며 아낀다. 그런 마음마저 부담스러워서 부모의 사랑을 모른 척하고 있었다. 내 마음은 어떤 부담도 버텨낼 수 없는 상태였다. 그런데 지금, 순순히 고마워하고 있는 내 모습이 당혹스러웠다.

나는 예전의 나로 돌아가려 하고 있었다.

줄곧 닫아 뒀던 커튼을 열자, 하늘에 뜬 달이 보였다. 밝은 밤이었다. 마른 머리칼에 가볍게 무스를 발라 매만졌다. 그 무스통에도 먼지가 쌓여 있었다. 도쿄에서 구입한 좋아하는 브랜드의 티셔츠와 반바지로 갈아입고 계단을 내려갔다.

"잠깐 나갔다 올게."

거실에 얼굴을 비치자 부모님이 날 쳐다봤다.

"응? 이 시간에 어딜?"

"좀 걷다 오려고."

"너무 늦었어."

엄마가 자리에서 일어나려는 찰나였다.

"모토이도 성인 남자야. 내버려 둬."

아빠가 말하자, 엄마는 나와 아빠를 번갈아가며 보더니 다시 앉았다.

"그건 그러네. 잘 다녀와."

걱정을 얼굴에 드러내지 않으려 애쓰는 엄마에게 다녀오겠습니다, 하고 집을 나섰다.

축축하고 뜨거운 공기가 피부에 들러붙었다. 열대야였다. 솟아나는 땀이 기분 좋아서 오랜만에 술이 당겼다. 우울증에 안 좋아서 절제하고 있을 뿐, 난 원래 술이 센 편이었다.

건설업계는 최첨단 기술을 사용하지만, 한 발만 안으로 들어가면 몸 쓰는 남자들이 모인 보수적인 사회이다. 윗사람이 술을 권하면 거절한다는 선택지는 존재하지 않고, 윗세대 또한 부하에게 술을 먹이고 싶어 한다. 신입 때는 접대 자리에 끌고 가서 시답잖은 개인기를 강요하고, 반쯤 재미로 술에 곯아떨어지게 만들었다. 이것도 신입의 일이니까 견디라고 선배들이 등을 쓰다듬어 주면 화장실에서 토하고 또 토했다.

그건 지옥이었어, 하고 생각하면서 밤하늘을 올려다봤다.

'그런데 난 다시 그 일을 해야겠지?'

좋은 기분이 사그라질 것 같아서 서둘러 생각을 멈췄다. 반바지 주머니에 한 손을 꽂고 역 쪽으로 밤거리를 걸었다. 선술집이라도 있으면 아무 데나 들어가야지 했는데, 유독 눈에 띄는 멋진 노천 바를 발견했다. 차양에 작은 백열전구를 점점이 내건 하얀 차. 서서 마시는 스타일이라, 손님들은 좁은 카운터에 턱을 괴고 맥주나 칵테일을 마셨다. 옆쪽에 사막의 유목민이 떠오르는 작은 텐트를 쳐 뒀는데, 그 안에도 손님이

형의 여자친구

있었다.

어디 한번 들러 볼까 하고 가까이 다가갔다가, 차 안에 있던 마스터와 눈이 마주쳤다.

"어? 사카구치 씨 동생?"

절연 맨션 앞에서 만난 가벼워 보이는 미남이었다.

"아, 그, 로 씨?"

"맞아. 하루에 두 번이나 만나다니 엄청난 우연이네. 여기 내 가게야. 시간 되면 한잔하고 가."

어중간한 지인과 세상 이야기를 하는 게 내키지는 않았지만, 그럼 한 잔만 하겠다며 맥주를 주문했다. 오랜만에 들어간 알코올은 빠르게 온몸을 돌았고, 바로 이동할 생각이었는데 두 잔째를 주문하고 말았다.

"동네에 이렇게 멋진 바가 있는 줄 몰랐어요. 언제부터 하셨어요?"

"3년 전부터? 근데 여긴 가끔 와. 날마다 여기저기 돌아다니거든."

"호오, 자유로워서 좋은데 단골이 안 생길 것 같네요."

"의외로 곳곳마다 꽤 생기는 편이야. 항상 여는 게 아니니까 지나가다가 보이면 온대. 사람은 언제든 갈 수 있다고 생각하면 뒤로 미루잖아."

맞는 말이다. 가까운 것일수록 익숙해져서 함부로 다루기 일쑤다.

"가끔은 제법 멀리 가서 한가롭게 장사하며 전국을 돌기도 해."

"부럽네요, 그렇게 일하는 거."

상사나 거래처 눈치 볼 필요 없이 내 삶의 주인으로 자유롭게 산다니.

"그것도 혼자 사니까 가능하지."

옆에서 술을 마시던 손님이 불쑥 말했다.

"처자식이 있으면 그렇게 홀가분하게 못 살아."

"그건 그렇죠."

내가 맞장구를 치자, 기혼자인 듯한 그 손님은 푸념을 늘어놓기 시작했다. 마누라랑 둘이 살 때는 그렇다 쳐도, 아이가 태어나면 생활은 완전히 달라진다. 연장 근무를 마치고 집에 가면, 마누라는 아이랑 이미 잠들어 있어서 깨지 않게 조심조심 밥을 데워 먹는다. 아침에 출근할 때는 의무적으로 쓰레기를 내놔야 하는데, 그런데도 용돈은 고작 3만 엔이다. 부족하다고 항의하면, 도시락 싸 줄까? 한다.

"좋잖아요, 아내의 사랑이 듬뿍 담긴 도시락."

"싫어. 사람들이랑 어울려야 하는데 나만 쪼잔하게 도시락을 어떻게 먹냐고. 근데 그렇게 말했더니, 회사에 여자 있는 거 아니냐고 의심하더라. 그래서 바보냐? 용돈이 3만 엔인데 바람피울 여유가 어디 있어! 하고 면박을 줬지. 하여튼 마누라란 사람들은."

"그럼 이혼하고 혼자 살지 그래요?"

로가 시원스레 말하자, 괜한 소리 말라는 대답이 바로 튀어나왔다.

"거봐요, 투덜투덜하면서도 결국 좋으니까 같이 사는 거잖아요."

그렇긴 한데, 하며 손님은 잔을 비우더니 한 잔 더 달라면서 빈 잔을 카운터에 놓았다.

"로 씨처럼 평생 결혼하고 인연이 없는 사람은 몰라."

"무슨 말이 그래요? 결혼은 못 해도 남친은 있는데."

로 씨가 여자처럼 말하며 장난스럽게 몸을 배배 꼬았다. 아무래도 로 씨는 게이인 모양이다. 일의 특성도 영향을 끼쳤겠지만, 이런 시골에서 커밍아웃 한 게이는 보기 드물다.

"다 떠나서 게이도 게이 나름대로 고충이 많다고요."

로 씨가 새 칵테일을 만들어 손님 앞에 놓았다.

"남자를 처음으로 사랑한 중학교 때부터 줄곧 벼랑 끝 인생에, 부모님은 다신 집에 들락거리지 말라며 우셨어요. 약부터 강물, 투신, 가스, 눈 덮인 산까지 뭐가 가장 편할까 진지하게 알아봤다고요."

"아, 저도 알아봤어요."

손을 들자, 두 사람이 날 봤다.

"모토이 씨도 게이야?"

"전 이성애자예요. 근데 우울증 걸려서 백수 됐거든요."

"아, 우울증? 우울증이라, 그거 참 성가시지."

두 사람이 얼굴을 찡그리며 고개를 끄덕였다. 그 가벼운 반응이 기분 좋았다. 취기가 도니 입이 제멋대로 움직여서, 농담을 섞어 가며 병이나 일에 관해 이야기했다. 로 씨와 손님에게도 우울증에 걸린 친구가 있는 모양이었다. 텐트에 있다가 주문하러 나온 젊은 여자도 중간에 합류했다.

"저도 우울증 때문에 두세 달 병원 다녔어요. 진짜 힘들더라고요. 차라리 죽는 게 낫겠다 싶었어요."

"그 정도면 나은 편이지. 내 친구는 대학교 때부터 10년 넘게 방에 틀어박혀 있다고."

"부모님도 많이 힘드시겠네."

우연히 같은 장소에서 만났을 뿐인 사람들과 아무 책임감 없이 대화를 나눴다. 취기 때문인지 바 차양에 내걸린 백열전구가 어른어른 부풀어 보였다. 그렇게 애틋한 즐거움을 맛보고 있는데, 주머니에서 휴대전화가 울렸다. 마유였다. 기분 좋게 전화를 받았다.

"여보세요? 나야. 혹시 자고 있었어?"

"아니야, 안 잤어. 이 시간까지 일한 거야?"

벌써 한밤중에 가까운 시간이라, 마유 목소리에서는 숨길 수 없는 피로가 배어났다.

"여름 세일 기간이잖아. 이 시기에 의류업계는 전쟁이야."

내가 지금 있는 이곳의 계절도 여름인데, 여름 세일이란 단어가 멀게만 느껴졌다.

"저기요, 누구랑 이야기하시는 거예요? 우울증 오빠."

취한 여자가 뒤에서 크게 소리치자, 손님들의 웃음소리가 겹쳐졌다.

"자기 지금 어디야?"

"아, 집 근처에 잠깐."

바로 얼버무렸지만 술자리의 소란스러운 분위기는 아무리 덮으려 해도 전해지고 만다.

"혹시 술 마셔?"

찔리는 구석이 있어 대답이 늦어졌다.

"……말도 안 돼."

"그게, 오늘 이런저런 일들이 있어서……."

형 기일이어서 성묘 갔다가 형의 여자친구였던 모모코 씨를 만났다고, 옛날에 살던 맨션에 갔다고, 오랜만에 기분이 좋았다고 말하려는 찰나,

"내가 이렇게 걱정하는데."

그 한마디에 마음이 무겁게 내려앉았다.

"술이 우울증에 안 좋은 거 알지?"

"알아."

"아는 사람이 왜 바에 있어?"

"미안."

"여자도 있지?"

"그냥 옆자리 손님이야."

"……모토이, 앞으로 어떻게 할지 진지하게 생각하고 있어?"

내 몸에 무거운 납덩이를 동여매서 발밑이 깊이깊이 가라앉는 느낌이었다.

누가 뭐래도 내 미래다. 당연히 진지하게 생각하고 있다. 초조하고 애타고 늘 불안하다. 그래서 더욱 병을 치료하는 일에 전념하고 있다. 그렇게 비축한 여력은 전부 사회에 복귀하는 데 쏟아야 한다. 술이나 마시면서 흥청거릴 때가 아니다. 나도 알고, 마유 말이 옳다. 하지만.

"나는 도쿄에서 맨날 좋기만 한 줄 알아? 일이 많으니까 과장은 심기가 불편하고, 우리 온라인 판매부는 실적이 올랐는데 점포 매출이 발목을 잡아서 보너스는 오히려 깎였고, 날마다 연장 근무하느라 힘들어 죽겠고, 가끔씩은 푸념도 하고 싶은데 자기한테 부담될까 봐 참았어. 너무 힘내라고 해도 안 되니까 하고 싶은 말도 제대로 못 하고……."

마유가 입을 다물고 얼마 지나자, 흐느껴 우는 소리가 들렸다.

"미안해. 자기가 애쓰는 거 알아."

"알긴 뭘 알아. 내 마음이 어떤지 자기는 하나도 몰라."

전화가 뚝 끊겼다. 다시 걸었는데 안 받아서 다섯 번째에 포기했다.

형의 여자친구

"오빠, 미안. 내가 괜한 짓 했나 봐. 방금 여친 맞지?"

여자가 술이 깬 얼굴로 사과했다. 다들 걱정스러운 눈길로 날 바라봤다. 또다시 항상 틀어박혀 있던 어둑한 곳으로 끌려 들어가는 느낌이었다. 네가 있을 곳은 여기야, 하고.

"아니야, 괜찮아. 나야말로 미안. 분위기 깨서."

로 씨에게 계산해 달라고 말하고 나서, "오빠, 미안해." 하고 여러 번 사과하는 여자한테 손을 흔들었다.

집에 가는 길, 발밑이 휘청거렸다. 머리에는 안개가 낀 것 같았다. 맥주하고 칵테일을 고작 두세 잔 마셨을 뿐인데, 우스울 정도로 술이 약해졌다.

행여 부모님이 깰까 조용히 2층으로 올라갔다. 바로 침대에 들어가 눈을 감았지만 의식은 또렷하기만 했다. 자고 싶다. 빨리 잠들어서 나를 내려놓고 싶다. 조바심을 내고 있는데, 마유의 울음소리가 들려서 눈이 번쩍 뜨였다. 꿈이라는 걸 깨닫고 나서야 내가 잠들었다는 사실을 알았다. 그런데 시간은 30분도 채 지나지 않았다. 커튼 너머가 어슴푸레하게 밝아질 즈음에야 장난감이 고장 나듯 겨우 깊이 잠들었다.

난 무엇에 이토록 겁을 낼까.

일. 여자친구. 미래. 불안은 많다. 하지만 그것들은 명확한 답이 나와 있다. 어떻게든 우울증을 치료하면 된다. 약은 잘 듣는다. 양을 줄였는데도 아무 문제없다. 괜찮다. 쓸데없는 생각을 하는 게 가장 안 좋다. 다 아는데, 왜 자꾸 생각할까.

"아는 사람이 왜 바에 있어?"

지당한 말이다. 왜. 왜. 왜. 마유의 질문에 나 자신이 겹쳐져 나선형으로 떨어졌다. 뒤틀리며 곤두박질친다. 큰일 났다. 위험하다. 위험해.

눈을 떠 보니 얼굴과 목덜미가 불쾌한 땀으로 미끈미끈하게 젖어 있었다.

오후 3시를 가리키는 시곗바늘을 본 순간, 죽고 싶었다. 아무것도 안 했는데 오늘이라는 하루의 절반이 끝나 버렸다. 대체 뭐 하는 짓일까. 쓸데없이 밥만 축내며 살고 있다. 관자놀이가 욱신거렸다. 온몸이 나른했다. 땀에 젖은 침대 시트가 찝찝했다. 그런데도 일어날 기력이 없었다.

마유가 다시 전화했을까. 미안하다고 문자라도 보내고 싶었다. 그런 생각이 드는데도 휴대전화를 집을 수가 없었다. 바깥세상과 연결되는 일이 나에겐 공포였다. 우울증이 심했던 때로 되돌아간 것 같았다. 더운데도 시트를 휘감아 웅크리고 있다가, 소변을 참지 못하고 저녁이 돼서야 1층으로 내려왔다.

"일어났어? 오래 자네."

주방에서 칼질을 하며 엄마가 인사를 건넸다.

"저녁에 카레 괜찮아?"

"……난 됐어."

엄마가 날 봤다. 잠깐 뜸을 들이더니, 아무 일도 없었다는 듯 다시 칼질을 시작했다.

"그럼 국수라도 삶아 줄까? 산뜻하니까 먹을 수 있지 않겠어?"

"괜찮아. 배 안 고파."

"알았어, 나중에라도 배고프면 말해."

화장실에 갔다가 거울 너머로 초췌한 나와 눈이 마주쳤다. 오랜만에 밤에 놀러 나갔는데 다음 날이 이 모양이다. 너무 티 난다. 그래도 엄마는 아무것도 묻지 않았다. 볼일을 보고 도망치듯 방으로 돌아왔다. 조금 건강해졌다고 갑자기 움직이면 여진이 온다. 의사가 그렇게 주의를 줬는데 난 정말 바보인가. 이제 술은 입에도 대지 말아야지.

이런 나를 가만히 놔둔 엄마한테 미안했다. 기분 좋게 케이크까지 사 왔구나 했을 텐데, 건방 떨며 외출했다가 우울해져서 다시 틀어박혔다. 서른셋이나 돼서 창피하고 꼴사납다. 형 대신 내가 죽었어야 했는데. 한번 우울해지니 생각이 계속 부정적인 쪽으로만 흘러갔다.

구원을 얻으려 뻗은 손끝에는, 손가락 끝마디만큼이나 작은 하얀 알약뿐이었다.

며칠 후, 겨우겨우 우울에서 기어 올라왔다.

마유한테 여러 번 사과 문자를 보냈는데, 오늘 아침에서야 짧은 답장이 왔다.

'사과는 됐어. 빨리 나을 생각이나 해.'

안심이 되면서도 진심으로 미안하다고 생각했다. 마음 써주는 게 부담스럽다는 말을 무슨 염치로 할 수 있을까. 걱정하면서 기다릴 수밖에 없는 사람의 애타는 심정은 부모님만 봐도 느껴진다. 아픈 남자친구가 바에서 술을 마시고 있으면 당연히 화도 나겠지. 나 같으면 당장 버린다.

"어머, 오랜만에 말끔하네."

면도를 하고 머리까지 매만지고 나온 나를 보며 엄마가 마음이 놓인 듯 말을 걸었다.

"잠깐 도쿄에 다녀올게."

"혼자?"

"응, 자고 올지도 모르니까 저녁은 차리지 마."

"이렇게 갑자기……."

당황한 엄마가 거실에 있는 아빠를 바라봤다.

"뭐 어때. 가끔 가서 스트레스 풀고 오면 좋지."

아빠가 거실에서 장기 채널을 보며 말했다. 엄마가 질책하는 듯한 눈길을 보내는데도 아빠는 모른 척했다. 엄마는 순간 울컥했지만 단념한 듯 잘 다녀오라고 했다.

현관에서 로퍼를 신으며 어제부터 닦아 놓았던 정장 구두의 날개 모양 구두코를 원망스럽게 쳐다봤다. 오늘 아침, 1년 만에 넥타이를 매고 정장을 입었는데 너무 안 어울려서 깜짝 놀랐다. 긴장감 없는 생활은 나에게서 '사회인다움'까지 빼앗아 갔다. 별수 없으니 깔끔해 보이는 캐주얼로 갈아입고 집을 나섰다.

역으로 걸어가면서 마유한테 뭐라고 프러포즈할지 생각했다.

다 낫고 나서 하려고 했는데, 이제 모양새를 따질 겨를이 없었다. 지긋지긋한 우울증 때문에 나뿐 아니라 마유의 인생 설계까지 틀어졌다. 더는 기다리게 둘 수 없었다. 치료는 순조로우니 올해 안, 늦어도 내년 봄까지는 완치되겠지. 반드시 완치된 모습을 보여 줄 것이다. 생각할 시간이 너무 많으니까 오히려 해롭다. 우선 목표를 세우고, 그 목표를 향해 움직이자.

"멍청한 놈, 공사 기한은 이미 정해졌다고!"

"늦지 않게 움직여!"

"그게 네 일이잖아!"

옛날의 내 고함 소리가 지금의 내 등을 떠밀었다. 걸음이 점점 빨라지더니 어쩐지 심장 박동까지 빨라졌고, 전철 안에 에어컨 바람이 나오는데도 땀이 찔끔찔끔 배어났다. 일단 예전에 살았던 절연 맨션 근처 역에서 내려, 그 과자점으로 갔다.

"어른이 돼서 세상이 넓어진 거야. 좋은 일이지."

"맞아. 근데 아마 또 먹고 싶어질걸?"

아빠가 좋아하는 슈크림과 엄마가 좋아하는 쇼트케이크를 샀다. 맛있기로 유명한 가게는 도쿄에 널렸지만, 내 고향의 추억 어린 빵을 마유한테 꼭 먹이고 싶었다.

디저트에 일가견이 있는 마유 입에는 맞지 않을 테지. 맛없어? 하고 묻자 쓴웃음을 짓는 마유의 모습을 상상했다. 우리는 그런 기억을 공유함으로써 하나로 이어진다. 부모님처럼 마주 앉아서 옛날 생각난다고 수다를 떨며, 별로 맛있지도 않은 케이크를 나눠 먹는 부부가 우리도 될 수 있을까.

"남자들은 어쩜 이렇게 로맨티스트일까?"

엄마의 어이없어하는 표정이 떠오를 즈음, 내 마음은 완전히 차분해졌다.

도쿄역에 오랜만에 갔는데도 갈팡질팡하지 않고 척척 움직였다.

출장 때문에 질릴 정도로 자주 갔던 역구내를 도쿄 사람인 척 걸어서, 지하철을 타고 마유네 집으로 향했다. 오늘은 쉬는 날이지만 갑자기 가는 거라 집에 없을지도 모른다. 그럼 올 때까지 기다려야지. 로맨틱한 구석은 눈곱만큼도 없는 데다 우울증까지 걸린 남자친구이니, 최소한 프러포즈 정도는 서프라이즈로 하고 싶었다.

초인종을 누르자, 운 좋게도 인터폰 너머로 마유가 바로 나왔다.

형의 여자친구

"마유, 나야."

"모토이?"

"갑자기 찾아와서 미안해. 꼭 하고 싶은 말이 있어서."

"……아, 잠깐만."

인터폰이 끊기고 문이 열릴 때까지 잠깐 기다려야 했다. 방을 치우는 걸까.

"기다리게 해서 미안."

현관문을 열고 마유가 얼굴을 내밀었다. 산뜻한 흰색 여름 니트에 스키니진. 그새 머리가 약간 긴 것 같았다. 당황한 듯 나를 보는 커다란 눈망울에, 가슴이 단박에 벅차올랐다.

"갑자기 와서 정말 미안. 얼굴 보면서 하고 싶은 얘기가 있어."

집 안으로 한 발을 들이고 나서야, 현관에 여자 신발이 여러 켤레 놓여 있음을 알아챘다.

"미안. 친구들 와 있어. 미나랑 애들."

나도 아는 마유의 대학 시절 친구들이었다. 여럿이 있으리라고는 예상치 못했기에 카페에서 기다릴까 했는데, 안에서 "사카구치 씨!" 하고 밝은 목소리로 불렸다.

거실로 들어가자, "오랜만이에요." 하고 한꺼번에 인사했다. 갑자기 시야가 화사해져서 눈을 깜빡였다. 연보라, 핑크, 오렌지. 마유 친구 중에는 잘 꾸미는 애들이 많았다. 테이블 위에는 빛깔이 예쁜 요리와 와인병이 놓여 있었다.

"모처럼 재미있게 노는데 미안해. 실례할게."
"갑자기 오면 어떡해? 다들 정말 미안."
내 말에 덧씌우듯 마유가 말했다.
"신경 쓰지 마. 사카구치 씨, 이쪽으로 앉으세요."
"마실 거 드릴까요? 저희는 스파클링 와인 마시는 중이었는데."
"모토이는 가벼운 음료가 나을 것 같아. 주스? 아니면 차 마실래?"

마유가 말하자 다들 수긍하는 듯한 표정을 지었다. 학창 시절부터 친했던 애들이니까 내 병도 알고 있을 테지. 일을 그만두고 현재 백수라는 것도. 한심한 기분을 애써 감추고 고마워, 하고 억지웃음을 지으며 자리에 앉았다.

우롱차로 건배를 하고 무슨 말을 할까 고민할 틈도 없이 마유 친구들이 먼저 이야기를 시작했다. 최근에 본 영화와 TV 프로그램, 시사 뉴스, 날씨가 오락가락해서 뭘 입어야 할지 모르겠다는 옷 투정. 다 무난한 화제뿐이라 점점 배겨 내기가 힘들었다.

일이나 본인들의 남자친구에 관한 이야기는 한마디도 하지 않았다.

미소를 유지하며 빈틈없이 날 배려하는 게 느껴졌다.

마유 친구들이 고개를 흔들 때마다 귓가에서 귀걸이가 반짝거렸다. 유리잔을 쥔 손가락 끝에는 화사한 매니큐어가 칠해져 있었다. 테이블 위에는 나무 도마에 플레이팅한 샤퀴테리와 바게트, 올리브 절임, 옅은 핑크오렌지빛 스파클링 와인. 잘 꾸미고 배려도 잘하고 재치까지 있는, 그야말로 도쿄 여자 느낌이었다. 나도 이런 여자들을 좋아했다.

'진짜 연락이라도 하고 올걸 그랬네.'

아무렇지 않은 듯 화장실로 도망쳤는데, 세면대 선반에 T자 모양의 검은색 면도기가 있었다. 마유는 그런 처리를 주로 에스테티크에서 하고, 홈 케어 기구도 갖추고 있다. 그건 아무리 봐도 편의점에서 급한 대로 산 듯한 면도기였다.

거실로 돌아가자, 내가 가져온 케이크 상자가 열려 있었다.

"얼른 와. 우리가 케이크 열었어."

마유가 말하더니 슈크림과 쇼트케이크를 잘라서 작은 접시에 나눠 담았다.

"이거 어디 케이크야? 처음 보는데, 새로 생겼나?"

"고향에 있는 오래된 가게에서 샀어."

마유 친구들이 현지 맛집이구나! 하고 들뜬 목소리로 말했다. 그리고 다들 잘 먹겠다며 쇼트케이크를 포크로 떠서 입에 넣더니, 미묘하게 뜸을 들였다.

"응, 옛날 맛이네."

"괜한 공을 들이지 않아서 소박해. 마음이 푸근해지는 느낌?"

맛있다는 말은 없었다. 다들 웃으며 먹긴 했지만, 하나 남은 슈크림에는 아무도 손을 대지 않았다. 나는 더없이 비참했다.

디저트까지 먹고 나자 마유 친구들은 집에 갈 준비를 했다.

"나 때문에 미안해."

사과하는 마유에게 친구들은 "괜찮아, 다음에 봐." 하고 대답하더니, 나한테도 가볍게 인사하고 자리를 떴다.

친구들이 돌아간 후, 갑자기 마유 얼굴에서 웃음기가 가셨다.

"오면 온다고 연락이라도 하지 그랬어."

마유는 남은 슈크림을 바라봤다.

"여기도 맛있는 가게가 얼마나 많은데."

그 말에 화가 치밀었다. 나도 맛은 별로라 생각했고, 그 별로인 맛까지 포함해서 마유와 둘이 웃고 싶었다.

"세면대에 면도기 있던데. 남성용."

못 본 척하려고 했는데, 그만 입 밖으로 튀어나오고 말았다. 동요했는지 마유의 동공이 흔들렸다. 역시 바람인가. 이번엔 내가 한숨을 쉬는 처지가 됐다.

"할 말은 많지만 됐어. 너도 외로웠을 테니까."

옛날 같았으면 절대 그냥 넘어가지 않았을 것이다. 그런데 지금은 일방적으로 기다리게 했다는 약점이 있다.

"날 용서하겠단 뜻이야?"

마유가 나직이 물었다. 나는 입을 다물었다. 솔직히 화도 나고 용서하고 싶지 않았다. 하지만 그보다는 마유를 잃고 싶지 않은 마음이 더 컸다. 마유까지 잃으면 나에겐 아무것도 남지 않으니까.

"왜 화를 안 내?"

마유가 찬찬히 날 봤다. 화를 누르고 있는 듯한 표정이 의외였다.

"화내면 되잖아. 예전 자기 같았으면 분명히 화냈을걸? 근데 왜 지금은 눈감아 줘? 아프고, 회사도 관두고, 본가에 내려가서 의지할 사람이 나밖에 없으니까?"

아픈 데를 찔러서 울컥했다.

"잠깐만, 왜 네가 화를 내? 바람피운 사람은 너잖아."

"응, 내가 잘못했네. 미안."

"적반하장이야?"

"자기가 끝까지 말을 안 하니까 내가 할 수밖에 없잖아."

"무슨 말?"

숨 쉬기가 버겁고 괴로워졌다. 여기서 벗어나 얼른 집에 가고 싶었다. 나도 모르게 셔츠 자락을 꽉 움켜쥐었다. 마유는 어린아이 같은 내 행동을 보고도 아무 일 없다는 듯 눈길을 돌렸다.

"나, 자기랑 헤어지고 싶어. 더는 못 만나겠어."

마유가 일어나더니 테이블을 정리하기 시작했다.

"바람피우는 상대랑 잘 해 보게?"

"아니."

"근데 둘이 잤잖아. 자고 갔으니까 세면대에 저런 게 있지."
"잤으니까 뭐? 자면 다 좋아하는 거야?"
달달한 과자 같은 마유 입에서 그런 신랄한 말이 나올 줄은 몰랐다.
"그래? 그럼 문제는 딴 남자가 아니라 나구나. 우울증에 백수인 남자친구, 당연히 싫겠지."
마유는 설거지할 그릇들을 차곡차곡 쟁반에 쌓았다.
"어머, 흔들흔들하네!"
예전에 소란을 떨던 모습과는 전혀 딴판이었다. 쌓은 그릇들이 흔들리지 않도록 빠릿빠릿하게 주방으로 옮겼다. 막힘없는 동작. 진행 방향을 정확하게 응시하는 옆얼굴. 회사에선 이렇게 일하려나, 하는 생각이 문득 들었다. 당연하다. 나이 서른에 직업이 있는 사회인이니까.
"나와는 달리 그 남자는 건강하겠지. 근데 나도 여태껏 팔팔하게 일했어. 그랬는데 어느 날 갑자기 이상해진 거야. 나도 모르는 사이에 이렇게 망가졌다고. 그 남자도 언제 나처럼 될지 몰라. 요즘 세상이 그렇잖아."
스스로도 무슨 말을 지껄이고 있는지 알 수 없었다. 질책인지, 변명인지, 협박인지.
"알아. 우리 회사에도 우울증 때문에 그만둔 사람 여럿 있고, 휴직 중인 애도 있어. 어떻게 대처해야 하는지도 알아. 힘내라고 해서도 안 되고, 지나치게 위로해서도 안 되고, 부담이 될 만한 말은 하면 안 되고, 불만을 털어놓는 것도 금지."

마유는 수도꼭지를 틀더니 하트 모양 수세미에 세제를 묻혀 거품을 냈다.

"근데 나, 언제까지 그래야 해?"

그릇을 닦기 시작했다.

"그건…… 미안해. 계속 내 생각만 했어."

"맞아."

난 상처 받았다. 괜찮아, 아니야, 하고 위로 받는 데 익숙해져 있었으니까.

"자기가 우울증에 걸린 건 자기 탓이 아니야. 우울증에 걸렸다고 탓할 마음은 없어. 빨리 나았으면 해서 내 나름대로 애써 왔고."

"나도 알아. 미안하게……."

"요즘 들어 몸이 금방 피곤해졌어."

내 입을 막듯이 마유가 말했다.

"그래서 저번에 병원 갔는데 신경안정제를 처방해 주는 거 있지?"

"뭐?"

"엄청 무서웠어."

마유는 말과는 모순되게 힘찬 손놀림으로 그릇을 닦았다.

"반사적으로 자기 생각이 나더라. 일 그만두고 백수 신세로 시골에 내려가게 되면 어쩌나 두려웠어. 너무하지? 난 자기 여자친구인데, 자기처럼 되기 싫다고 생각했어. 그렇게 생각한 나 자신이 무서워서 자기 목소리가 너무 듣고 싶은 거야. 그런데 이런 말을 털어놓을 수도 없고, 누구든 좋으니까 나보다 강한 사람한테 기대고 싶었어."

"……마유."

"나 이제 불안한 이야기 듣고 싶지 않아. 근데 자기랑 헤어지면 아픈 사람을 버린 게 되겠지? 기운이 넘칠 때는 입에 발린 말만 하다가, 힘들어지니까 내버리다니 진짜 인정머리 없잖아. 그래서 괴로워도 자기한테 계속 전화했는데, 끊고 나면 매번 진저리가 났어. 그런 내가 정말 싫어. 난 왜 이렇게 냉정할까, 혐오감이 느껴져서 잠이 안 온다고."

목소리에 점점 울음이 섞였다. 그러나 마유의 손은 빈틈없이 그릇을 닦고 있었다. 마음과 몸이 분리되어 움직였다. 아아, 그렇구나. 마유는 여태껏 이런 식으로 기를 써 왔구나.

"그러니까 미안. 사과해야 할 사람은 나야. 더는 자기 버팀목이 돼 줄 자신이 없어. 무책임해서 미안해. 정말 미안. 이제 그만 헤어지자."

흐느껴 울며 설거지를 하는 여자친구에게 건넬 말은 어디에도 없었다.

그럼에도 난 마유가 좋았다.
하지만 내가 해 줄 수 있는 일은 깨끗하게 헤어지는 것밖에 없었다.

이게 뭐야. 내가 무슨 잘못을 했다고.

그냥 죽어라 일했을 뿐이잖아.

부모가 죽어도 공사 기한에 맞추라는 상사의 억지에 부응하고, 엉망진창인 계산서를 쓸 만하게 다시 짜고, 울면서 매달리는 하청업자들을 구슬리고, 접대 자리에서 홀딱 벗고 춤도 췄다. 엄청난 갑질과 성희롱이 횡행하기 때문에, 그 보상으로 연봉과 사회적 지위는 높았다.

"참 힘든 일 많이 겪었구나."

흐려진 시야 너머에서 누군가가 고개를 끄덕였다.

여긴 어디지. 이 사람은 누굴까. 아, 로 씨구나. 로 씨야.

금방 쓰러질 정도로 기운이 빠져 동네로 돌아온 나는, 두 번 다시 입에 대지 않겠다고 맹세한 술이 마시고 싶어서 번화가를 헤맸다. 모든 가게 입구에서 불빛과 웃음소리가 새어 나왔다. 왁자지껄하고 밝은 곳에는 들어갈 엄두가 나지 않아서 어두운 뒷골목으로 돌아 들어갔다. 백수인 기둥서방과 20년 정도 동거하고 있는 마담이 두꺼운 화장을 하고 손님을 맞는 낡아빠진 스낵바 같은 데 없을까 하며 어슬렁거리고 있는데,

"모토이 씨."

갑자기 누가 알은체를 했다. 언제 이런 데까지 왔지? 사람이 거의 오가지 않는 역 뒤편 용수로를 따라 나 있는 어두운 길가에 희미한 등불이 외로이 떠 있었다.

"로 씨, 왜 이런 데에 있어요?"

"그러고 싶은 기분이라서."

로 씨가 생긋 웃었다. 전원이 없어서 캠핑할 때 쓰는 투박한 휴대용 석유등을 걸고 영업 중이었다. 후 불면 꺼져 버릴 듯한 등불이 오아시스처럼 느껴졌다. 로 씨가 들렀다 가겠느냐고 물었다.

"아무거나 스트레이트로 주세요."

"몸에 안 좋지 않을까?"

"안 좋으니까 좋죠. 어쨌든 독한 걸로 주세요."

쫄쫄 굶은 터라 바라던 대로 금방 취했고, 술기운에 횡설수설했다.

내 잘못이 크다. 걱정해 줘서 고마운 한편 성가시기도 했고, 아픈 사람이니까 걱정해 주는 게 당연하다는 생각까지 했다. 마유는 날마다 일하느라 피곤한데, 퇴근해서도 우울증에 걸린 남자친구 걱정을 해야 하니 사랑도 고갈됐겠지. 누구한테 기대고 싶은 마음도 들었겠지. 새 남자친구는 어떤 사람일까. 일단 나와는 달리 건강하지 않을까.

"근데 있잖아, 나도 그랬어. 건강하게 일했다고. 어느 날 갑자기 뚝 부러져 버린 걸 어떡해. 힘든 직장이긴 했지만 의욕도 넘치고, 미래도 설계해 뒀는데."

"자기 생각보다 더 지쳤던 거야."

로 씨가 말했다.

"아까 본인 입으로 그랬잖아. 엄청난 갑질과 성희롱이 횡행했다고. 지쳤다는 느낌조차 안 들 정도로 지쳤던 거지. 한계에 맞닥뜨린 거야."

"아니야, 더 버틸 수 있었어."

더 이상 아무 맛도 느껴지지 않는 술을 단숨에 들이켰다.

"어릴 때부터 운동으로 단련된 몸이라, 축구든 럭비든 열심히만 하면 어느 정도 잘했어. 뭐, 축구는 형만큼 못했지만."

"모모코 씨 남자친구?"

"응, 초중고 내내 에이스였거든."

"대단하네."

"공격수였는데 경기 나가면 항상 골을 넣었어. 난 수비형 미드필더였고."

"그것도 대단한데? 수비형 미드필더면 사령탑이잖아."

"난 에이스 하고 싶었어."

이기든 지든 호쾌했던 형은 항상 무리의 중심에 있었다. 난 아무리 기를 써도 그렇게 되지 않아서 고등학교 때 럭비로 전향했다. 형과 나는 닮은 듯하면서도 딴판이었다.

"뭐 어때. 형은 형, 모토이 씨는 모토이 씨이지."

"할아버지랑 약속도 했는데."

'넌 하지메 몫까지 건강하게 오래오래 살아야 한다.'

그날 부모님이 우는 모습을 처음 봤다. 굳건한 존재였던 부모가 무너지는 모습이 보기 두려워서 장례식장 밖으로 도망쳤다. 꼬마였던 내 머리 위에 얹어진 할아버지의 버석버석한 손.

"근데 결국 이 꼴이야. 한심하기 짝이 없어. 서른셋이면 한창 일할 나이인데 회사 그만둬서 환갑이 넘은 부모님한테 걱정이나 끼치고, 눈치도 없이 여자친구한테 기대고 부담 줘서 울리기나 하고."

"모토이 씨는 너무 착실하다니까."

"그런 말 들어본 적 없어. 어릴 때부터 다들 개구쟁이라고 했지."

"그래? 전혀 개구쟁이처럼 안 보이는데."

그래. 그럴지도. 난 개구쟁이였던 형을 대신하고 싶었는지도 모르겠다.

"아…… 죽고 싶다."

"어허, 그런 말하면 못써."

"형 대신 내가 죽었어야 했어. 그럼 다들 행복하게……."

짝, 하고 생각지도 못한 방향에서 뺨을 얻어맞았다.

옆을 돌아보니 모모코 씨가 있었다.

"……모모코 씨, 여긴 어쩐 일이세요?"

"아까부터 있었어."

로 씨가 웃었다. 내가 해롱해롱할 것 같아서 연락한 모양이었다. 모모코 씨는 화가 머리끝까지 난 표정으로 날 봤다.

"모모코 씨."

내가 부르자 짝, 하고 또 한 번 뺨을 후려쳤다.

"죽겠다는 말, 두 번 다시 하지 마."

목소리가 나직했다. 진심으로 화내는 게 느껴졌다.

"……미안해요."

사랑하는 사람을 먼저 떠나보낸 여자 옆에서 대체 무슨 소리를 지껄인 거야, 이 쓰레기 같은 놈아. 나는 비틀비틀 뒤로 물러나 털썩 무릎을 꿇었다. 그리고는 아스팔트에 손을 짚으며 잘못했습니다! 하고 이마가 땅에 닿도록 머리를 숙였다. 모모코 씨가 꺅, 하고 작게 비명을 질렀다.

"모토이, 뭐 하는 거야. 그만하고 일어나."

모모코 씨가 내 어깨를 붙들었다. 나는 하반신에 힘을 꽉 주고 죄송합니다, 죄송합니다, 하고 고집스럽게 머리를 조아렸다. 모모코 씨는 그만 좀 하라며 계속 말렸다.

"아이고, 완전히 곤드레만드레네."

로 씨가 재미있다는 듯 웃었다. 제기랄, 뭐가 웃기다고. 젠장, 젠장.

형, 부실한 동생이라 미안해.

아빠, 엄마. 모자란 자식이 남아서 죄송해요.

할아버지, 약속 못 지켜서 죄송합니다.

마유, 힘들게 해서 미안해.

모모코 씨, 아픈 말 해서 미안해요.

로 씨, 이유는 모르겠지만 미안합니다.

정신을 차려 보니, 난 길바닥에 엎드려 엉엉 울고 있었다.
"난감하네. 너무 취해서 집에도 못 바래다주겠어."
내 울음소리에 섞여 모모코 씨의 한숨 소리가 들렸다.
"착실한 사람일수록 우울증에 잘 걸린다니까. 진짜 불공평해."
로 씨의 목소리는 태평했다. 일의 특성상 술 취한 사람을 많이 겪어 봐서겠지.
"맞아. 모토이는 옛날부터 착실했어. 울보기도 했고."
"누군가의 기대를 끊임없이 충족시킬 수 있는 사람은 없는데 말이야."
두 사람은 우는 나를 내버려 두고 차분하게 이야기를 나눴다.

처음 보는 곳에서 눈을 떴다. 여긴 어딜까. 생각하자마자 관자놀이가 몹시 욱신거렸다. 천장을 향해 누워 머리를 감싸고 있는데, 희미하게 어젯밤 일들이 되살아났다.
'죽겠다는 말, 두 번 다시 하지 마.'
모모코 씨의 화난 표정이 생각났다. 하아, 대체 얼마나 추태를 부린 거야.
"일어났어?"
로 씨 얼굴이 시야에 불쑥 들어와서 깜짝 놀랐다.
"네? 아, 저기……."

"여기 우리 집이야. 안색이 엄청 안 좋네. 일단 물부터 마셔."

"……고맙습니다."

생수병을 받아 들자, 로 씨가 웃음을 꾹 참는 듯한 표정을 지었다. 그 반응을 보니 어제 죄송하다며 머리를 조아렸던 일까지 생각나서 다시 죽고 싶어졌다.

"뭐 먹을 수 있겠어? 죽 끓여 줄까?"

"아뇨, 괜찮아요."

"뭐라도 먹는 게 나을 텐데. 어제부터 아무것도 안 먹었잖아."

어떻게 알지? 하고 생각하며 고개를 들었다.

"위액만 토하더라고."

로 씨가 하하 웃어서 브라질까지 쥐구멍을 파고 싶은 심정이었다. 어디서 토했을까. 노천 바니까 화장실은 없을 테고, 길에다 토했나? 아님 로 씨 집에서?

"……화장실 좀 써도 될까요?"

"물론. 이쪽이야."

로 씨의 뒤를 따라 침실을 나서자, 한쪽에 주방이 있는 넓은 거실이 나타났다. 노천 바처럼 집도 잘 꾸며서, 차분한 미드 센트리 스타일로 통일되어 있었다. 처음인데도 어딘가 정겨운 느낌이 들어서 신기했는데, 볼일을 보다가 그 이유를 알았다.

"여기 절연 맨션이죠?"

"응, 어떻게 알았어?"

거실로 돌아가니 로 씨가 소파에서 커피를 마시고 있었다. 생활감이 넘쳤던 당시 우리 집과는 감각이 하늘과 땅 차이였지만, 공간 배치나 커다란 통창으로 보이는 풍경이 똑같았다.

"어젠 집에 보내기가 좀 그렇더라고. 부모님께서 걱정하시려나?"

"자고 올 수도 있다고 말해 둬서 괜찮아요. 한밤중에 만취한 상태로 들어가서 부모님께 걱정 끼치지 않아서 다행이죠. 성가시게 해 드려서 죄송합니다."

여자친구랑 헤어진 날에 절연 맨션에 실려 오다니 무슨 운명일까. 엄마가 알면 그것 보라며 기막혀하겠지. 침울해져 있는데 초인종이 울렸다. 로 씨가 현관문을 열자, "실례합니다." 하고 모모코 씨의 목소리가 들렸다.

"좋은 아침. 모토이, 기분은 좀 어때?"

모모코 씨가 거실로 들어오길래 차렷 자세로 머리를 숙였다.

"어서 오세요. 어제는 추한 꼴 보여서 죄송합니다."

"아, 괜찮아, 괜찮아. 나도 뺨을 두 대나 때려서 미안해. 네가 뺨 맞고 나서 무릎 꿇고 엉엉 우는 바람에 사과하는 의미로 아침밥 해 주러 왔어."

모모코 씨가 마트 봉지를 주방 카운터에 놓았다.

"뭐, 이미 낮이긴 하지만. 깔끔하게 국수나 먹을까?"
"아, 아뇨, 저는 지금 속이 좀……."
"모모코 씨, 내가 거들게. 이 가지는 어떻게 하면 돼?"
"절반으로 잘라서 사선으로 칼집 넣어 줘."
모모코 씨와 로 씨는 재빨리 조리에 돌입했다.
"저기, 저도 좀 도와 드릴까요?"
"넌 쉬어."
둘이 입을 모아 말해서, 난 작게 쪼그라들어 소파에 다시 앉았다.

생수를 홀짝홀짝 마시면서 무료하게 창으로 눈길을 돌렸다. 오늘도 새파란 하늘에 날씨가 맑았다. 난 전부를 잃었는데, 세상은 여전히 돌아가고 있었다. 간장과 설탕과 멸치 육수 냄새가 났다. 밥은 안 먹어도 되니까 제발 누가 나 좀 죽여 줘.

그렇게 자기혐오와 싸우고 있는데, 다시 초인종이 울렸다. 로 씨가 나가기도 전에 열쇠로 현관문을 여는 소리가 났고, 곧이어 "저 왔어요!" 하는 여자아이의 밝은 목소리가 들렸다.
"안녕? 아, 좋은 냄새."
코를 킁킁거리며 들어온 사람은 어제 만난 여자아이, 모네였다. 커다란 수박을 안고 있는 모네 뒤로 도리 씨도 나타났다. 안녕? 하고 먼저 인사하길래 안녕하세요, 하고 고개를 숙였다.

"모토이 씨, 어제 여자친구한테 차였다며?"

모네의 말에 마시던 생수가 목에 턱 걸렸다. 난 콜록거리느라 대답하지 못했고, 도리 씨가 모네를 나무라듯 머리에 콩 하고 꿀밤을 먹였다. 모모코 씨는 못 들은 척했고, 로 씨는 쓴웃음을 지었다. 누구야? 누가 소문냈어?

"아, 본인 입으로 실연당했다고 떠든 거야. 어젯밤에 술 취한 모토이 씨를 옮길 때 도리가 도와줬는데, 모토이 씨가 하도 고래고래 소리를 질러서 나도 자다 깼지 뭐야."

수치스러워서 죽을 수 있다면 즉사하지 않았을까. 난 고개를 들 수가 없었다.

"힘내. 또 좋은 여자 만날 거야."

모네가 살포시 옆에 앉았다. 대놓고 위로해 줘서 차라리 후련했다.

"고마워. 근데 지금 이 상태로는 힘들 것 같아. 최소한 직업은 있어야지."

"어? 모토이 씨, 백수야?"

이 아저씨 위험한데, 라는 표정이었다.

"모네, 모토이는 아파서 쉬는 중이야."

"아, 그렇구나. 그럼 어쩔 수 없지. 나도 아프면 학교 결석하니까."

초등학생 꼬마한테 위로 받는 내가 한심했다. 이제 우울은 지구 뒤편을 뚫고 나가 성층권을 돌파해 우주 공간으로 날아갔다. 거기엔 빛도 소리도 없었다. 칠흑 같은 어둠 속을 떠다니다가 점점 자포자기하는 심정이 되었다. 그래, 될 대로 되라지.

"고마워. 근데 언제 나올지 몰라. 까딱하면 평생 백수로 살 수도 있어. 어떤 여자가 굳이 백수랑 만나겠어. 그럼 결혼도 못 하고, 애도 못 낳겠지."

"으음, 직업이 없으면 신붓감 찾기 어렵지."

모네는 주저 없이 아픈 데를 찔렀다. 기껏해야 열 살이나 그 전후로 보이는데…….

"역시 여자들은 결혼이 얽히면 냉정해진다니까."

내가 말하자,

"당연하지."

하고 로 씨와 도리 씨가 핀잔을 줬다. 모모코 씨나 모네라면 몰라도, 예상치 못한 방향에서 핀잔이 날아와 당황스러웠다. 로 씨가 식탁에 그릇을 늘어놓으며 말했다.

"남자든 여자든 결혼은 냉정하게 생각해. 행복해지고 싶으니까."

"……그렇죠."

나는 납득했다. 다들 행복해지고 싶어 한다. 이 사람과 함께라면 행복해질 거라 믿고 결혼한다. 이 사람과 함께라면 불행해져도 괜찮다고 생각해서 하는 결혼도 있지만, 제 나름대로 시련을 헤쳐 나가며 생긴 단단한 사랑이 있어야 그런 결심도

가능하다. 그런데 지금의 나에겐 시련을 헤쳐 나갈 힘조차 없다.

"근데 내가 상대방을 행복하게 만들어 주고 싶어서 하는 결혼도 있지 않아?"

모모코 씨가 삶아진 소면을 채반에 밭쳤다. 김이 몽몽하게 피어올랐다.

"포용력이 넘쳐서 기꺼이 엉망진창인 사람한테 걸려드는 부류지. 종종 있어. 나쁜 남자나 나쁜 여자한테만 빠지는 사람. 그래서 상대방을 더 나쁜 사람으로 만들기도 하고."

로 씨의 말에 네 얘기구나, 하고 도리 씨가 무표정하게 핀잔을 줬다.

"행복해지는 경우도 있어. 대학 시절에 결혼했다가 회사 다니면서 대학원생 남편을 벌어 먹인 친구가 있는데, 지금은 남편이 연구소에 근무해서 연봉도 엄청 높고 애처가야."

"그건 아주 보기 드문 성공 사례고. 모모코 씨는 포용력 있어 보이니까 특히 조심해."

"걱정 마. 난 연봉을 떠나서 마음이 자립되어 있는 사람이 좋거든."

"마음의 자립, 중요하지. 요즘엔 제 힘으로 자신을 돌보지 못하는 사람이 많으니까."

"저를 말씀하시는 건가요?"

질문을 던지자, 로 씨와 모모코 씨가 날 봤다.

"아픈 사람은 빼고."

"맞아, 이건 건강한 사람 얘기야."

미소를 지으며 정정해 줘서 난 소파에 풀썩 기댔다.

자포자기하는 심정이 갈 데까지 가는 바람에 오히려 마음이 편해졌다. 여기 있는 사람들은 다 자기 페이스대로 움직이고, 나에게 괜한 배려를 하지 않는다. 멸시하지도 않는다. 난 이곳에 나답게 있을 수 있다. 우울증에 걸린 내 모습 그대로.

"모토이, 아침 다 됐어. 조금이라도 배 좀 채워."

도리 씨의 말에 네, 하고 어린아이처럼 대답하고는 식탁에 앉았다. 식욕이 전혀 없었는데 놓여 있는 음식을 보니 입에서 아, 하고 탄식이 새어 나왔다. 가지 국수였다.

"옛날에 할머니가 자주 해 주셨는데."

가지와 유부를 달콤 짭짜름하게 조려서 국물째 소면에 부어 먹는 음식이었다.

"사카구치가 좋아하던 거였어."

"맞아요. 형이 좋아해서 여름 되면 본가에서도 자주 해 먹었어요."

그런데도 완전히 잊어버리고 있었다. 왜일까 생각하다가, 형이 죽은 후로 엄마가 가지 국수를 하지 않는다는 사실을 깨달았다. 올해는 농장에서 가지를 많이 땄다고 했는데. 소중한 사람을 잃는다는 건, 곳곳에 보이는 않는 상처를 입는다는 뜻이다.

"잘 먹겠습니다."

손을 모으고 나서 이십 몇 년 만에 가지 국수를 먹었다. 아아, 그래. 이 맛이야. 애틋해. 난 평범하게 양념을 넣어 먹는 국수를 좋아했는데, 미각이 아닌 것이 혀가 아닌 곳을 뒤흔들었다. 그 케이크처럼 당시를 떠올리게 하는 기억장치 같은 것을.

"이거 맛있다! 고기 넣었으면 더 맛있었을 텐데."

모네는 가지 국수를 처음 먹는 모양이었다..

"가지는 참기름에 볶았고 유부도 넣었잖아. 고기까지 넣으면 느끼하지 않을까?"

"도리와는 달리 난 한창 먹을 나이라고."

일리가 있어, 하고 고개를 끄덕이며 도리 씨가 커다란 가지를 모네 그릇에 얹어 줬다.

"도리 씨네 집은 좀 특이하네요."

"뭐가?"

"보통 아버지나 아빠라고 하지, 이름 부르는 사람 거의 없잖아요."

게다가 경칭도 없이 이름만 부른다.

"난 도리 친딸이 아니야."

깜짝 놀랐다. 혹시 지뢰를 밟은 건가.

"진짜 아빠랑 엄마는 내가 다섯 살 때 사고를 당해서 하늘나라로 떠났어. 그래서 도리가 날 데려왔는데, 그때 우리답게 헤쳐 나가기로 약속했거든."

모네가 웃는 얼굴로 시원시원하게 말해서 할 말을 잃었다. 다섯 살에 부모를……. 어떻게 대답해야 할지 갈피를 못 잡고 있는데, 모모코 씨가 맑은장국과 양념을 내줬다.

"넌 맑은장국에 먹는 거 좋아하지?"

"고맙습니다. 제 입맛까지 어떻게 알고……."

"사카구치가 항상 얘기했거든. 가지 국수가 백 배 더 맛있는데, 모토이는 평범한 국수를 좋아해서 인생을 손해 보고 있는 거라고. 그런 짠한 점이 귀엽다고."

"절 완전히 우습게 봤네요."

"아니야. 네가 너무 귀여워서 어쩔 줄 몰랐던 거지."

모모코 씨는 옛날 생각이 나는지 눈웃음을 지었다. 형이 했던 그런 사소한 말들을 소중히 간직하고 있다니, 역시 이 사람은 아직도 형을 사랑하는 게 아닐까.

점심을 먹은 후, 모네가 옥상에서 수박 깨기를 하자며 내 팔을 힘껏 잡아끌었다.

이십 몇 년 만에 가 본 옥상 정원은 기억보다 아담했지만, 기억보다 아름다운 곳이었다. 도리 씨가 창고에서 해를 가릴 커다란 파라솔을 가져와서, 난 그늘진 벤치에 앉아 수박 깨기를 하며 즐거워하는 사람들을 바라봤다.

진한 초록빛을 띤 싱그러운 풀과 나무들 속에서 모네가 힘차게 방망이를 휘두르자, 기도하러 왔던 사람들도 신기한 듯 모여들었다. 그때 도리 씨가 잠깐 기다리라며 수박 밑에 시트를 깔았다. 센스가 있는 사람이었다. 저런 사람의 반려자는 얼마나 힘들까. 그러고 보니 도리 씨 부인을 아직 한 번도 못 봤다. 나는 고개를 갸웃거리다가 그럴 수도 있지, 하고 넘겼다. 다들 이러저런 사정이 있으니까.

땀이 밴 피부 위로 바람이 스치고 지나갔다. 시원하니 기분이 좋아서 눈을 감았다. 묘한 안도감에 꾸벅꾸벅 졸고 있는데, 옆에 누가 앉는 기척이 느껴졌다. 모모코 씨였다.

"수박 깨기 안 하세요?"

"선크림을 안 가져와서. 이런 땡볕 아래에 계속 서 있을 배짱은 없어."

"여자들은 미백에 목숨을 거니까요."

"미백보다는 기미를 예방해야 하는 나이라."

웃는 모모코 씨의 왼쪽 눈 밑에 작은 갈색 점이 있었다. 점인지 기미인지 몰라도 모모코 씨와 잘 어울렸다. 뭐라고 표현해야 할지 모르겠지만, 모모코 씨의 것이라는 느낌이 들었다.

"여기 오랜만에 왔지?"

"유치원 때 이사 가고 나서 처음이니까 28년 만이에요."

거의 30년이라니 나도 나이가 들었구나, 하고 노인처럼 감개무량했다.

"여긴 신사라기보다 정원이네요. 바닥이 콘크리트라서 진짜 바지런하게 관리해야 이런 풍경이 만들어질 텐데 대단해요. 뿌리가 계속 박혀 있도록 한다는 게 쉬운 일이 아니거든요. 흙도 정기적으로 갈아야 하고, 비료 배합도 날씨에 따라 다르게 해야 하고요."

"잘 아네."

"종합 건설 회사든 부동산 개발 업체든, 요즘엔 도심부 특수 녹화 기술에 힘을 쏟고 있거든요."

"힘든 일이구나."

"네, 엄청 힘들어요."

나도 모르게 어린아이처럼 대답했다. 그런데 모모코 씨는 형의 여자친구이고, 내가 오줌 지린 걸 감싸 준 사람이고, 날씨도 좋고 기분도 좋으니 괜찮지 않을까.

"건강해지면 또 같은 일 할 거야?"

"그럴 생각이긴 해요."

대답하면서 올려다본 하늘은 너무 푸르고 눈부셨다.

"……이제 힘에 부치려나."

생각하기도 전에 말이 새어 나왔다.

아, 난 결국 입에 담고 말았다.

더 이상 애쓰고 싶지 않다고 인정해 버렸다.

우울증이 빨리 나았으면 좋겠다고는 생각한다. 얼른 새 일자리도 구하고 싶다. 경력을 쓸모없게 만들고 싶지 않다. 그게 아니라면 여태까지 무엇을 위해 버텨 왔단 말인가. 모든

게 사라지고 만다. 하지만 속으로는 정말 싫었다. 그곳에 다시는 돌아가고 싶지 않았다.

시야가 부예져서 슬쩍 눈가를 훔쳤다. 그런데 눈물이 주체할 수 없이 흘러내렸다. 모모코 씨는 눈치를 챘는지 못 챘는지 아무 말도 하지 않았다.

"모모코 씨."

"응."

"아직도 형 좋아해요?"

어쩐지 꼭 물어보고 싶었다.

"좋아해."

모모코 씨는 선선히 고개를 끄덕였다.

"부럽네요."

지나치게 외길인 여자는 무섭다. 그런데 지금은 진심으로 형이 부러웠다. 난 고작 반년 정도 떨어져 지낸 걸로 사이가 틀어졌는데, 형은 이 세상에서 존재가 사라진 지 20년이 넘었는데 아직도 사랑 받고 있다. 버팀목이 돼 주지도 않고, 목소리도 못 듣고, 얼굴조차 볼 수 없는데.

"그래서 행복해요?"

죽은 사람을 가슴에 품고 평생 혼자 살 셈일까. 후회스럽지 않을까. 두렵지 않을까. 누가 봐도 쓸데없는 참견이라고 할 법한 질문이었지만, 난 절실하게 알고 싶었다.

"행복한지 어쩐지는 모르겠는데, 난 정말 정말 슬프고 불행한 상태에 계속 눌러앉아 있을 만큼 강한 사람이 아니라서 적어도 불행하지는 않은 것 같아."

모모코 씨는 그렇게 말하면서 치마에 싸인 무릎을 손바닥으로 꼭 감싸 쥐었다.

"근데 앞으로는 어떻게 될지 모르지. 언젠가 슬퍼질 수도 있고 그러면 나를 바꿔 나가야겠지만, 어떻게 바꿀지는 그때가 돼 봐야 알지 않을까?"

아무렇지 않게 이야기했지만, 꼭 쥔 치마 무릎 부분에 살며시 주름이 잡혔다.

"그러니까 그날이 올 때까지 마음을 다해 사카구치를 사랑하고 싶어."

난 그렇게 살아갈 거야, 라는 강한 의지가 전해졌다.

그건 의지의 힘으로 억눌러야만 하는 불안을 내포하고 있다는 뜻이었다.

당연히 모든 사람에겐 각자 불안이 있다.

우울증에 걸린 나처럼, 죽은 남자친구를 여전히 사랑하는 모모코 씨에게도, 제 핏줄이 아닌 모네를 맡아서 기르는 도리 씨에게도, 동성을 사랑하는 로 씨에게도. 심지어는 기운 넘치게 수박 깨기를 즐기고 있는 모네도 고작 다섯 살 때 부모를 잃었다.

"모모코 씨랑 있으면 왠지 모르게 마음이 놓여요."

그렇게 말하자 모모코 씨가 날 봤다.

"그건 내가 가진 게 없어서 그래."

내 눈이 살짝 휘둥그레지는 모습을 보고, 모모코 씨가 작게 웃었다. 허둥대는 아이를 보는 듯한 눈길에 서서히 부끄러움이 밀려왔다. 모모코 씨가 고개 숙인 날 보고 "진짜 착실하다니까." 하면서 한숨을 내쉬었다.

"가진 게 아무것도 없어서 불쌍해 보일 수도 있지만, 편하고 좋을 때도 있어."

"······죄송합니다."

"너도 갖고 있는 무언가 때문에 힘들면 끊어 버리는 건 어때?"

"끊어요?"

"여기 절연 신사잖아."

그렇다. 안쪽 사당 옆에 가타시로가 마련되어 있으니, 거기에 인연을 끊고 싶은 것의 이름을 적어서 부적함에 넣으면 된다. 어릴 때 나는 '숙제'라고 적은 가타시로를, 형은 점수가 엉망진창인 시험 답안지를 넣은 적이 있었다. 답안지는 구지 아저씨를 거쳐 엄마 손에 들어갔고, 형은 따끔하게 혼났다. 나도 숙제와 인연이 끊어지지 않았다. 그땐 정말 천진난만했다.

"인연을 끊고 싶은 게 있으면 끊어 달라고 해."

"끊고 싶은 거라."

가장 끊고 싶은 건 당연히 우울증이지만······.

그때 이얍! 하는 모네의 목소리가 파란 하늘에 울려 퍼졌고, 뒤이어 무언가가 엄청난 기세로 날아들어 내 머리에 부딪혔다. 그 무언가는 부딪힌 충격과 함께 사방으로 튀었다. 모모코 씨가 꺅! 하고 소리를 지르는 동시에, 내 관자놀이에서 액체가 흘러내렸다.

"피……?"

허둥대며 만져 보니 손이 젖었다. 피는 아니었다. 투명하고 푸르고 달달한 냄새가 났다.

"미안! 모토이 씨 당첨!"

방망이를 휘두르는 모네 발밑에 쩍 하고 갈라진 수박이 있었다. 내리쳐서 쪼갤 때 파편이 나에게 튄 모양이었다. 머리카락 끝에서 수박즙이 뚝뚝 떨어졌다.

"모토이, 괜찮아?"

모모코 씨가 머리카락에 묻은 수박 파편을 털어 줬다. 파편과 함께 씨가 떨어져서, 어제부터 입고 있던 셔츠 가슴 부분에 척 들러붙었다. 하아, 하고 싱거운 한숨이 새어 나왔다. 이어서 허, 허, 하고 계속 헛웃음이 나왔다. 내가 왜 어깨까지 들썩거리면서 웃는지 스스로도 이상했다.

지금 내 두 손에는 아무것도 없다. 후련할 만큼 텅 비었다.

"괜찮아?"

아까와는 다른 뜻으로 모모코 씨가 물었다.

"괜찮아요. 죄송합니다, 저도 모르게 웃음이 터져서."

몸을 들썩거리며 웃고 있는데, 엉덩이 근처에 뭔가가 닿았다. 바지 주머니에 들어 있던 알약 케이스였다. 예전에는 두 종류. 지난달부터는 한 종류로 줄였다.

인연을 끊고 싶은 것.

알약 케이스를 부적함에 넣을까 하다가 관뒀다.

약은 지금의 나를 지탱해 주고 있는 것이라 끊을 수 없었다.

그럼 뭘 끊을까.

생각해 봤지만 끊을 건 하나도 없었다.

우울증에 걸리면서부터 온갖 것들과 하나하나 인연이 끊어졌다. 그것들이 정말 나한테 필요한 것일까. 다시 인연을 맺을 만한 것일까. 가려내려면 시간이 더 걸릴 듯하다.

"모토이 씨, 미안. 헤헷. 이거 먹어."

모네가 다가와서 울퉁불퉁하게 쪼개진 수박을 내밀었다.

"잘 먹을게."

나는 미지근한 수박을 한 입 베어 물고는, 뒷주머니에서 약을 꺼내 싱겁고 달달하고 푸른 맛과 함께 넘겼다. 이렇게 작은 알약으로 버티는 나는 얼마나 보잘것없는 존재인가.

그리고 난 그렇게 보잘것없는 나를 다시 한번 사랑해 주기로 마음먹었다.

나의 아름다운 정원 II

여름방학이 끝난다는 두려워하던 사태가 결국 닥치고 말았다.

숙제는 도리랑 로가 도와줘서 마무리했고, 인형 만들기는 모모코 씨가 거들어 줘서 예쁘게 완성됐고, 독후감 쓰기는 원래 엄청 좋아하니까 문제없음.

문제는 흥이 안 난다는 점이었다. 2학기가 시작되고 셋째 날 5교시, 그것도 도덕 시간. 반 아이들 모두 '졸려, 집에 보내 줘.'라는 무언의 빔을 선생님에게 쏘는 와중에, 앞자리 애가 프린트를 넘겨줬다. 오늘 의제는…….

"오늘은 '배려'가 뭔지 이야기해 보려고 해요."

모두가 졸음이 담긴 빔을 최대치로 발사했다.

프린트에는 짧은 이야기가 실려 있었다. 아이코와 유코는 사이좋은 친구입니다. 아이코는 책을 좋아해서 도서관에 자주 갔지요. 유코는 아이코와 더 친해지고 싶어서 아이코가 읽고 싶다던 책을 먼저 빌려 읽고, 그 이야기가 얼마나 재미있는지 말해 줬습니다. 유코는 아이코와 책 이야기를 하는 것이 좋아서, 그 뒤로도 계속 아이코가 읽고 싶어 하는 책을 먼저 빌려 읽었습니다. 그러던 어느 날, 아이코가 화를 냈습니다.

"내가 찜해 둔 책, 먼저 읽지 마."

유코는 이유를 몰라서 슬펐습니다.

"아이코는 왜 화를 냈을까요?"

선생님이 칠판에 문제점을 적더니, 뒤돌아보며 우리에게 물었다.

'아무리 생각해 봐도 좋은 구석이 하나도 없어서가 아닐까?'

읽으려고 찜해 둔 책 내용을 미리 알게 되면 재미도 없어지고, 제 힘으로는 아무것도 알아보지 않고 가로채 가는 것도 짜증 난다. 그런 마음이 이해가 안 된다면 유코가 너무 상상력이 없는 거지. 아, 배려는 상상력의 문제인지도 모르겠다.

모두 의견을 내고 배려란 무엇인지 이야기를 나눴다. 그리고 5분이 남은 시점에서 슬슬 답이 나왔을까? 하고 선생님이 정리에 나섰다.

"배려란 내가 당해서 싫은 일은 남에게도 하지 않는 거예요."

선생님이 오늘 수업에 대한 감상문을 써 오라는 숙제를 내주고 나서야 2학기 셋째 날이 끝났다.

집에 가는 길에 친한 아이들과 각자 '싫은 것'이 뭔지 이야기했다.

"난 혼자 집 보는 게 싫어."

사토가 말했다. 사토네 엄마는 "우리 아들도 5학년이면 다 컸지?" 하면서 전에 다니던 회사를 다시 다니기 시작했단다. 사토는 한밤중에 화장실 가려고 일어났다가 부모님이 하는 이야기를 들었다. 엄마는 살맛이 났으면 좋겠다고 했다. 그때 사토는 엄마가 맥주 마시는 모습을 처음 봤다고 한다.

"살맛이 뭔데? 집에 가면 아무도 없고, 엄마는 항상 피곤하다면서 마트에서 사 온 반찬을 전자레인지에 그냥 돌려 줄 때도 있어. 그렇게 피곤하면 일을 안 하면 되잖아."

"와아, 혼자 있으면 유튜브 맘껏 보겠네. 부럽다."

"맞아. 우리 엄마는 게임하지 마라, 공부 좀 해라, 잔소리 엄청 심하거든. 쉬는 날에 가끔 아빠가 밥해 주는데, 그때도 얼마나 구시렁거리는지 몰라. 이렇게 좋은 고기를 넣는데 당연히 맛있지, 나중에 뒷정리도 깨끗하게 해 놔, 하면서."

엄마 말도 일리가 있네, 라고 생각했지만 아무 말도 하지 않았다. 남의 집 일에 말을 보태 봐야 좋지 않다는 걸 경험상 알고 있다. 다들 사정이 있으니까.

"아빠가 밥해 줘서 좋겠다. 우리 아빤 아무것도 안 하는데."

"우리 아빠도. 빈둥빈둥 TV만 봐."

"낮에는 일하지 않아?"

"직접 본 적은 없어. 가끔 선물을 사 오긴 하지만."

그렇게 모두가 부모님 이야기를 하고 있는데, 사토가 번쩍 정신이 든 듯 나를 봤다.

"모네, 미안."

갑자기 사과해서 어리둥절했다.

"넌 아빠랑 엄마 없잖아."

다른 아이들도 흠칫 놀랐다. 미안해, 우리 배려가 부족했어, 가슴 아픈 얘길 했구나, 하고 다들 한마디씩 했다. 난 어리둥절한 채로 괜찮아, 괜찮아, 하며 연거푸 고개를 저었다.

옥상 신사에서 간식을 먹고 있는데, 물주기를 끝낸 도리와 로가 한숨을 돌리며 옆으로 와 앉았다. 올 여름은 유독 더워서, 옥상에는 아직 샐비어와 백일홍이 피어 있었다.

"이제 9월인데 언제까지 더우려고 이래?"

"호주에선 도로가 녹았대."

"여기도 안 녹은 게 용하네."

둘은 물이 채워진 양동이 안에서 귤 젤리를 꺼냈다. 난 아까부터 복숭아 젤리를 먹고 있었다. 그런데 계속 깨작거리기만 해서 말랑말랑한 젤리가 흐물흐물해졌다.

시무룩하게 앉아 있는 내 앞으로, 유즈루가 날마다 기도를 거르지 않는 신자 할머니 손을 잡고 지나갔다. 유즈루는 유치원 졸업반인데, 어른이 되면 자기한테 시집오란다. 난 됐다고 했다. 누구의 아내가 되든 난 내 것이다. 아무에게도 주고 싶지 않다. 유즈루가 모네! 하고 손을 흔들길래, 턱을 괸 채로 팔랑팔랑 대충 손을 흔들었다.

"왜 그래? 기분이 별로인 것 같네."

로가 내 뺨을 콕콕 찔렀다.

"배려란 뭘까 계속 생각 중이었어."

"무슨 일 있었어?"

도리가 귤 젤리의 덮개를 벗기며 물었다.

"도덕 수업 주제가 '배려'였거든. 숙제로 감상문도 내야 하고."

"주제가 어렵네. 그래서 고민하는 거야?"

"고민한다기보다."

난 지금 내 기분처럼 질척질척해진 젤리를 바라봤다.

"잘 모르겠지만 기분이 나빠."

"기분이 나빠?"

어떻게 설명해야 좋을지 곰곰이 생각하면서 이야기해 봤다. 내 친아빠와 친엄마는 하늘나라로 떠났다. 물론 슬픈 일이지만, 대신 나에겐 도리와 로가 있다. 그래도 친아빠와 친엄마가 있는 애들한테는 부모님이 죽고 생판 남인 아저씨와 사는 건 틀림없이 불행한 일이기 때문에, 내 앞에서 부모님 이야기를 해서 미안하다고 사과했다. 내가 당해서 싫은 일은 남에게도 하지 않는다는 배려의 법칙에 따라 모두 날 배려한 것이다. 다들 착하다. 난 친구들이 좋다. 그건 분명하다.

"그런데 왜 기분이 나쁠까?"

"정말 모르겠어?"

난 젤리를 바라보며 조용히 고개를 저었다.

알고 있다. 하지만 알고 싶지 않았다. 난 친구들 이야기를 아무 생각 없이 듣고 있었는데, 자기들 멋대로 배려해서 불쌍한 애 취급한 게 화가 났다. 하지만 그렇게 말하지 못했다. 불쌍하지 않다고 말하면 할수록 더 불쌍한 애가 되는 것 같아서.

"배려해 줘서 고맙다고 생각하면 될까?"

"그렇게 생각할 필요 없어."

"친구들이 착하게 대해 줬는데 기분이 나쁘면 잘못된 거 아냐?"

"아니. 네 감정은 너만의 것이야. 만약 너한테 '이렇게 생각하세요' 하고 강요하는 사람이 있으면, 그 사람은 의심해 보는 편이 좋아. 아무리 훌륭한 주의나 주장도 사람 마음을 구속할 권리는 없어."

도리는 차분하면서도 단호하게 말했다.

"그럼 선생님 잘못이야?"

"잘못은 아냐. 다만 단계를 밟는 게 중요하달까? 산수도 처음부터 곱셈은 못 하잖아. 덧셈, 뺄셈부터 차근차근 배워야지. 지금은 덧셈을 배울 단계야."

나의 아름다운 정원 Ⅱ

"아무도 잘못하지 않았는데, 왜 나만 기분이 이래?"

불공평하다고 입을 삐죽거렸더니, 도리가 맞는다며 고개를 끄덕였다.

"정말 불공평하지. 하지만 넌 남보다 많은 것을 가졌어. 그만큼 생각할 거리도 많고. 생각은 네 머리와 마음을 현명하고 튼튼하게 만들어 줄 거야. 그건 정말 좋은 일이잖아."

"많은 거?"

나는 고개를 갸웃거렸다.

"난 아빠도 없고 엄마도 없는데, 그럼 남들보다 적게 가진 거 아냐? 그러니까 다들 날 불쌍하게 여기지."

"잃거나 혹은 가진 게 없어서 얻게 되는 것도 있어."

무슨 뜻인지 점점 알아듣기 힘들었다.

"날 봐. 한때는 빈털터리였는데 지금은 가진 거 엄청 많잖아."

로는 젤리를 먹으며 한가롭게 하늘을 올려다봤다.

"로가 빈털터리였을 때 어땠는지 기억나."

남자친구한테 차이고 우리 집 거실에서 쥐며느리처럼 담요를 뒤집어쓰고 있었다.

"그때 네가 많이 보살펴 줬지. 고마워. 근데 난 그보다 훨씬 전부터 많은 것을 잃어 왔어. 늘 잃기만 하진 않았고 많이 얻기도 했지."

"뭘 얻었는데?"

"친구, 지금 하는 노천 바, 새 남자친구. 너희들 이웃으로 사는 것도 재밌고, 옛날과는 달리 스스로를 속이지 않고 살 수 있어서 건강에도 좋아."

로가 빙긋 웃었다. 정말 로는 날마다 신나 보여서, 방금 한 말은 의심할 여지가 없었다. 잃음으로써 얻게 되는 무언가가 있다는 건 아무래도 불공평하다는 생각이 계속 들었지만, 기분이 아주 조금 나아지기는 했다. 속상한 경험도 전혀 쓸모없지는 않구나.

"근데 처음부터 '내가 싫은 건 남들도 싫다.'라고 전제하는 건 어떻게 봐야 할까? '난 싫은데, 넌 왜 좋아해?' 하고 궁금증이 생길 수도 있잖아. 그럴 때 서로 이야기를 하면 좋은데, 성질 급한 사람들은 '내가 맞아. 넌 틀렸어!' 하면서 싸울 것 같아."

로가 말하자, 도리 또한 고개를 끄덕였다.

"가능하면 '우린 똑같으니까 사이좋게 지내자.'보다 '우린 다르지만 서로 인정하자.'라고 하면 어떨까? 다음 수업 때는 꼭 거기까지 진도가 나갈 수 있게 선생님께서 애써 주셨으면 좋겠네."

"다음다음 주제는 '그래도 인정할 수 없을 땐 입 다물고 지나치자.'가 돼야겠지. '괜히 치고 박고 상처 주는 것보단 남남으로 사는 편이 훨씬 평화롭다.'까지."

"그 결과, 세상은 평화롭게 쪼개져 가겠지."

"으음, 끝도 없고 정답도 없는 이야기구나."

"초등학생들을 상대로 이렇게 어려운 주제를 풀어내야 하다니 교사도 보통 일이 아니네."

둘은 젤리를 먹으며 수다를 떨었다. 알아듣기 힘든 내용도 많지만, 두 사람 이야기를 듣고 있으면 어지러운 마음이 조금씩 정돈되는 것 같았다.

"모네 생각은 어때?"

늘 나한테도 생각을 물어봐서 소외당하는 느낌이 들지 않았다.

"서로 인정하는 게 중요하다는 점은 이해했어."

"옳지, 잘한다."

둘은 미소 지으며 고개를 끄덕였다.

"근데 나랑 도리는 보통 서로 인정하거나 친하게 지내기 힘든 사이 아냐?"

"뭐?"

"옛날에 동네 아줌마들이 말한 '의붓자식'이 그런 거잖아. 나도 그때보단 똑똑해져서 이것저것 많이 알아. 실은 내가 데려오고 싶지 않은 아이였다는 것도."

"모네, 그건 아니야."

도리의 안색이 변해서 나는 괜찮다며 서둘러 말을 이었다.

"도리가 날 왜 데려왔는지는 모르겠지만 사람과 사람은 손을 맞잡아도 되고, 그렇게 맞잡은 손이 세상을 구한다는 것도 알아."

"응?"

"서로 인정한다는 건 그런 뜻이잖아?"

도리의 눈빛이 흔들렸다.

아무래도 도리는 자기가 한 말을 잊어버린 모양이었다.

부모님의 장례식이 끝나고 처음으로 도리를 만난 날이었다.

"안녕하세요? 오늘부터 모네 아빠가 될 구니미 도리라고 해요."

자기소개를 마친 후, 도리는 조금 생각에 잠긴 듯한 표정으로 말했다.

"아빠라는 생각이 안 들면 억지로 애쓸 필요 없어. 그런데 앞으로 한 지붕 아래서 살 거니까, 최대한 서로 힘을 모아서 즐겁게 살았으면 좋겠다."

한 지붕 아래란 뭘까. 나는 고개를 갸웃거렸다.

"아저씨 누군데? 아빠랑 엄마 친구야?"

"친구, 는 아닐걸."

"그럼 형? 아니면 동생?"

"형도 아니고 동생도 아니야."

"그럼 아저씨는 나한테 뭔데?"

도리 옆에 있던 아동상담소 직원이 곤혹스런 표정을 지었다. 도리는 아무 말 없이 잠시 나와 눈을 맞춘 다음, 결심한 듯 자세를 바로잡았다.

"모네, 이 세상에 사실은 존재하지 않아. 해석이 존재할 뿐이지."

"해석?"

"그래. 니체라는 사람이 한 말이야."

"니체?"

"너랑 난 핏줄로 맺어진 사이가 아니야. 그것 말고도 사정이 여러 가지라, 앞으로 우릴 두고 이러쿵저러쿵 떠드는 사람이 있을지도 몰라. 하지만 그건 그 사람들 해석이고, 너랑 내가 무엇일지는 너랑 내가 결정하면 돼."

나는 외국 그림책을 보듯 도리를 바라봤다.

멍하니 앉아 있는 나에게 도리가 계속해서 말했다.

"이 세상에 손잡으면 안 되는 사람은 없고, 누구하고든 서로 도우며 살면 돼. 그게 세상을 풍요롭게 만드는 방법 중 하나라고 적어도 나는 생각해."

내가 전혀 이해하지 못하는 사이에 도리의 말은 끝이 났고, 나는 여전히 입을 작게 벌리고 있었다.

"저기, 구니미 씨, 모네 이제 다섯 살이에요."

아동상담소 직원이 조심스레 도리에게 속삭였다.

"아, 그렇네요."

도리는 고개를 끄덕였지만, 더 이상 어떻게 설명해야 좋을

지 막막한 눈치였다. 큰 위기를 맞은 표정이 안쓰러워 보여서, 나는 쭈뼛쭈뼛 손을 내밀었다.

"알았어. 앞으로 사이좋게 지내자."

"그래. 잘 부탁한다, 모네."

도리는 마음이 놓인 듯 웃으며 내 손을 잡았다. 거칠거칠했던 아빠 손과는 달리 가늘고 매끈한, 그렇지만 크고 따뜻한 손이었다.

"나도 잘 부탁해, 도리."

그렇게 부르자, "모네, 아빠라고 해야지" 하고 직원이 작게 타일렀다.

이번에는 내가 당황했다. 나에게 아빠는 하늘나라로 떠난 아빠뿐이라, 처음 만난 사람을 아빠라 부를 수 없었다. 그러자 도리가 괜찮다며 잡고 있던 손에 힘을 줬다.

"뭐라고 부를지 어떻게 살지, 앞으로 우리 둘이서 하나씩 정해 나가자."

그날부터 나와 도리는 계속 손을 맞잡고 있다.

나와 도리가 무엇인지는 솔직히 지금도 잘 모르겠다.

이제 5학년이니까 '사실'은 안다. 도리와 우리 엄마는 결혼했지만 헤어졌고, 엄마는 우리 아빠랑 두 번째 결혼을 했다.

사귀던 두 사람이 헤어지는 이유는 더는 좋아하지 않게 됐기 때문이다. 사귀거나 헤어지거나 하는 반 친구들을 보면 그렇다. 그리고 헤어지고 나면 갑자기 말이 없어진다. 개중에는 사귀던 사람을 욕하는 애들도 있다. 헤어지면 좋아하지 않게 되기는커녕, 아예 싫어지기도 하는 모양이다.

그러면 도리는 왜 나를 키우기로 했을까. 도리가 싫어하게 된 엄마 자식인데. 도저히 답을 찾지 못해서 이유를 물어본 적이 있었다.

"도리는 우리 엄마 싫어하지?"

그때 도리는 엄청 깜짝 놀랐다.

"모네 엄마를 싫어하다니, 말도 안 돼."

"그럼 왜 헤어졌어?"

도리가 설명하려고 입을 열었지만 말이 안 나와서, 대신 내 머리에 손을 얹었다.

"그 이야기는 모네가 조금 더 크면 해 줄게."

"지금은 안 돼?"

"중요한 이야기라서 너한테 하려면 준비할 시간이 필요해."

도리는 내가 어린이인데도 얼렁뚱땅 넘기지 않았다. 정확한 말로 또박또박 설명해 줬다. 그런 도리가 시간이 필요하다고 했다. 도리에게 엄마와 있었던 일은 말하는 데 준비할 시간이 필요할 만큼 소중한 것이다. 그걸 알기 때문에 나는 안심하고 고개를 끄덕였다.

그렇게 옛날 일들을 떠올리고 있는데, 옥상 문이 열리더니 "안녕!" 하면서 모모코 씨와 모토이 씨가 들어섰다.

"웬일로 둘이 같이 와?"

로가 묻자, 둘은 각자 가타시로를 꺼냈다. 연을 끊으러 온 모양이었다.

요즘 두 사람은 사이가 좋아서 로의 바에 자주 들러 함께 술을 마신다고 한다. 지금 모모코 씨는 오후 진료 시작 전 휴식 시간이고, 모토이 씨는 이제 환자로 모모코 씨네 병원에 갈 것이다.

"아이스티 만들어 놓을 테니까 이따 들렀다 가."

"고마워. 로 씨가 주는 건 맛있으니까 먹고 가야지."

나도 사당으로 걸어가는 모모코 씨와 모토이 씨를 뒤따라갔다.

"두 사람은 뭘 끊으러 왔어?"

"맞선 제의."

"재취업 제의."

두 사람 다 거절하면 배가 불렀다며 혼이 난다고 한다. 모모코 씨와 모토이 씨의 가타시로에는 '쓸데없는 오지랖'이라고 적혀 있었다. 두 사람은 스스로 선택할 자유를 달라며 한숨을 내쉬었다. 둘이 기도를 하는 동안, 나도 비치되어 있던 가타시로에 글자를 적고 부적함에 쏙 넣었다.

"모네는 뭘 끊었어?"

"괜한 배려."

내가 대답하자, 두 사람은 뭔지 안다는 듯한 공감의 눈길을 보냈다.

 난 모모코 씨랑 모토이 씨가 좋다. 쪼그만 게 까분다고 싸잡아서 대충 넘기려고 하지 않는다. 나를 나로서 온전히 인정하며 이야기해 준다.

 우리는 한편이라도 된 것처럼 마주 보며 웃고는 느릿느릿 길게 이어지는 여름 오후, 빽빽히 우거진 초록빛 오솔길을 되돌아갔다. 정원 테이블에서는 도리와 로가 두 번째 음료를 준비하고 있었다. 투명한 구릿빛 아이스티. 모모코 씨와 모토이 씨가 의자에 앉았다.

 "안녕하세요? 오늘 엄청 덥네요."

 테이블 옆으로 맨션 주민과 신자들이 지나갔다. 우리도 안녕하세요, 하고 인사를 건넸다. 개중에는 인사를 안 하는 사람도 있었다. 앞머리 틈으로 우리를 힐끗 쏘아보고는, 사람을 경계하는 곰처럼 어슬렁어슬렁 사당으로 걸어가는 언니.

 "저 언니, 전에도 왔었어. 뭘 끊어 달라고 할까?"

 "글쎄, 뭘까."

 도리는 뭐든 대답해 주지만, 기도하러 오는 사람들에 관해서는 한마디도 하지 않는다.

 이곳에는 많은 사람이 온다. 나와 도리를 보며 진짜 부녀 같다는 사람도 있고, 이상하다고 손가락질하는 사람도 있다. 사이좋게 지내는 사람도 있고, 막 굴리며 노는 장난감처럼 취급하는 사람도 있다. 누군가의 그런 '해석'과 상관없이, 난 즐겹게 살고 있다.
 차고 달달한 아이스티를 마시며 반짝이는 세상을 바라봤다.
 도리가 날마다 가꾸고 지켜 온 아름답고 착한 정원.
 난 이곳이 정말 좋다.

〈끝〉

나의 아름다운 정원

1판 1쇄 발행 2022년 11월 30일

지은이 나기라 유
옮긴이 오민혜

표지 그림·디자인 김선미
내지 디자인 남서우
제작 금비피앤피 곽민주
경영지원 김미애

펴낸이 이동훈
펴낸곳 도서출판 직선과곡선
출판등록 2016년 9월 28일 제2016-000280호
주소 [06153] 서울특별시 강남구 봉은사로 418, 5층
전화 02) 555-8105   **팩스** 02) 564-0757
홈페이지 snc-p.com **이메일** snc-p@naver.com

ISBN 979-11-90187-26-8 03830

※ 책 값은 뒤표지에 있습니다.
※ 잘못 만들어진 책은 구입하신 곳에서 교환해 드립니다.